O QUE CONTEI A ZVEITER SOBRE SEXO

Flávio Braga

O QUE CONTEI A ZVEITER SOBRE SEXO

EDITORA RECORD
RIO DE JANEIRO • SÃO PAULO

2006

CIP-Brasil. Catalogação-na-fonte
Sindicato Nacional dos Editores de Livros, RJ.

Braga, Flávio, 1953-
B793o   O que contei a Zveiter sobre sexo / Flávio Braga. – Rio de Janeiro: Record, 2006.

ISBN 85-01-07540-X

1. Romance brasileiro. I. Título.

06-3212
CDD – 869.93
CDU – 821.134.3(81)-3

Copyright © Flávio Braga, 2006

Capa: NECAS

Ilustração de capa: Mateu Velasco

Direitos exclusivos desta edição reservados pela
EDITORA RECORD LTDA.
Rua Argentina 171 – Rio de Janeiro, RJ – 20921-380 – Tel.: 2585-2000

Impresso no Brasil

ISBN 85-01-07540-X

PEDIDOS PELO REEMBOLSO POSTAL
Caixa Postal 23.052
Rio de Janeiro, RJ – 20922-970

EDITORA AFILIADA

*A
Moacyr Scliar
e
Catharina Swab, pelo incentivo,
e a Regina Navarro Lins, pela inspiração.*

*O corpo é sagrado; o espírito é
que é precariamente humano.*

Paulo Hecker Filho

Parte I

O lenço negro na cabeça lembrava mendigos de ilustração. Seu belo rosto triangular fitava a criança magra no colo. Eu a encarei, sem parar. Estendeu a mão suplicante antes de eu perdê-la de vista. No 10º Ofício deixei Débora tratando dos papéis e voltei.

— Como é teu nome? — Eu, acocorado.

Mediu minha intenção no olho.

— Vani.

— Alguém te espera?

A interrogação e o medo a fizeram ainda mais atraente.

— Estou interessado em você.

— Um real, por misericórdia, para o leite da criança — apregoou.

— Conhece o Crazy Love? Na Lapa. Sabe onde é?

— Um real...

— Vani, quero ajudar...

O bebê cobria parcialmente seu corpo.

— Levanta — ordenei.

Seria eu um louco? Estendi nota de dez reais.

— Apenas levante.

Tentou. Estendi a mão. As ancas largas confirmaram o corpo imaginado.

— Conhece o Crazy Love?
Ela balançou a cabeça de olhos baixos. Considerava a proposta.
— Vai?
Encarou.
— Não sou puta.
— Esqueça os preconceitos. Filhos de putas sempre comem.
Deixou-se cair junto com o olhar. Lentamente voltou a ser a mendiga na calçada. Agarrei seu braço.
— Vá lá. Ficaremos juntos duas horas.
— Me deixe.
Larguei seu braço e ela sentou.
— Vou te aguardar dentro de duas horas em frente ao hotel — falei e saí.

⌒

As dançarinas rebolavam na tevê. Toda hora havia *close* nas coxas das mulheres que se mexiam ao som da Timbalada. O foco subia até a bunda. A malha entre nádegas sob o saiote. Aquilo só podia ser para masturbadores caseiros como eu. A música acabou e o apresentador voltou ao palco. Saco. Eu estava quase gozando. Ia começar tudo de novo no próximo número.

⌒

Ivana sugeriu que eu procurasse ajuda. Um psicanalista, ela quis dizer. "Você é doente, precisa se tratar." Foi a primeira amante a dizer isso, assim. Mas, como logo depois se pendurou em meu pescoço e ofereceu os lábios, julguei parcial sua opinião. Fosse apenas para ela a minha obsessão sexual e não reclamaria.

~

Durante 11 meses encontrei Luana todas as segundas-feiras. No mesmo bar e na mesma hora sentávamos para tomar três cervejas, depois subíamos. Havia quartos para alugar no primeiro andar. Luana despia a malha e deitava de bruços. Usava sempre colante e jeans. Não conversávamos nada. A direção de nosso olhar era a porta da rua, enquanto bebíamos. Eu perguntava se ela queria um tira-gosto e ela respondia que podia ser batata frita. Primeiro eu ficava entre as suas pernas. Molhava os dedos de saliva e umedecia sua vagina antes da penetração.

~

Pedi Débora em casamento num domingo. Eu a conhecia havia apenas dois meses. Ela ejaculara forte, e se surpreendeu que gozasse tanto. Foi casada durante dez anos sem experimentar o orgasmo.

— Nosso amor é muito grande. Nunca gozei tanto — disse ela. Não retruquei. Eu a deixei pensando que o amor pode levar ao clímax. Se dissesse que língua e técnica a fariam mais feliz, me julgaria pouco romântico.

~

A filha da vizinha entrou no elevador, ofegante. A camiseta manchada do suor entre os seios e nas axilas colara ao seu corpo. Ela arfava, suavemente. Baixei a cabeça tentando disfarçar a minha excitação. Não adiantou. Seu cheiro invadiu minhas narinas e tive a ereção. Ela se admirava no espelho. Quarto, quinto, sexto... Cada segundo aumentava o meu desejo. Temi sucumbir, no 12º andar, respirei fundo. Ela desceu murmurando um tchau... Em casa, corri para o banheiro e me masturbei.

༄

Aquilo se arrastava, indefinidamente. As mulheres chegavam sob óculos e trajes escuros. Cumprimentavam abraçando. Zilda abraçou forte, sem a reserva costumeira. O velório faz despir relutâncias. Correspondi sentindo seu corpo inteiro colado ao meu. Um arrepio me percorreu braços e pernas até pulsar no pau. Logo a Zilda...

༄

O abraço de Zilda iluminou o velório. Quase toda mulher ali me poderia proporcionar o arrepio gostoso, no mínimo.

— Meus pêsames, João.

— Brigado, Zilda — respondi, mantendo o enlace mais alguns segundos.

Os maridos, próximos, não ousavam ciúme: dor de mãe morta é aval suficiente para que eu sufocasse suas mulheres.

༄

Torci por outras criaturas, doces carpideiras. Imaginei Paloma entrando na capela, mas a menina não desperdiçaria seu tempo em exéquias. Sonhava com a jovenzinha quando Laura entrou. Os gordos, marido e o filho adolescente, a reboque. Laura, tenra e branca, prima de mamãe. Eu a despira muitas vezes em fantasias de banheiro. A carola Laura. Benzeu-se diante da defunta antes de marchar em minha direção. O colo palpitava. O olhar apreensivo buscava o meu. Condoído, abri os braços. Aninhou-se, noiva que consola.

↶

O abraço de Laura se desfez num imperceptível gemido.
— Como você está bem... — mas meu olhar dizia: "Tô doido por você."

↶

A longa e lenta caminhada ao túmulo permitiu trocas de olhares. Após muitas curvas na geografia labiríntica do cemitério, supus Laura cúmplice de minhas intenções. Entregaria a carne branca aos meus carinhos? Chegamos à sepultura e eu experimentava uma ereção tão deliciosa quanto angustiante. Senti necessidade de confirmação. O caixão depositado sobre as cintas de lona e dei um passo para trás. Um leve movimento de cabeça e vi Laura a dois metros de distância. Eu preciso confirmar. Débora agarrada ao meu braço. Desfiz-me num gesto largo.
— Amigos, dona Helô nos deixa sós no mundo. Ela descansa, nós continuamos.

Não me contive ante os chavões. Caminhei buscando a melhor postura. Parei ao lado de Laura, que assistia à *performance* entre comovida e atônita. Num lance de ator concentrado, verti lágrimas duplas, estremeci todo o corpo e abracei Laura, quase gritando:
— O que será de mim? — Ela correspondeu estreitando o abraço. — Te desejo, Laura — sussurrei. Ela afastou a cabeça e nossos olhares se encontraram.

— Seja forte, João... tudo vai dar certo...
Agradeci à mamãe a última grande felicidade que me proporcionava.

↩

Noites quentes, plenilúnio, janela escancarada e agonia de insônia. As longas noites de vigília, de olhos fechados ou abertos, permitiam uma única visão: as pernas de tia Adélia. Saias levantadas, espantando o calor, abrasante calor entre as coxas do menino, que nem sequer tocava o membro. Doce umidade, interminável gozo, atravessando a noite na cama de armar. A tia viúva recordaria os afagos do morto? Barco à deriva, meu desejo por Adélia atravessou a adolescência. Morando em Cordovil, era comum o pernoite na casa da tia em Copacabana... para ir ao cinema, ver o mar... menino e mulher, ancorados na noite perpétua, fui, antes de tudo, cativo das coxas de titia.

↩

O sucesso sexual com as mulheres causa inveja, ciúme, ódio, ressentimento, incompreensão, críticas morais e éticas, indignação, entre outras reações que não classifico de imediato. Tudo em nome da normalidade social, das instituições, do amor romântico e até de Deus. As razões que as próprias mulheres possam ter, ao manter relações sem compromisso com homens que tenham esse sucesso e as razões destes homens são, solenemente, ignoradas. Meu amigo Márcio era um conquistador. Dedicava todo o seu tempo livre a encontrar parceiras sexuais. Ele era vítima de todos esses contraditórios sentimentos. Acontece que ele defendia essa posição teoricamente. Colecionei alguns aforismos que ele criou sobre o assunto. Um deles: "O prazer como caridade é encarado como perversão. Ninguém admite oferecer como dádiva aquilo que não deve ser comprado com moeda."

෴

O doutor Zveiter explicou que o psicopata não tem superego, ou seja, não distingue as ações que devem ser censuradas.

— Meu caso se encaixa? — perguntei. Ele achava cedo para responder. Houve um momento em que compreendi que nada me impedia de agir. Nenhum remorso, nenhuma culpa. Eu simplesmente acho que temos o direito de abordar qualquer ser humano em busca de uma relação sexual. O outro só aceita se quiser. É diferente de assédio, em que o jogo se estabelece sobre o poder que um tem sobre o outro. Poder de demitir uma funcionária, por exemplo. Nunca usei de semelhantes expedientes, também nunca tive funcionárias.

Meu analista não é retrógrado. Isso eu descobri durante as sessões.

— Ele já explicou que você é compulsivo? — perguntou Ivana, enquanto arfávamos depois de longa relação.

Fiquei calado, deixando o relaxamento do orgasmo invadir o corpo.

— Falou? — insistiu.

— Não. Meu desejo sexual é tão compulsivo quanto sua verbalização escandalosa é histeria. Ou seja: não é.

— Você está contando tudo para ele? Aquele caso do *Seicho no ie*, por exemplo?

— Aquele não — falei — mas outros piores.

— Piores? Há coisa pior? – perguntou ela com um insuportável tom recriminatório.

Virei para o lado e tentei dormir.

☞

O largo do Machado fervilhava em noite de São João. A praça cheia da comunidade nordestina do Rio. O povo vindo em busca de oportunidade. Ocupam vagas nas portarias dos prédios e cozinhas de classe média. Entre as domésticas é possível encontrar excelentes amantes, jeitosas, carinhosas e dedicadas. Eu flanava entre as barraquinhas que vendiam queijo coalho, amendoim torrado e pipoca. Olhar buscante sobre as meninas de sorriso tímido. A lua, bênção luminosa. Eu a vi quando atravessava a praça. Mais alta do que qualquer outra, magra no limite, caminhava determinada para chegar do outro lado. Não estava na festa, nem era nordestina. Talvez de origem indígena, pele cor de cuia, linda, linda... Fui sugado. Quase corri na intenção de emparelhar com ela. Ia puxar qualquer conversa, mas seu cenho me desanimou. Eu a segui a certa distância. Saímos da praça, seguindo pela rua do Catete, depois dobramos à direita. Sempre caminhando depressa. Ela entrou num prédio baixo e iluminado. Era a igreja *Seicho no ie*. Entrei também. O clima místico era aconchegante e emoldurava a beleza da mulher. Havia vela, incenso, vozes murmurantes. Ela ajoelhou sobre as pernas numa almofada. Repeti a operação ao seu lado. Só então me viu. Olhar indiferente e rápido de quem está ali para orar. Minhas pernas doíam, mas sustentei a posição e espiei de cabeça baixa o corpo de minha admirada. Flexível, de curvas suaves, consistente, era o corpo de uma mulher de uns trinta anos.

☞

"Meu nome é João Medeiros. Nasci no Rio de Janeiro, em 1957. Sou magro, de estatura mediana, descendente de europeus, índios e africanos. Cursei letras, mas não sou um intelectual. Gosto de cinema, música e vida ao ar livre. Procuro mulher entre 20 e 60 anos para relacionamento erótico sem outros compromissos. Sou carinhoso e avantajado." Essas parcas informações constavam de meu anúncio na revista *Brazil*, publicação especializada em encontros sexuais. Menti no enunciado. Não vou ao cinema faz anos, e música só como fundo para sexo. A outra inverdade foi quanto a procurar UMA mulher. Desejava quantas parceiras interessantes pudesse conseguir.

Duas semanas depois da publicação começaram a chegar propostas.

"Sou quase mulher, João. Se eu não contasse logo, você não notaria diferença e se apaixonaria. A foto mostra minhas formas perfeitas. Quero um homem macho para compromisso sério", escreveu o travesti Astrid.

"Gostei de sua apresentação, João. Principalmente a falta de preconceito quanto à faixa etária. Sou mulher de 55 anos, inteira, cheia de desejos. Não enviei foto porque não consegui a que me mostrasse como quero que você me veja." Essa era Djanine, de Nova Iguaçu.

"Veja minha foto. Ela fala por mim. Tenho corpo de *miss* e sou muito carinhosa. Quero ser sua amante. A contrapartida é você me dar tranquilidade. É possível?" Lidiane queria que eu a sustentasse. Estava fora de cogitação.

"João, sou casada. Meu marido é corno assumido. Seu prazer é transar comigo logo após o encontro com meus amantes. Você pode pertencer a esse seleto grupo. Seu dote é de dezoito centímetros ou mais? É minha única reivindicação." Elza parecia ninfomaníaca. Fiquei interessado em conhecê-la.

Dei retorno para Djanine e Elza usando uma mesma carta mudando apenas o destinatário.

⤴

Marquei com Djanine na praça Quinze. Escolhi lugar público movimentado. A avaliação física era necessária porque ela não enviara foto. Por telefone informou que usaria um grande chapéu branco. Sua voz era de velha, mas a experiência me ensinara a não subestimar sonoridades vocais.

⤴

Elza e Romualdo moravam na rua Alice, num conjunto residencial de Laranjeiras. Ele me recebeu sorridente e tímido. Ela apareceu na sala usando *lingerie* lilás. Era mulher de uns trinta anos, de beleza vulgar e panturrilhas musculosas. Parecia uma prostituta. Sorria em esgares espalhafatosos, beirando a histeria. Eu estava ali para trepar. Não queria perder a viagem. Mas estava difícil entrar no clima. Caminhei em sua direção e pousei a mão sobre a vagina, seca. Ela gemeu, fingindo.

— Vamos para o quarto?

Romualdo sugeriu bebermos alguma coisa.
— O que você tem aí? — resmunguei autoritário, sentindo que o teatro se esboçava por aí.
— Vinho, cerveja, uísque...
— Qual o vinho?
— Traga champanhe para ele beber em meu corpo...
— Prefiro taça.
Elza me conduziu pela mão para a suíte do casal. O quarto lembrava motéis da década de 1970 com luzes indiretas e cores fortes. Agachei diante dela e retirei sua calcinha num único movimento. Havia um cavalete de ginástica e a fiz deitar sobre ele. Ergui suas pernas musculosas com uma das mãos. Suas nádegas, vagina e ânus expostos. Romualdo chegou com champanhe e o sorriso tímido. Extasiava-se com a utilização que eu fazia de sua mulher. Peguei a taça com a mão esquerda enquanto mantinha as pernas de Elza erguidas com a direita.
— Umedeça a racha de sua mulher, Romualdo — falei, como técnico.
Ele hesitava, então o agarrei pela nuca e o fiz ajoelhar entre as pernas dela. Gemeu, e suas lágrimas correram enquanto esticava a língua até os lábios da vagina da esposa.

Djanine era o oposto de Elza. A esposa de Romualdo era sádica com o marido e obcecada por sexo; Elza, em verdade, queria romance. Era de carne branca e apetitosa, de flacidez suportável. Gemia e esboçava máscaras de dor enquanto era penetrada. Nos picos de prazer, chamava por santa Engrácia, sua padroeira. Também clamava por Deus e Jesus. Depois de uma hora queixou-se de mal-estar. Sua voz metálica inspirava alguma agressão suave. Coloquei-a de bruços e surrei suas nádegas com palmadas fortes até que surgiram manchas vermelhas na epiderme alva. Gritou por piedade. Talvez diante da crueldade máxima que experimentara. Acrescentei verbalizações focadas. Informei que o demônio se apossara de meu ser e copularia até que nascesse o legítimo representante das trevas. Gozou numa alucinação histérica.

Sexo desperdiça tempo, dinheiro e energia. O custo de qualquer relação sexual é sempre alto. Se você satisfaz o outro, fica lhe devendo mais prazer. O registro na memória lateja gritando: mais, mais... Se não há satisfação, há cobrança, ressentimento, ódio. Só há o caminho da saciedade. A economia do sexo é complexa porque permanece em desequilíbrio. Quem recebeu carinhos quer mais e mais; se ao contrário estiver carente, tende a buscar menos com o companheiro e mais com companhia fora do casal. Tudo que envolve sexo acaba custando caro: motéis, entretenimento na fase de aliciamento ou ajuda financeira. As mulheres foram criadas com a cultura de que deitam por algum resultado, além do prazer. Pode ser casamento, emprego ou 100 reais. Perdemos tempo sonhando com o prazer que teremos, gastamos tempo tendo prazer e usamos tempo lembrando o que vivemos. E é necessária muita energia para despender com sexo. Resultado: eu vivia pendurado em problemas financeiros, físicos e de agenda. Só havia uma conciliação possível: ganhar dinheiro com sexo. Mas como?

A prostituição masculina é reservada aos mais jovens. Há ainda o inconveniente dos homossexuais. É necessário atendê-los, uma vez que representam boa parte da clientela. Eu não tinha uma boa afinidade em relações com homens. Tentei lugar num bordel masculino. Funcionava no Leblon, na rua Humberto de Campos. A indicação fora de um amigo. O apartamento amplo acomodava rapazes de compleição sólida. Imaginei que muitas horas de academia eram necessárias para dar aquela forma aos profissionais. Havia o Gaúcho, alto, de tez clara, olhos castanhos, mas ao pronunciar uma única frase denunciava profunda tacanhice. Não sendo palestra a sua especialidade... outros eram Toni, um afro-descendente baixo e atarracado; Álvaro, tipo índio; e Carlos, de modos afetados. Todos tinham entre 25 e 35 anos. O controlador do ambiente era Tutu, um cara de meia-idade mal-encarado. Soube depois que era policial da ativa. Tutu afirmou que eu não fazia muito o tipo procurado pelas madames. Eu tinha na época 32 anos. Mas me aceitaria no seu elenco. Havia um catálogo. Era preciso tirar foto nu e em ereção. O programa saía por 200 cruzeiros e ele ficaria com a metade.

A breve experiência como provedor de sexo pago causou desconforto. Houve sentimento de anulação do prazer ao ser escolhido. Tentei superar o impedimento, sem sucesso. Minha primeira cliente, aos 64 anos, foi incentivada por amigas a procurar um prostituto. Ao ligarem para a agência, fui indicado tendo em vista a exigência de Elaine, a cliente, em encontrar alguém de conversa interessante. Eu era o único profissional que freqüentara curso superior.

— Você gosta de cinema?
— Muito — respondi mentindo.
— Assistiu a *O gigolô americano*?
O filme fazia sucesso nos cinemas.

— Ainda não, mas vou ver nesta semana — respondi, tentando expressão de pesar por ainda ignorar Richard Gere desfilando de gigolô com bons carros e melhores mulheres.

— É ótimo. Podemos marcar para assistir juntos — disse Elaine, me imaginando seu par constante.

— Minha hora custa dois mil cruzeiros — falei e me arrependi.

— Não poderemos ser amigos...?

— Claro. Desculpe se pareci grosseiro, é que meu tempo anda escasso.

Elaine ainda conservava um corpo bonito, mas suas posições eram desencontradas. Ela se excitava facilmente. Perdi a paciência e forcei a penetração. Elaine choramingou e praguejou contra as amigas que recomendaram o encontro. Recomecei tudo novamente considerando que uma das qualidades do prostituto é a paciência. Ela começou a contar seus reveses familiares e acabou falando nos netos. Senti-me no ridículo papel de híbrido entre psicanalista e cortesão.

Após dois casamentos, amantes fixas tranqüilizavam meu exaltado desejo de prazer. Os anos 90 se iam. Eu abandonara a pretensão de profissional do sexo, me afastara dos amigos e vivia de ocupações variadas e informais. Trabalhei como corretor de imóveis sem registro, motorista particular, garçom, motorista de táxi e vendedor ambulante. Aluguei para duas garotas de programa um dos quartos do apartamento que herdara de minha mãe. Narrando esse período para Zveiter é que notei como vivia mal. Apenas não percebia, pensando exclusivamente no erotismo. O síndico veio conversar comigo.

— Fui amigo de sua mãe, João. Era pessoa equilibrada. Viveu mais de dez anos aqui no prédio. Honre sua memória...

— Aonde o senhor quer chegar?

— As moças que moram com você, João. Elas voltam pra casa de manhã, e se vestem como... como... putas... com perdão da palavra.

— Alguém tem alguma coisa a ver com a vida delas? Infringem regra do condomínio?

— Elas são prostitutas, João. Um dos porteiros viu as duas sentadas naqueles bares da avenida Atlântica...

— Preconceito. Elas ganham a vida... e não trazem homem para cá. Isso elas não fazem...

— E você, João? É raro o dia em que alguma moça estranha não dorme em seu apartamento...

— Estranhas para o senhor, seu Chico. São amigas íntimas...

— São suas amigas essas criaturas de outra classe social... domésticas do prédio vizinho, João?

— Preconceitos, seu Chico. Parece que excluídos não podem ter vida afetiva.

Avermelhou de indignação.

— O cinismo não o livrará do julgamento das pessoas de bem, João.

Fiquei calado. Ambos na porta do apartamento. Eu não o convidara a entrar. Alguma roupa íntima devia estar rolando pela casa.

— Peço que dê freio nas festinhas ou serei obrigado a pedir autorização do conselho do condomínio e processá-lo.

Falava sério, ou ao menos com sisudez.

— Aguardarei suas medidas.

Pedi licença e fechei a porta.

⁓

Fui criado em Copacabana. Vivi as últimas décadas do século XX na estreita faixa entre montanhas e mar, tomada pelo caos urbano, e assisti à lenta/rápida metamorfose do bairro. Ouve-se falar em 300 mil habitantes entre moradores fixos e temporários. Garotas de todo o Brasil chegam ao Rio no verão. Uma boa parte fica em Copacabana, em apartamentos alugados por temporada. Elas chegam para o prazer, dispostas ao amor. Era carnaval de 1979. Encontrei Tânia olhando um bloco de sujos no Posto Seis. Encantada pela mística do Rio. Curitibana branquinha, cheia de sardas e fantasias. Foi quem me contou que Brasil afora a cidade maravilhosa estava ligada à idéia de aventura. Eu tinha 19 anos e nenhum dinheiro no bolso, mas era carioca. CARIOCA da gema, seja lá o que isso queira dizer. Trepamos na praia, madrugada de carnaval. Ela foi a primeira de tantas outras turistas. Tânia Slowinsky se tornou minha amante por muitos anos. Eu ia ao Paraná apenas para deitar com ela. Casou, criou família e continuamos transando. Até que morreu junto com marido e filhos num pavoroso acidente de estrada.

⁓

A minha memória é caminhada na bruma. Aqui ou ali se iluminam cenas marcantes. A sala de aula, quando fui inundado pelo desejo erótico mais intenso. Teria 15 anos? Nem sequer fui sujeito da ação. A professora de história, pequeno corpo torneado, vestido curto, marchava segura entre as classes com suas pernas grossas. Chama-se Irene? A boca miúda, cabelos curtos, olhar agudo. Bela, bela. Cercada de adolescentes. Havia um malicioso moreno, sonso e esperto, chamado Ademar. Irene se curvava aqui e ali. Levemente inclinada, o doce vértice de suas coxas a poucos centímetros. Braço estendido, Ademar espalmava o espelho sob a saia de Irene. A zona íntima. Trêmulos, não conseguíamos tirar os olhos da carne protegida pela calcinha... azul... é azul... vivi a primeira de muitas paixões por professoras. Síndrome que me acompanhou durante décadas.

Se mamãe ia não sei onde, eu ficava com a vizinha, dona Suely. Acompanhando suas pernas fortes andando pela casa simples. Entramos no quarto e ela murmurou o equivalente a um "fique à vontade". Deitou-se na cama, alta até minha cintura. Vestida e calçada, como quem apenas repousa. O movimento ao estender-se ergueu a saia revelando a carne branca, montanhas de suaves e macias coxas de mulher. Queria viver ali, repousar...

— O que é, João? Quer água?
— Não...
— O que está olhando?
— Nada, não...

Zveiter explicou que, em sociedades reprimidas, o sexo é utilizado como instrumento de poder político. Essa é uma das razões pelas quais aos maridos não agrada saber que as esposas fornicam com outros homens. Mantive relações com mulheres casadas nas mais diversas condições. Na maioria dos casos, eram sexualmente insatisfeitas. A outras agradava a emoção do relacionamento extraconjugal. Alguma queria ajuda econômica.

⁓

Nos idos de 60, a pornografia que chegava aos adolescentes era chamada de "catecismo". Livros de bolso desenhados em narrativas seqüenciais, página a página. O autor era Carlos Zéfiro. Seus enredos seriam quase ingênuos se comparados ao hardpornô do fim do milênio. As bancas de revista vendiam essas transgressões impressas que animavam nossa masturbação. Mas havia ainda fotografias em preto-e-branco da genitália feminina. *Closes* de vaginas cobertas de pêlos. Como aranhas, viúvas-negras atraentes e assustadoras. Sem rosto, sem nada além de sua presença quase metafísica.

⁓

A idéia deste livro foi de Zveiter. Escreva sobre sua obsessão, sugeriu ele.

⁓

Fomos passear na zona do mangue em uniformes escolares. Éramos possivelmente virgens. As mulheres perambulavam entre calçada e porta. Vulvas de cheiro forte conduziam a corredores escuros e cubículos onde as ações aconteciam. Que ações? O que se fazia lá? Um de nós, ousado Ademir, foi tragado para o coito de 200 cruzeiros. Risos nervosos durante a espera. Em dez minutos foi cuspido, triunfante e macho.

~

A tarde acalorada e úmida extraía cheiro das coisas. Bolores e líquidos enchiam o ar de perfume e fedor. Tempo parado esperando que ela se despisse.
— Tira a roupa, menino.
Lembrava um palhaço de circo periférico, saia carmim, coxa rendada, pintura na boca e nas bochechas. Cruzando os braços, arrancou a blusa acetinada. O sutiã era preso por nó no ombro. Levantou a perna e, pé sobre a cama, enrolou a meia.
— Tira logo, não tenho o dia inteiro — queixou-se.
Sobre a cadeira de pé quebrado, balançava o ventilador ruidoso. Abri a camisa social com o escudo da escola. Ela vestia apenas as calçolas pretas transparentes. À vista, as bandas da bunda, grande e redonda como a de minha mãe.
— Vai foder de calças? — riu-se, mascando.
Os seios apontavam auréolas róseas. Tempo parado e enorme sem fuga possível. Abaixei as calças em desequilíbrio.
— Primeira vez, né?
Sentei na cama para tirar sapato e libertar as calças. Ela arriou a última peça e estava lá o vértice negro, meu mestre para a vida inteira.

~

Cavalo, crista-de-galo, chato, cândida, gonorréia, sífilis perfilavam-se como batalhão de paúras possíveis. Mas como desviar os dardos do azar?

~

A primeira mulher que vi inteiramente nua era azul. Na tela do Cine Pathé, num filme preto-e-branco, francês.

↜

As garotas que alugaram o quarto em meu apartamento se chamavam Nara e Heloísa. Os nomes de guerra eram Suzy e Lou. Circulavam pelos bares da avenida Atlântica. Preferiam estrangeiros – porque eram mais gentis. Tentei explicar que clientes de fora eram homens de outra classe social. É claro que não deu certo locar para as garotas. Não poderia dar certo em se tratando de um cara como eu. Na data do pagamento, me arrastavam para a cama. Fazíamos longas sessões de sexo a três. Fiquei inteiramente apaixonado pelas duas e passei a servi-las. Nara era afro-descendente, magra, pequena, ágil como cobra, dançarina do ventre contraindo e soltando a vagina durante o coito. Heloísa resultava da mistura de várias etnias, do afro ao euro. Baixa e atarracada, utilizava a boca forte com precisão e empenho.

Após noites de orgia, em que era considerado o valor do aluguel, dividido por dois e multiplicado por sessões de amor, eu as acordava com café, suco, frutas e pães. Enfim, além de não me auxiliarem, geravam despesas.

↜

Nara se afeiçoou. Passou a ficar na minha cama, enquanto Heloísa voltava para seu quarto. Contou sua história.
– Puta adora contar a vida.
Ela riu.
– Mesmo que não seja verdade...

— É verdade — disse ela. — Quero paz. Quero um homem que me dê paz.
— Não sou eu, falei. Sou incapaz, o contrário de paz...
Rimos juntos.

༄

Após seis meses, Heloísa arrumou um cara e foram morar juntos. Ficamos eu e Nara. Passamos a trepar todas as noites, após o seu retorno, sempre na madrugada. Esquecemos o balanço entre programas e valor do aluguel. Senti falta de Helô. A graça estava no *ménage à trois.* Quase um mês depois, Nara chegou às quatro da manhã da rua e veio para a minha cama. Virgínia dormia abraçada comigo. Uma ex-namorada que eu reencontrara. Nara quis deitar junto e tentou iniciar uma sessão de sexo oral. Tentei impedir. Virgínia acordou.
— Deixa eu pagar um boquete, querido — disse ela, e o aroma alcoólico invadiu nossas narinas.
— Quem é a piranha?
— Vai para o seu quarto, Nara.
— Nara. Meu nome é Nara. Sou eu que faço o João gozar.
— Você sempre metido com essa gente... pensei que tinha mudado.
— Pau que nasce torto...
Virgínia esbarrou em Nara ao levantar. O álcool fez a minha putinha perder o apoio e ela caiu para se levantar de imediato, furiosa, enciumada. Gritos e tabefes irromperam na noite. Consegui colocar Virgínia num táxi após acordar todo o povo do andar.

༄

Nara queria me sustentar. Era tentador. Eu estava com 38 anos. Tentava enxergar futuro. Pensei na dualidade. Eu era um ser dual. Uma metade ocupada por um homem tentando sobreviver à outra parte, ocupada por um pervertido. Seria eu um pervertido? Várias mulheres haviam afirmado isso. Fosse esse o meu drama, de nada adiantaria o ajuntamento com uma prostituta. Embora ela fosse fogosa e hábil, não me satisfaria. Eu precisava de quantidade, além de intensidade.

— Precisamos conversar, querida — falei para Nara enquanto comíamos uma *pizza* na cama. — Em nome de nossa relação, você precisa entender que eu não suporto a monogamia. Mesmo com sua técnica admirável, me levando ao orgasmo várias vezes por noite, para mim é pouco.

— Você é um cachorro corrido — disse ela.

— Pode ser. Eu era feliz quando éramos três. Agora perdeu a graça...

Ela pegou uma fatia de *pizza* com aliche e enfiou na minha boca.

— Deixa comigo, taradinho...

Acabamos de comer e voltamos à ação.

Na semana seguinte, Nara chegou com duas colegas, Maria e Angélica. Fizemos uma farra com vinho e jantar. No fim de semana seguinte, chegaram Paula e Janete. Resolvi abrir mão de minha cama. Dormia com elas conforme hora e desejo das partes. Um harém. Elas se cotizavam para comprar o que a casa necessitasse. A geladeira se abasteceu de vinhos, doces, compotas, assados embalados para entrega, comprados na madrugada. A decoração da casa também se alterou. O sofá se cobriu de bonecas enormes, e as roupas íntimas se distribuíam por todos os cantos. Banhos eram, muitas vezes, coletivos. Elas saíam para o trabalho depois das dez da noite. Até lá, monopolizavam a tevê assistindo a novelas mexicanas com enredos óbvios. Nada me abalava. Eu rolava de mão em mão, ou de vagina em vagina. Pouco saía de casa. Os raros amigos ligavam, recados se acumularam, mas aos poucos me esqueceram. As meninas não conseguiam disfarçar sua atividade, e o síndico fez a sua arremetida. Rechaçado, foi ruminar uma forma de contra-ataque. Minhas roupas ficavam no armário. Meu traje: cuecas ou a cueca. A mesma que se misturava aos lençóis, rolava pelo chão, ou aguardava, pendurada no banheiro. Nara me olhava, em permanente frêmito sensual, como se observasse o momento em que a cria vai se fartar e pedir colo. Não tinha a medida de minha desmedida. Não teve.

Lembrando hoje, não muitos anos depois, tenho dificuldade de precisar quantos meses durou minha estada no Éden. Ou seria no averno? E é difícil precisar por que estive fora de tudo. Intimamente, porém, sabia que me convencera de haver resolvido os problemas materiais da vida. Elas tomariam providências quanto à comida, pagariam o condomínio e a faxineira e me abasteceriam de amor. Eu era o dono do apartamento. Elas tinham trabalho. Se alguma desistisse não faltariam novas candidatas, então...

Então, encontrei Ivana. Ou ela me encontrou. Bateu na minha porta.

— Desculpe, será que o senhor teria alguns minutos para um papinho?

Ivana tinha voz educada, e sem ser mulher bonita, era atraente, pelo menos para mim, que não demorava muito para me encantar com qualquer pessoa do sexo feminino. E havia uma sóbria sensualidade em Ivana. Abri a porta e a mandei entrar. As gigantescas bonecas e o urso ocupavam todo o sofá. Dez horas da manhã, as meninas dormiam. Fechei a porta que dava para os quartos e afastei as bonecas.

— As crianças deixam tudo jogado, me desculpei — mentindo.

Ivana sentou, com um sorriso irônico no rosto. Sentei também fechando o robe sobre o corpo nu. Olhei-a interrogativo.

— Moro no 903, seu João. Recebi uma visita do síndico pedindo minha assinatura numa petição para o senhor sair do prédio. Resolvi ouvir a sua versão antes de assinar...

Não havia o que dizer. Sob certa ótica, o síndico estava certo. Fiquei calado, olhando Ivana e pensando em como poderia convencê-la a ir para a cama comigo.

— O que você faz? — perguntei, para dizer qualquer coisa.

— Sou pesquisadora do governo.

— Eu estou desempregado. Minha renda é alugar o apartamento para essas moças, que injustamente são tachadas de levar uma vida fácil — falei num tom talvez excessivamente dramático.

— O síndico diz que vocês vivem em orgias...

— Tenho relações sexuais regulares com minhas locatárias.

— O senhor é amante de todas? Desculpe, se pareço intrometida.
— Não há o que esconder. Sim. São minhas amantes.
— Que extraordinário. O senhor é um sultão.
— Não, propriamente. Gosto de sexo e, para minhas locatárias, sexo é um produto abundante. Não lhes custa distribuir. Como é mesmo seu nome?
— Ivana.
— Ivana. Você gosta de sexo, Ivana?
— Normalmente.

E ficamos olhando um para o outro, longamente, até que Nara saiu do quarto, sonolenta e nua, com os cabelos em desalinho.

༄

Ivana me julgou pessoa afetuosa e obsessiva. Teve a sabedoria de dizer, simplesmente: "João, você não pode continuar vivendo assim." O mais difícil foi expulsar as putas. Reagiram aumentando a voltagem do sexo grupal. Quase sucumbi, mas as palavras de Ivana permaneciam piscando em alerta. O síndico conseguira o seu intento. Minha salvadora negociou com ele. Em 24 horas eu deveria me livrar das meninas. Pobres perseguidas pela hipocrisia da sociedade. Saíram carregando seus ursos de pelúcia gigantescos e coloridos, suas bonecas e bolsas. Partiram equilibrando saltos altos em plena tarde de outono. Convidei Ivana para um jantar íntimo que preparei com os gêneros que as prostitutas haviam deixado. Acabamos na cama. Ivana era ardente e suave. E se apaixonara.

༄

Ivana trouxe Zveiter. Há uma ciência que organiza o mundo, informa as incorreções de rumo de nossas almas desesperadas. Zveiter cobra caro. Cada consulta custa o equivalente a um quarto do aluguel de um apartamento como o meu. Novamente, Ivana interferiu. Não sei o que ela disse, mas ele aceitou me ouvir sem custos nos primeiros seis meses.

⁓

A nova divisão de minha vida após o encontro com Ivana foi procurar emprego, trepar com Ivana e encontrar Zveiter. O emprego estava muito difícil. Minha experiência era variada demais e de pouca qualificação. Meu desejo intenso era saciado, parcialmente, por masturbações, várias vezes ao dia, quando me lembrava das putas para me inspirar. Trocara uma vida de prazeres pela tentativa da cura. Como doía.

⁓

Após o velório de mamãe pensei em Laura. Era clara sua disposição em viver uma experiência sexual comigo. O problema era retomar o ponto, dali, do discurso oportunista beira-túmulo. Ligar era perigoso. Tinha que ser olho no olho. O tesão prevaleceria. Fui à Tijuca. Fingi ocupar um telefone público sob uma marquise do outro lado da rua. Foram saindo: filho para a escola, marido para o trabalho. Nove da manhã. O problema agora era o porteiro. Eu não queria me anunciar para que ela não refletisse sobre a nossa condição. Ela era prima de minha mãe. Queria aproveitar esse capital emocional. O porteiro embalou conversa com o colega do prédio ao lado. Foram falando, animados, sabe-se lá que papo futebolístico, e voltaram as costas para mim. Atravessei a rua e entrei no prédio, correndo o risco de ser confundido com um assaltante. Subi escadas de quatro andares evitando o elevador. Toquei a campainha.

— Quem é?

— João. Da Helô — falei, invocando o nome de mamãe, não em vão mas em prol do mais puro amor sexual.

Ela abriu a porta e me olhou, surpresa.

— João?

Um vestido simples sobre o corpo. Mais nada. Os seios me fizeram tremer de desejo. Avancei. Beijei seu colo. Ela resistiu. Agarrei sua nuca e enfiei minha língua em sua boca num movimento quase de estupro. Ela se desfez em meus braços.

Laura invocava Deus durante o coito. Associaria prazer à graça divina? Durante os sucessivos orgasmos, gemeu e gritou como animal no abate. Por fim caiu para o lado e emborcada adormeceu. O corpo volumoso mas atraente era muito claro, não branco, mas de tonalidade creme. Acima da cabeceira, um Cristo seminu agonizava. Ela e minha mãe muitas vezes haviam freqüentado missa. Dona Helô relatara minha vida dissipada? Não seria de estranhar. Muitas vezes mamãe propagava minhas conquistas. "As mulheres vivem ligando atrás dele", trombeteava. Laura deve ter construído a fantasia de que eu poderia lhe levar ao prazer.

O caso com Laura talvez fosse a chave para falar de minha mãe com Zveiter. Mas descobri que isso era apenas estereótipo do que seja a psicanálise. Ele estava interessado em mim e não no que eu pensava de dona Helô. O gosto por mulheres mais velhas, como Laura, talvez demonstrasse complexo de Édipo mal resolvido? Zveiter riu de minha sugestão. Que eu ficasse com a narrativa, ele se encarregaria das interpretações. Contei então como passei a visitar Laura nas tardes quentes de novembro no apartamento da Tijuca, enquanto seu marido dava duro na Imobiliária Santo Lar, e seu filho freqüentava a academia de ginástica tentando perder peso. Era uma família de quase obesos. Laura era roliça e suava muito em meus braços. No terceiro encontro, chorou. Será que dona Helô aprovaria o nosso amor? Expliquei que duas razões eliminavam sua preocupação: a primeira é que nossa relação não era amor mas sexo, e a segunda, que dona Helô não tinha condições de aprovar mais nada. Laura magoou-se com ambas as premissas. Ela me amava e acreditava em vida após a morte.

— OK, Laura, relaxe e aproveite — falei, dando um tapinha em sua bunda.

Fez uma careta e beijou minhas mãos.

Os primeiros encontros envolviam lembranças familiares. Laura tratava nosso caso como extensão da coexistência entre parentes. Eu ia tirando sua roupa, apalpando seus seios, arriando sua saia, enquanto ela falava sem parar do passado com mamãe. Enquanto eu a penetrava, entre gemidos ela comentava as qualidades de esposa de dona Helô. Atribuí seu comportamento obsessivo à tensão do adultério. Mas, aos poucos, foi se calando. Eu chegava, ela abria a porta usando apenas um *chambre* sobre o corpo, e eu a possuía de forma lenta e firme.

Quase não gemia mais. Gozava em espasmos curtos e fortes, chorava murmurando o nome de Deus. O curioso é que sua atitude de mártir sacana aumentava o meu tesão.

⌇

Saindo da casa de Laura, certa tarde esbarrei com seu marido, Nilson. Após cumprimentos, minha amante saiu-se bem inventando na hora a desculpa de que eu morava no bairro e vinha oferecer préstimos.
— E o apartamento que sua mãe deixou?
— Aluguei e estou numa vaga no largo da Segunda-Feira, para poupar algum — falei sorrindo.
Ele também sorriu.
Algumas semanas depois, ele e o filho viajaram para a casa de parentes em São Paulo. Mudei para a casa deles no fim de semana. Só retornariam na segunda-feira. Eu e Laura ficamos na cama em verdadeira maratona amorosa. Na manhã de domingo, acordei esfomeado. Calçando os chinelos de Nilson, que estavam sob a cama, saí para comprar pão. Na volta, notei que esquecera a chave, e toquei a campainha. O próprio Nilson abriu a porta.
— Bom dia!! Trouxe pão quentinho para o nosso café — falei. Ele sorriu e deu passagem. — Estava passando na padaria e não resisti, vou fazer uma surpresa para os primos... ainda dormiam...? Acordei..?
— Nada. Cheguei agora de São Paulo com o Ariostinho — falou enquanto eu avançava com os seus chinelos.
Tomamos o desjejum em família. Na altura do pescoço, Laura exibia a mancha vermelha de meus dentes.

⌇

Sapatos sob a cama, sumiço de seus chinelos, constantes encontros em sua casa, indiscrições do porteiro, nada despertou a desconfiança de Nilson. O insuportável foi a mudança no estado de espírito de Laura. A energia sexual despendida quase diariamente deixava marcas incontornáveis. Estaria ela doente? Qual a razão de sua aparência exausta? Os orgasmos constantes funcionam como doses de droga. Criam segundo ânimo. E ele é detectável. Nilson desconfiou que algo ocorria. Mas o quê? Sua doce esposa, rainha do lar, estava... diáfana? De minha parte, viciara em Laura. Várias vezes por semana eu ia ao seu encontro, e eram horas de prazer constante. Mas estava claro que tudo viria abaixo.

⁓

Nilson flagrou-nos no meio da tarde. Estrondosamente envolvidos. Laura o viu por sobre meu ombro. Buscou se cobrir, mas não havia lençóis por perto. Protegeu sua nudez com a minha. Ficamos abraçados, num gesto insano. O tempo pingava gotas alongadas e ruidosas. Nilson permanecia calado. Não portava arma nem nos ameaçou. Fui desfazendo o abraço. Vesti as calças. Uma ereção parcial persistia. Laura apanhou o seu *chambre*. Agarrou minha mão.

— Melhor eu sair — falei para ela.

Apertou meu braço. Eu agia como covarde, mas não havia razão para permanecer ali. Desfiz o abraço e deslizei. Ela entrou no banheiro. Nilson aguardava na porta. Parei em frente a ele.

— Você tem um real aí? — perguntou ele.

Não ousei indagar por quê. Abri a carteira e estendi a menor nota. Apanhou-a e abriu caminho olhando para o lado. Caminhei depressa para longe dali.

༄

Fui amigo de putas. Senti afeto profundo por mulheres que se alugam. Aprendi que usam palavrões como pedras arremessadas aos algozes. Os xingamentos atravessam a noite nascendo de suas bocas embriagadas. Eriçam a imaginação das famílias e tudo se entorpece nos estereótipos de sempre. Mas o que elas fazem de fato? As putas mentem para os homens. O pouco mais que fazem além das esposas, noivas e namoradas é mentir para nós. Oferecem sua boca para todas as partes de seus clientes. Oferecem gengivas e vaginas, mas sedutora é a fantasia. Sexo é mais próximo de fantasia que de amor.

༄

Os mitos sexuais se prestam ao preconceito. A minha experiência com afro-descendentes deixou a impressão de serem mais tímidas que as de ascendência européia, embora o mito informe o contrário. Entre as prostitutas, também não é tão comum a presença delas. Vivi romance com Kiona. Ela vagava entre os artistas boêmios de Copacabana na década de 1980. Eu a encontrei no Gôndola, restaurante da rua Sá Ferreira, que no período abrigava a boemia teatral. Suas pernas longas e afiladas pareciam presas de mamute. Equilibrava-se, séria e misteriosa, em sapatos plataforma que a faziam mais inacessível e distante. Kiona adorava mulheres, mas não desprezava os homens. Ela os preferia bissexuais, por aceitarem o *ménage à trois*. Mas apesar de tudo era tímida. Estava na mesa de Lucrécio, diretor de teatro marginal e exótico. Trocamos palavras e farpas ironizando o nosso estágio alcoólico. Tentava agarrar Kiona e seus movimentos se desmanchavam no ar. Pedi nova rodada de rum e o incentivei à dose limite. Tombou a cabeça sobre os braços e entregou Kiona aos meus.

Kiona aspirava aos palcos. Lucrécio lhe prometera um papel na adaptação de *Satiricon*, de Petrônio. Os ensaios evoluíam para orgias em que o diretor atendia vários atores. Ela funcionava como um chamariz, uma vez que Lucrécio não chegava a ser nenhum Adônis. Saímos do Gôndola ao amanhecer, e eu não tinha onde a levar nem dinheiro, nada. A aurora na avenida Atlântica pode ser tão bela quanto melancólica. Eu não queria abrir mão dela. Lembrei-me de Ariadne.

Lésbica de meia-idade, Ariadne conhecia Kiona, de vista, da noite.

— Deusa de ébano enviada para perturbar nossa paz na terra — disse Ariadne sem medo de chavões.

Apartamento pequeno, banheira grande. Entramos. Kiona nua perturbava. Ariadne demonstrou repulsa ao pau duro, mas se manteve. Orgia: diversão para todos, especialmente Kiona, objeto de todos os carinhos. Todo o dia e a noite seguinte foi tempo de prazer. Ainda apanhei empréstimo de dez pratas com a lésbica agradecida.

Éramos amantes havia seis meses. Vânia era casada. Eu fui sua primeira relação extra. Resistiu quase um ano ao cerco até uma primeira tarde num apartamento alugado por temporada na rua Prado Júnior, em Copacabana. Vânia gemeu, depois chorou, quando a penetrei ajoelhada sobre o sofá rasgado. Tudo era decadente, menos nosso tesão. Depois ficou fumando, deitada, olhando para o teto. Calados, havia um clima de avaliação. Fora ótimo.

⁓

Vânia, aos 38 anos, era casada havia vinte. O marido ejaculava logo após a penetração, que era consumada sem carícias prévias. Era espécie de estupro consentido, e rápido. Vânia agradecia aos céus a precocidade do orgasmo de Leôncio.

⁓

Nossos encontros duravam duas ou três horas por semana e ela sempre chegava ao terceiro gozo. Vânia tinha enorme talento para o sexo, e eu a incentivava. A intensidade de nossos contatos aumentava e ela passou a repudiar o marido. Eu havia acompanhado outros processos semelhantes.

— Não consigo, João. Cada dia nosso é uma lua-de-mel. Não consigo mais receber Leôncio, mesmo por apenas alguns minutos.

Ao recusar as investidas do esposo, Vânia gerou a crise. Após nossas sessões de amor, o assunto eram as crescentes desconfianças de Leôncio. Ele a inquiria sobre o possível amante. Eu temia reação armada. A morte estúpida nas mãos de marido ciumento. Começamos a arquitetar sua acomodação.

~

O funcionário federal Leôncio podia sustentar amante. Vânia e eu concordamos em conseguir alguém. Contatei uma garota de programa chamada Manuela, e ainda financiei seu sustento durante o cerco. Leôncio freqüentava um restaurante popular do Catete. Foi lá que o "acaso" o fez conhecer a menina encomendada. Dias depois acabaram num motel da Glória. Manuela transou as primeiras vezes paga por mim. Estranha ironia. Era como se eu devolvesse a Leôncio prazeres que sua mulher me proporcionava.

~

Manuela era da rua Prado Júnior. Puta de Copacabana.
— Então, ele já te ajuda?
— Vai ajudar. Vai ou racha, né? Vamos num *ménage*. Vou levar a Sheila.
— *Ménage*? Ele topou?
— Vai experimentar, né!
— Mas essa Sheila, quem é? Conheço?
— Sei lá. Se vira no Posto Seis.
Manuela se vestia como qualquer moça de sua idade.
— Ele sabe que você faz a vida?
— Acho que não.
— E como você apresenta uma puta para ele? Não vai dar certo.
— Fica frio, tio. Ele tá doidinho por uma diferente.
Manuela tinha o péssimo hábito de chamar qualquer pessoa de idade acima da sua de tio.

— Você que sabe, mas cuidado. É gente fina.

Após seis meses, perdi contato com Manuela. Seu telefone mudou e não morava mais na "cabeça-de-porco". Vânia não era mais importunada pelo marido. Como ele não contava nada, ignorávamos a vida sexual de Leôncio.

Eu lia o jornal no ônibus quando vi Manuela entrando num prédio, na Nossa Senhora de Copacabana. Desci um quarteirão adiante. Mais do que tudo, me movia a curiosidade. Era domingo e o edifício comercial estava fechado.

— A moça que entrou aqui há pouco... preciso falar com ela. Foi para onde?

O porteiro me olhou neutro.

— Uma de saia xadrez...

Manuela estava chegando para o trabalho em algum bordel do prédio. Havia senha que eu desconhecia.

— É uma puta... fica frio que não sou cana — expliquei. — O nome dela é Manuela.

— O prédio é comercial. Hoje não funciona.

O cara não ia ceder sem lubrificante. Eu só tinha 30 reais no bolso, mas a curiosidade não cedia.

— Toma 10 pratas. Não quero confusão. Só preciso falar com a Manuela.

Ele pegou a nota, enfiou no bolso e abriu o portão de ferro fundido.

— Novecentos e oito.

Havia um cheiro de peixe frito. O leão-de-chácara abriu a porta.

— Sou amigo da Manuela.

— Não tem nenhuma Manuela aqui.

— Sei lá qual é o nome que ela está usando hoje. Entrou aqui agora, de saia xadrez. Pergunte para ela se conhece o João Medeiros, do Cervantes — falei, citando o bar em que a conhecera.

Logo ela veio, sorriu e entramos. As mulheres almoçavam peixe frito e purê em quentinhas apoiadas sobre os joelhos.

— Sumiu, menina.

— Fui ao Espírito Santo, acompanhar o fim de minha mãe.

— Morreu?

— Foi.

— Meus sentimentos.

— Obrigada. Quer fazer um programa? Faço por cinqüenta pra você. Não faturo nada desde anteontem.

— Obrigado. Tô liso. Quero saber do Leôncio.

— Aquele velho...? Se engraçou com a Sheila, que eu apresentei.

— Está com ela?

— Sei lá. O cara adorou o traveco.

Dia seguinte fomos à rua Djalma Ulrich visitar o travesti Sheila. Eu, tão surpreso quanto chocado. Havia ponta de culpa, mas avaliava que sem mim Leôncio não teria conhecido esse mundo, para o bem ou para o mal.

Sheila, raro travesti miúdo e delicado, se recusava a comentar o caso. Tive que, sutilmente, ameaçá-la. Leôncio mantinha relação regular com o jovem. Sheila desfilou de maiô de lamê imitando cenas que o marido de Vânia adorava. Investi no interrogatório patrocinando vermute, cachaça e gelo. Sheila curara a ejaculação precoce do amante. Algumas doses mais e o traveco contou o segredo. Leôncio lhe fizera jurar silêncio.

— Que Jesus me perdoe.... meu Deus no céu... Léo não pode saber...

O corpo de Sheila era bonito. Comparei-o com Vânia. Tinham a mesma altura. Mas a bunda do traveco era maior.

— Conta logo, porra... enrabou o cara? — quis saber Manuela.

— Não é para isso que serve: verso e reverso?

O próximo encontro com Vânia aconteceu uma semana depois. Ela viajara para visitar o irmão, em Santos. Eu estava doido para comentar a novidade. Fofocar sobre a opção sexual de seu marido. Mas temia que ela se sentisse culpada. Após uma relação intensa, bebemos cerveja, deitados.

— Leôncio está transando com um travesti.
— A tal Manuela é travesti?

Expliquei tudo. Vânia foi mudando. Ela não conseguia encaixar o marido na imagem de amante de outro homem, especialmente de um transformista. Sentia-se traída e de certa forma, traiçoeira. Ela despertara regiões insuspeitadas de Leôncio? Para a formação de Vânia era grotesco imaginar que o homem com quem casara, pai de seu filho, se vestisse de mulher.

Após o fim de ano de 1999, eu e Vânia rareamos os encontros. Não houve choque, mas foi se desvanecendo nosso desejo. Ela não via sinais de mudança no marido. Suspeitava da informação de seu caso com Sheila. Quis espionar Leôncio. Mas me neguei a acompanhá-la. Ela mudou comigo. Foi como se a opção do companheiro instalasse uma dúvida sobre nosso prazer. Aos poucos, paramos de ligar um para o outro.

Réveillon do milênio. Buracos de Copacabana preenchidos. Milhão de pessoas. Esgueirava-me buscando companhia nos bares. Encontrei Manuela e amigas. Convidei para meu apartamento. Sonhava com orgia finimilenar. Anoiteceu e uma delas lembrou estarem combinadas com casal de amigos. Fui convidado. Apanhamos champanhe e fomos para o apartamento de Noêmia e Paulo. A avenida fulgurava e convidados iam chegando. Entre eles, Leôncio e Sheila. Finalmente, o marido de Vânia. Sua afetação me surpreendeu. Transformara-se? Sempre fora aquele deslumbrado homossexual? Havia na festa a pessoa que poderia me responder. Manuela o apresentara ao travesti. Puxei a garota para a varanda. Ela sorriu quando perguntei.

— Sempre deu pinta, João... mas agora, que casou com Sheila, está mais assumidinho...

Éramos talvez vinte convidados, dançando, bebendo e festejando a passagem do milênio. Lembrei-me de Vânia. Estaria com a família? Acabei prestando pouca atenção nas mulheres presentes. Manuela fiou programa de 100 reais. Bem-vindo, novo milênio.

Minha mãe pronunciava xingamentos em voz baixa, sussurrando, como num código sonoro estabelecido entre quem dizia e quem escutava. "Cadela" era um de seus termos preferidos. Designava mulher que fazia do sexo um estandarte. Uma "zinha" enfeitiçando e desencaminhando homens de bem. A imagem se fixou na minha infância ao observar os cães acompanhando a cadela "corrida". Ou seja, a fêmea que deixa no ar o odor que atrai machos. Havia a prima Cinara. Minha mãe em algum momento identificara sua intenção de seduzir meu pai. Ela era pouco mais jovem que dona Helô e ria de um jeito engraçado, com a boca inclinada. Anos depois, descobri que escondia falha na arcada. Aos 15 anos meu desejo por ela era profundo. Eu ouvira mamãe xingando-a de "cadela". Ela não ia a nossa casa, mas freqüentava outros eventos familiares, e eu ardia de desejo. Tive ereções e me masturbei inumeráveis vezes pensando em Cinara. A mim faltavam argumentos e coragem para propor qualquer coisa, mas vivi com ela um momento particular de voyerismo. Foi, justamente, com meu pai. Entre outras tantas atividades, ele teve comércio. Uma loja no Rio Comprido, classificada então de secos e molhados. Armazém Medeiros de Comes & Bebes. Ao lado da porta de ferro havia outra, estreita, de acesso ao escritório no segundo andar. Seu mecanismo de abertura consistia em destrancar a fechadura assim que a campainha fosse acionada. Naquele feriado, eu a encontrei encostada. Entrei com cuidado inexplicável e fechei a porta sem ruído. Sempre exercitei o prazer da discrição. Muito próximo da porta ouvi um guincho, que logo se revelou um gemido, como movimentos concêntricos de pedra jogada na calma superfície de um lago. Era a "cadela". Esgueirei-me abaixado e, girando a cabeça pela porta do escritório, vi meu pai ajoelhado entre as pernas de Cinara. Ela tremia de olhos fechados enquanto acarinhada. Ah, papai, que inveja!!!!

⌒

Anos depois, a morte trágica de papai avivou esse dia em minha memória. Vê-lo em ação, manipulando Cinara, mudou meus sentimentos em relação ao sexo. Ele, músico e instrumento, boca e dedos hábeis. Os gemidos davam o tom. Depois de exaurida no "solo" oral, Cinara sentou no colo de papai. As mãos de Luiz deslizavam por suas costas nuas marcando o ritmo dos movimentos de cavalgada. Ela gemia de olhos fechados, ele sorria. Ambos, instrumentos de prazer do outro. Masturbei-me e gozei junto com os dois, unidos num longo abraço. Ela desmontou e, singelamente, aceitou o lenço de papai para se enxugar entre as pernas. Imaginei, num átimo, se Maria, nossa empregada, notaria os odores quando apanhasse o lenço no cesto de roupa suja.

⌒

Quando cheguei à idade de encarar uma relação adulta, Cinara não era mais desfrutável. Anos depois, no velório de uma tia, trocamos algumas palavras.

— Você está um homem.

Senti o impulso de comentar sobre papai, morto há alguns anos, mas apenas sorri lembrando-me da bunda maravilhosa subindo e descendo naquele final de manhã de 7 de Setembro.

⌒

A morte de papai foi tragédia indecifrável em seu momento. Desabou de um quarto andar, no apartamento de seu amigo Júlio. Eu tinha 16 anos. Aturdido, fui convocado para "ser forte" ao lado de mamãe. O fato era cercado de estranhezas. O carro de polícia, sobriedade escandalosa em preto-e-branco, parou em frente à nossa casa. O amigo Júlio, homem de têmporas brancas, entrou com o policial e se trancaram na cozinha com mamãe. A casa tomada de parentes, amigos e curiosos. Como pudera cair da janela? Não bebia.

O apartamento de Ivana era no nono andar. O meu, no segundo. Sua casa, ao contrário da minha, era iluminada, cheirava bem, com aparência geral de limpeza e ordem. A dela tinha também muitos livros em estantes espalhadas em todos os aposentos. Até no banheiro existia uma pequena estante com livros sobre saúde, higiene etc. Ao lado da cama de casal em que ela dormia sozinha, havia livros sobre arte erótica e sexo. Tudo era, enfim, mediado por literatura. Nosso primeiro encontro em seus domínios aconteceu sob doces odores de vinho tinto e cogumelos frescos. Ouvimos *jazz*, falamos sobre cinema e arte. Eu me mantinha informado e consegui sustentar a conversa. Ela falava com entusiasmo.

O que atraiu Ivana em mim era a questão. Não se trata de baixa estima, apenas incompatibilidade. Era a intelectual e o indigente moral. Ela considerava o mundo segundo a racionalidade e a história. Eu a via como palco de meu prazer. Bebemos duas garrafas de vinho italiano. Tentei, entre duas considerações, pousar a mão sobre suas coxas.

— Não estou exclusivamente interessada em sua *performance* sexual — resmungou.

⸻

Desci às duas horas da madrugada para o meu apartamento vazio. As doces putas não estavam lá e nem voltariam do trabalho. Ivana me salvaria de mim mesmo? Neutralizaria a energia sexual alimentada a vida inteira? Em que me transformaria? Liguei a tevê atrás de alguma imagem excitante. Nada além de filmes velhos ou pastores ensandecidos. Deitei e adormeci pensando em Nara.

⸻

O sexo puro, fora de qualquer contexto, é atividade animal. O que não o desmerece. Homens pretendem outro envolvimento para distingui-los dos bichos. O que torna mulheres como Renata mais atraentes. Ela era de fato uma intelectual. Não como Ivana. Renata sofria pelo saber. Inicialmente, era apenas a prima de Jorge. Que era um gigolô de homossexuais. No bom sentido da palavra gigolô. Vivia da ajuda que rapazes discretos lhe alcançavam. Toni era professor de inglês. Viveu em Londres. Era fino, desmunhecado e pretensioso. Ofereceu rega-bofes em seu apartamento do Leme. Havia uns trinta convidados, gays na maioria. Apenas duas mulheres: Renata e Chica Monteiro, que cantou a Renata. Ah, importante, o ano era 1988. Renata era magra, carrancuda, neurótica e atraente. Chica Monteiro avançou sobre a única mulher presente, eu também. Jorge apresentou a prima como estudante de filosofia. Ela, aos 28 anos, cursava filosofia na Universidade Federal do Rio de Janeiro.

— Sade é filósofo? — perguntei, de chofre.

Chica Monteiro mantinha o braço sobre os ombros de Renata, usando a condição, desleal, de pertencer ao gênero de nossa desejada comum. Eu acabara de ler *Justine*, do marquês de Sade, e, se não o percebera na adequada visão filosófica, pelo menos tinha algum assunto.

— Sade era um machista tarado — cortou Chica Monteiro. Seu alvo era não só conquistar a simpatia feminista de Renata como atingir o único adversário à vista.

— Ele esboça uma condenação da virtude. Se não está com toda a razão, pelo menos destruiu certo pensamento romântico. Simone de Beauvoir o desmonta, num ensaio famoso. Mas, se nos damos ao trabalho de contestar um autor num texto volumoso, alguma importância lhe emprestamos, certo? — ponderou Renata.

Eu não tinha condições de prosseguir argumentando e aguardei.

— Um pouquinho de sadomasoquismo cai bem, você não acha? — sugeriu Chica Monteiro, quase sussurrando ao ouvido de Renata, que apenas sorriu.

— Vou buscar bebida e gelo — disse eu e saí.

Intuí o que Chica Monteiro faria. A sós com Renata, avançou o sinal. Assisti à distância Renata se desvencilhando do abraço da outra. Soube depois que Chica Monteiro beliscou o bico do seio da filósofa.

A varanda do apartamento se abria sobre o mar. Renata foi para lá e me aproximei com a bebida.

— Jorge contou que você se dedica aos estudos em tempo integral — falei.

— Ilusão. Sou pessoa comum. Ele é que é voltado apenas para o prazer. Eu o invejo.

— Você não consegue viver apenas para o prazer?
— Não sou tão porra-louca. E tenho outros interesses. O que você faz?

A pergunta temível. Sinaliza interesse mas exige revelações ou mentiras. O que eu era?

— Sou estudioso da alma humana. Mas não de forma acadêmica. Talvez escreva um livro sobre o assunto.

— Mas, para viver, você faz o quê?

— Estudei letras. Estou desempregado – falei sem disfarçar o doloroso tom de minha voz. Ficamos calados. Ela agarrou a minha mão, e sorriu.

— Não se amofine. Jorge me falou que você é um cara legal. E eu acredito muito no meu primo.

O que Jorge falou sobre mim? Que havíamos feito programas com prostitutas e rapazes? Sugerira que eu era homossexual?

— Jorge é um cara legal. É inteligente, tem humor – falei.
— Diferente de mim – emendou Renata. – Sou sisuda. Levo tudo a sério demais.

Agarrei sua mão quando Jorge entrou na varanda.

— Antes de treparem aí fora, vamos cantar parabéns para Toni. OK?

Desfizemos o enlace e entramos.

᠆

Renata morava com a mãe na Tijuca. A mobília, pesada e escura, remetia aos tempos áureos da família, quando o pai era vivo. O quarto da filósofa acumulava pilhas de livros amontoados sem muita ordem. Títulos em vários idiomas e autores, para mim desconhecidos. Fui convidado a visitá-la.

Bebemos chá com bolo de milho e iríamos ao cinema, assistir ao útimo Fellini, *E la nave va*. Em casa, na tarde quente, Renata usava maiô negro e saiote transparente. As suas pernas eram firmes e torneadas. Desejei-a intensamente. Falou de Bergson, sua grande paixão. Fiquei calado, humilhado. Eu lera um pouquinho de Sartre, que ela descartou com elegância: "O existencialismo combina perfeitamente com a *nouvelle vague*." Fomos ao cinema e agarrei sua mão.

⁓

Nosso terceiro encontro foi num quarto-e-sala da rua São Clemente, que eu dividia com Carlos, o proprietário. O acordo era ceder o quarto a quem viesse acompanhado. Renata foi me encontrar. Aguardou na sala enquanto eu preparei martínis, como prometera.

— Preparar martíni é arte que domino — alardeei —, na falta de algum filósofo preferido.

John Coltrane rodava na vitrola e eu estava incrivelmente apaixonado pela superioridade intelectual e a segurança emocional, pelo menos aparente, de Renata. Entrei na sala com a coqueteleira dançando nos dedos.

— Agora se lança fora o vermute e se adiciona muito gim.

Brindamos e bebemos muito próximos. Toquei seus lábios ainda úmidos.

— Você transou com Jorge?

Agarrei sua cintura e a encaixei em meus quadris.

— Não. Esperei para conhecer as mulheres da família.

Eu queria cama. Não havia dinheiro para bares ou restaurantes.

— Eu transei — disse ela depois do beijo.

— Foi legal?
— Foi. Você acha que corro perigo?

Uma pergunta idiota. O que eu iria responder? A revelação a fragilizou.

— Acho que não — falei para dizer qualquer coisa. — O Ministério da Saúde adverte: não transe sem camisinha.

Depois a beijei e submergimos no prazer.

༄

O que muda após a primeira relação? Renata desvendou sua intimidade. Enlaçados, acoplados, nossas peles misturaram suor, esmegma e sêmen sob vigorosa trilha sonora de gemidos e gritos abafados. Ela fez observações específicas que julgou coerentes em sua racionalidade.

— Qual a espessura de seu pênis?

Eu não havia medido a circunferência do membro. O comprimento era informação corrente.

— Não sei — respondi, sem perder a concentração. Estávamos em pleno ato.

— Você se incomoda que a gente fale, durante...?
— Não. À vontade.
— Estou sendo alargada. Não trepo muito...
— Está desagradável?
— Não. Uma mulher de minha idade deve se alargar mesmo.

Apertei sua nádega até que gemesse. Era a linguagem que eu preferia durante o sexo.

— Prefiro a linguagem dos gemidos...
— Os sons guturais... nas prostitutas são onomatopéicos... — disse ela.

— Como é isso?

— Eles imitam o significado para que os homens se sintam machos. Onomatopéico quer dizer: imitar a coisa significada. Elas dão a aparência de sentirem...

Eu "bombava" lentamente, dando pequenos beijinhos em seu rosto, boca e cabelos.

⁓

O sentimento envolvendo Renata era de grandeza intelectual, como se seus conhecimentos participassem de nossa vida afetiva. É claro que era excelente o nível de nossas conversas, e ela me instruía bastante. Nossos intercursos eram pontuados por observações interessantes sobre o homem e a natureza, o idealismo em Kant, a questão da linguagem em Lacan ou Nietzsche e a pós-modernidade. Como eu não tinha nenhuma base, muitas vezes misturava tudo. Para sublimar minha inferioridade patente, eu me esforçava ao máximo para lhe dar prazer. Cada sessão de sexo envolvia muitos orgasmos. Renata me procurava várias vezes por semana.

⁓

Meus encontros com Renata foram os momentos em que mais falei e ouvi sobre a natureza do impulso sexual. As especulações dos pensadores no correr dos séculos giraram em todas as direções. Ela me apresentou Georges Bataille, autor de *Erotisme*, que associa o orgasmo à morte. Os franceses o chamam de "*petite mort*". Enquanto ela me alimentava de teorias sobre o sexo, eu a nutria com o próprio sexo, buscando a compensação. Fazia com que gozasse pelo menos duas vezes antes da penetração. Todos os exercícios que aprendera nos guias orientais cumpri com Renata. Ao fim das noites ela parecia exaurida e feliz. Mas, curiosamente, não a sentia apaixonada, era como se nossa relação não ultrapassasse a medida do tesão.

∼

Numa manhã chuvosa de junho em que eu ainda lia na cama, ela tocou a campainha. Havíamos dormido juntos duas noites antes. Avancei para o costumeiro beijo nos lábios, que sempre evolui para a sufocante comunicação das línguas, mas ela me evitou. Afastou o abraço, jogou a bolsa sobre a poltrona e girou, dramática, olho no olho:

— Estou prenhe. — Custei alguns segundos para absorver a mensagem. Prenhe, estranha palavra. Mas logo decodifiquei: isso significa desembolso de onde não havia o quê.

— O exame deu positivo. Mesmo usando preservativos.

— Algum espermatozóide pulou a cerca — falei sorrindo, mas ela permaneceu de cenho franzido.

— Um aborto seguro, aqui na Bambina, sai por 500 cruzados. Eu não tenho onde arrumar essa quantia, João.

Eu ia dizer: nem eu, mas me segurei.

— Você me emprenhou. Você é o macho da espécie. Vá à luta e arrume a grana — disse ela.

— Não houve estupro, Renata. A responsabilidade é dos dois. Eu usei camisinha.

— Algo saiu errado. Você precisa dar um jeito, e rápido. Cada dia que passa é mais perigoso de tirar... — disse choramingando.

— O que a filosofia recomenda?

Não queria, mas pareci jocoso.

— Recomenda ética de sua parte. Arrume dinheiro.
— OK, agora o mal está feito. Vamos aproveitar?

Ela se desvencilhou. Avancei novamente. Ela cedeu ao abraço, aos beijos, e fomos para a cama.

⁓

Horrorizava tanto a Renata quanto a mim um filho inesperado, indesejado, gerado por pessoas despreparadas. A gravidez era a ressaca de nosso prazer. Sistemas misteriosos e invisíveis conspiravam contra o amor tentando reproduzir nossos corpos. Era necessário tomar medidas sanitárias contra a natureza. O chamado "estado interessante" fragilizou a minha intelectual. Seus temas preferidos foram abandonados por queixas e temores. Era um aperitivo do inferno que poderia se tornar o fruto indesejado. Nosso fim era o prazer e não o milagre da procriação.

⁓

Em minha experiência, ganhar dinheiro rápido causava bloqueio. Onde arrumar 500 cruzados? Patrimônio? Nenhum. Uns poucos livros e roupas. Perambulei por Copacabana olhando os camelôs. Talvez me tornar um deles? Venderia algo? Ao cair da tarde, dei de andar para os lados da avenida Atlântica. O céu rosa desmaiava. O rumor do tráfego lento aumentava minha agonia. Atravessei a avenida e avancei rumo à praia. Tirei os sapatos e caminhei na areia fofa. Espécie de terapia contra o desespero. Estava ciente do arrependimento se não tirasse o feto. Algemado a Renata.

Um casal de meia-idade tentava chegar a um acordo com o barraqueiro.

— *What? Four bier and two cokes. OK?*
— OK, chefia. São 100 *moneys*. OK?
— *Money? Yes. What?*

Expliquei ao gringo, em meu inglês de cursinho, que devia cem cruzados para o negão. Era um roubo.

Jimmy e Elsie me agradeceram e seguimos a conversa. Os canadenses apanhavam para se comunicar. Fui convidado para "*a drink*" no bar do Othon Palace.

⌒

Quem se aproximasse correria risco de ser espoliado. Eu precisava de dinheiro. Eles queriam *brazilian party*. A imagem era de latinos brasileiros muito festeiros. A concepção de diversão seria a mesma que a minha? Altos e magros, algo desengonçados. Mas as pernas de Elsie eram longas e firmes. Mais martínis e abri o jogo. Sexo interessa? Era o que eu podia arranjar. Lembrei-me de prostitutas amigas e de Álvaro, um michê que poderia atender Elsie, caso eu não fosse de seu agrado. Jimmy sorriu. Não estava fora de seus planos, se fosse feito à brasileira. O que imaginavam? Trepar num campo de futebol?

OK. Sem dúvida, sexo à brasileira. Novos drinques e combinei encontrá-los dali a duas horas para sairmos na noite.

⌒

Passei na Help, boate na avenida Atlântica, e contratei duas meninas bem brasileiras. Zuleica, afro-descendente, e Tainara, índia. Combinei 100 dólares *per capita*. Álvaro estava em São Paulo. Era preciso mais um homem. Tainara ligou para Tibério, fisiculturista micheteiro. Faltava cenário. Reservei duas suítes no Motel Vip's, de frente para o mar. Em casa apanhei gravador e fitas do grupo Olodum. Para completar, comprei, fiado, um fardo de folhas de palmeira. Ofereci gorjeta para os funcionários do motel permitirem a entrada com a tralha.

Expliquei a Elsie e Jimmy o ritual de iniciação ligado ao vodu. Eles seriam amarrados e submetidos aos desejos de espíritos encarnados na gente simples. Lancei a idéia para sentir até onde entrariam na orgia. Elsie apenas ficou vermelha e sorriu. Jimmy também sorriu, mas perguntou se correria algum risco em sua integridade física. Expliquei que o ritual podia envolver bissexualidade. Nada além. Sorriram mais e ficaram mais vermelhos. Finalmente, Jimmy perguntou o custo. Cobrei 1.500 dólares. Ele "chorou". Levei mil.

Após pagar todos os custos, restaram 650 dólares, equivalentes a 2,7 milhões de cruzeiros. Trocando os dólares, lembrei-me de Jimmy amarrado e enrabado por Tibério, enquanto Elsie gozava, frenética, com as carícias das duas prostitutas. Sexo à brasileira.

Dois dias depois, fomos à rua Bambina fazer a curetagem no útero de Renata. Frágil, parecia esposa dependente. A filosofia se perdera. Meu encanto fenecia. Em casa, ficamos na cama, abraçados. De certa forma, nosso amor fora abatido pela natureza.

Ivana detectou minha dependência sexual e a interpretou como "falha de afeto" na formação. Em sua visão, havia um ponto a ser tocado por analista. Zveiter era seu amigo. Haviam ido para a cama, sem grande entusiasmo das partes. Ficaram amigos. Trocavam *e-mails* e se encontravam em casa de amigos. Ivana o achava "um cara legal, não-dogmático e não avaro, apesar da origem judaica". Eu persistia desempregado. Ivana falou bastante no analista. Pediria que ele me ouvisse. Falou isso enquanto transávamos. Fui trocar o preservativo e ela perguntou se eu fazia exames regulares.

– Fiz há pouco – respondi, e lembrei-me de Sônia.

Estamos todos muito próximos da extinção. Certo disso, me tornei pessoa mais tranqüila. Variados fatores nos ameaçam e numa grande cidade estes se multiplicam em perigosos subgrupos. Há alguns anos entrei no Hotel Meridién perseguindo uma turista francesa, que perdi no elevador. Resolvi passear para cima e para baixo tentando encontrá-la. Não consegui, mas conheci Sônia. Ela e dois outros jovens seguiam para a sala de cinema. Sônia sorriu e descemos juntos. Era sessão para convidados, mas ninguém foi barrado. Apagou a luz e assistimos ao filme. Chamava-se *Roleta* e Sônia dava seu depoimento. Falava da prevenção ao HIV. Grupos suicidas transando com pessoas infectadas sem preservativos. Sônia, como presidente de uma associação de soropositivos, conclamava ao uso de preservativos e tudo o mais. Havia uma sombra no seu belo rosto: a presença da morte.

Estava condenada. Em meados dos anos 90 não havia coquetéis eficientes para maior sobrevida. O seu tempo era de 12 a 20 meses. O corpo em bom estado não disfarçava o brilho de tragédia no olhar e o hálito de odor químico. Sônia era dependente de drogas injetáveis. Fora acusada de vampirismo, que em linguagem *junkie* significa transar sem informar sua condição de soropositiva. Arrastar desavisados para a morte. Entre os doidos de plantão, um esporte radical. Sônia não pôde esconder sua condição. Ela vinha da Bahia, embora fosse do Paraná. Queria conhecer lugares. Eu fantasiava possuí-la, mas temia o contato. Sônia narrou sua sina. Vivia entre a moçada *punk*, respirava a decadência assumida.

O grupo do Meridién era equipe de cinema. Charles, diretor do documentário, tipo simpático, irônico, maldoso e debochado; Noronha, produtor e namorado de Sônia antes de seu contágio, e Tina, namorada de Charles e a mais alheia ao que ocorria. Ficamos no quarto do hotel bebendo uísque. Convidei-os para a noite carioca.

— Tem uns caras aí que combinaram com a gente – disse Sônia.

— Uns malucos... – resmungou Charles.

— Uns caras, como a gente.

O sarcasmo de Charles incomodava Sônia.

— O Charles tem razão. É barra-pesada – interferiu Noronha, que limpava um cachimbo.

— Por quê?

— Querem fazer festinha de contágio – informou Noronha.

— Vai quem quer — disse Sônia com desdém. — Vamos, João?

— Onde é?

Sônia consultou um caderninho de endereços. Sentou na cama, apanhou o telefone e ligou.

— É na Lapa — falou, virando-se para mim, sem desligar.

— Sabe onde é?

— Claro.

Ela continuou ouvindo e anotou o endereço. Sorriu ao desligar.

— Esses malucos são engraçados. Vamos?

⁓

Desembarcamos do táxi em frente a um sobrado na rua do Riachuelo, na Lapa. Casas de famílias respeitáveis no século XIX, hoje transformadas em pensões baratas ou botecos. O cheiro de mofo recendia a decadência, e a aparência geral era de bordel ordinário. As mesas se distribuíam em torno de pequeno palco onde se viam duas cadeiras. O violão recostado na guarda de uma delas e o trompete sobre a outra sugeriam alguma atividade musical. Além de nós, havia mais quatro pessoas no salão. O garçom, de camisa puída e gravata-borboleta, ligou o ventilador de teto. Deixou cerveja e dois copos sobre a mesa e reafirmou a promessa de que Joel viria ao nosso encontro. No palco, afastando cortinas de fustão vermelho, surgiu magérrimo transformista em malha roxa rota. Apresentou-se como Neliane à numerosa assistência inexistente, digo que nos ignorou como se estivéssemos na última fila. Neliane girou sobre si, braços erguidos revelando depilação descuidada nas axilas. Rebolou e sapateou, grotesca caricatura de flamenco. A música ausente fez supor instrumentos apenas adornando a cena. Neliane congelou postura de toureiro teatral: braço direito erguido, mão solta e dedos tamborilando batuque imaginário.

> Fez a vida de mim o que quis
> De prima-dona a veado infeliz.
> De gostoso amante a tosco *cantante*
> Neste cabaré de má fama...

Abriu a boca numa careta e com a mão esquerda retirou a dentadura.

— Foram-se os dentes.

Arrancou os falsos seios.

— Foram-se os peitos.

Arrancou o estofo das nádegas.

— Foi-se a bunda.

Iniciou um rebolado veloz e não menos constrangedor.

— Tudo se foi... menos você... menos você... HIV... HIV...

Neliane curvou-se para receber os aplausos. Fomos forçados a festejar aquela manifestação deprimente. Batemos palma. Neliane desceu do palco e se aproximou.

— Boa noite, amigos. Meu nome é Joel. Você deve ser a maravilhosa Sônia...

೨

Joel nem era tão decadente como o show. A estética da corrupção física o seduzia. Chocar era seu gozo. Talvez haja subestimado nossa barreira antichoque. Sônia cessaria qualquer julgamento em breve e eu era escaldado.
— Gostaram do ensaio? – quis saber.
— Arrepiante – murmurou Sônia, triste.
— Capriche na expressão de dor – falei para chatear.
Ele me olhou, desconfiado.
— Temos um grupo esta noite. Chama-se Vigília do Desejo. São vários HIV positivos e alguns sãos. Ninguém sabe quem é quem. Vamos sortear os parceiros. Há dois quartos aqui ao lado – falou.
Bebemos cerveja e Joel se revelou um piadista insuportável.

೨

Ali pelas 11:00 começou a Vigília do Desejo. Eram homens e mulheres de idades que variavam de 20 a 50 anos. Homens homossexuais ou bissexuais, em sua maioria. Havia afetação triste. Pairava aura de condenação. Fui ao banheiro e me veio vontade forte de fugir dali. Lembrei-me do purgatório de Dante.

೨

Após cachaça com vermute, lamúrias. Tainara – infectada pelo amante – gemeu, chorou, se desesperou. Morrer, não! Companheiros a consolaram. Eu também, em clima alcoólico.

— Quem a leva para a cama? Está precisando de carinho — falei, sorrindo. Sem anuências. Ninguém. Calados. Tainara, a bela morena de tristeza crônica diante da extinção, aguardava. Estendi a mão à carpideira de sua própria tragédia.

— Vamos?

Surpresa, esqueceu as lágrimas e buscou aprovação geral nos olhares do grupo. Permaneceram indiferentes. Eu, o estranho, a convidava para o amor. Apertou a minha mão. Seu corpo terminal se dispunha aos carinhos daquele sujeito inesperado. Sônia sorriu.

— Há quarto disponível, Joel?
— Ao fundo, depois dos banheiros.

Caminhamos, lentamente, em direção à alcova. Ou seria o patíbulo?

↬

Tainara chorou muito enquanto recebia carinhos e atenções. Eu e Sônia nos dispusemos a fazê-la gozar, e conseguimos. Mas as lágrimas rolavam. Desconfiei de que sofria por culpa. Religião, família e sexo bagunçam alguns mecanismos psíquicos.

— Tainara — falei, beijando seus olhos —, escapar da morte é impossível, mas culpa a gente elimina, racionalmente.

Ela sorriu.

↬

Deixei Sônia no hotel às 2:00 da manhã. Fiquei com o seu telefone em Salvador. Será que nos veríamos de novo? Sorriu triste. Seis meses depois liguei. Ela não estava mais entre nós, informaram. Estranha expressão: "Não está mais entre nós". Talvez mais apropriado fosse dizer: mudou de forma e não mais se comunica, atualmente apodrece numa caixa de madeira entre paredes de concreto. Para ela o amor acabou, talvez para Tainara, também. Eu estou aqui, pensei. Sobrevivi aos meus escândalos. Bebi conhaque pensando nos orgasmos de Sônia.

O sexo pode ser pura alegria. Há quem gargalhe antes do coito, à simples perspectiva de gozo. Durante a ação: sisudez e formalidade interior que vai nos invadindo e por fim estamos desesperados de paixão. Isso, naturalmente, durante uma relação desejada. Há realismo na afirmação contracultural ligando drogas, sexo e *rock-and-roll*. O sexo pode ser festa, pura alegria... e viciar como droga.

Ivana dispensava reserva quanto às suas relações. Qualquer amiga apresentada eu poderia atacar, talvez desconfiasse. A natureza de minha tara lhe era desconhecida. Não percebia que a construção de minha libido tinha na imaginação componente poderoso. Nunca fui especialmente atraído por mulheres que despertam atenção geral. As estrelas de cinema e tevê, por exemplo. Mais do que verdadeiras mulheres desfrutáveis, sempre me pareceram imagens montadas para imaginações onanistas. Foi ao acaso o encontro com uma dessas mulheres que um homem não esquece, como escreveu Aldir Blanc. Estrela de segundo escalão. *Glamour* de filme B. Minha situação era constrangedora, sem nada na carteira, como sempre. Inscrevera-me numa agência de extras. Padecia na fila alinhado a tipos estranhos que oscilavam do ridículo ao muito ridículo. A primeira escalação: festa elegante. Abotoei-me num velho *smoking* alugado onde ácaros festejaram a chegada do pobre alérgico. Fui colocado entre obesos sorridentes, vivendo a glória de participar do cinema nacional. O esplendor da primavera distribuía luz abundante, mas as filmagens aconteciam num quase breu. Cinema Odeon, prédio clássico, centro do Rio de Janeiro. Perfume barato e maquiagem em excesso eram marca das mulheres que, como eu, compunham o cenário. Olhei em torno, em outras mesas buscava alguma esperança de sexo mais tarde. Havia muitas suposições, mas também larga concorrência. O diretor bebia um drinque longo sentado numa das mesas quando chegou a estrela. Senhora de uns 60 anos. O assistente atencioso indicou seu lugar. O diretor acabou a bebida e foi explicar a cena. Confabularam. Apontou alguns extras que comporiam mesa com a estrela. Saltaram, como bonecos de mola, alguns dos mais próximos. Jaqueline – eu a vi, então – arrastou seus saltos altos aos trancos. A coxa alva e farta à mostra no corte lateral do vestido carmim. Os cabelos loiros a faziam clone de La Monroe. Jaqueline, bonita e vulgar, mas sua beleza clichê fulgurou peculiaridade em minha imaginação. Perdeu a corrida por um lugar na cena. O assistente de direção a barrou. Sem que ela aceitasse o azar. Esbravejou sem argumento e foi repreendida. Choramingou, é claro. Eu não estava no quadro. Levantei e ofereci consolo.

— Desculpe, não a conheço do teatro?

Era o truque mais manjado que me veio à cabeça, mas combinava com seus ares de vedete.

Enxugando olhos úmidos de ódio ao não conquistar lugar à mesa da velha dama, avaliou-me. Senti falta de um lenço.

— ... foi, eu acho, em...

A memória hesitante.

— Me ajude.

— Você assistiu *Cabaré Brasil*, no Rival?

— Em... foi em...

— Em 82. Fiz uma substituição como vedete.

— Isso. É claro. Inesquecível.

E contou detalhes de sua participação em *Cabaré Brasil*, revista com Grande Otelo. Há 15 anos eu assistira, de fato. Qual dos pares de pernas seria o dela? Caminhamos até a varanda do Odeon e acendemos cigarros. Ela estava excessivamente maquiada, mas ainda era uma bela mulher aos quarenta e poucos anos. Durante a conversa, agarrei seu braço para sentir o grau de dificuldade que se oferecia, e ela não chiou. Voltamos para o *set* e ela foi convocada para atravessar uma cena em que o galã ouvia de sua amante que não mais o desejava. Foi forçada a passar para lá e para cá umas vinte vezes, e quem assistiu ao filme e prestou atenção na loira de vermelho pôde vê-la durante alguns preciosos segundos. Aquela é Jaqueline.

Saímos juntos do Odeon. O jantar seria um caminho natural, mas todo o dinheiro que eu possuía estava no bolso esquerdo: uma nota de 10 reais. Saímos contando reminiscências de nossas vidas de figurantes. Ela, enfeitando a realidade; eu, apenas mentindo ou fazendo observações que julgava engraçadas.

— Se me dessem aquela fala, eu destruía. Tem que acertar a ênfase: volte aqui e peça desculpas ou nunca mais sequer pense em mim — recitou Jaqueline. Depois, não contente, repetiu a frase com várias entonações diferentes. A cada nova emissão, mais eu me apaixonava pela atriz decadente.

Entramos numa transversal da Cinelândia, e estava escuro. Aproveitei o instante e, agarrando sua nuca, a beijei. Resistiu, no início, depois deixou a língua dançar em minha boca.

O desespero de ganhar mulher e não poder levar. As fachadas luminosas dos hotéis prometem banhos quentes e toalhas cheirosas. Ou qualquer espelunca fedendo aos últimos fregueses. A urgência de consumar o desejo abrasado. Abraçados caminhávamos, eu buscando solução, ela falando qualquer coisa. Na carteira 10 reais e o cheque pessoal, cruzado, da produção. Pouco mais: cinqüenta. Com o de Jaqueline, cem.

— Vamos entrar aqui — falei, apontando o Hotel Avenida.

Ela nem piscou.

Embora amuada por envolver seu cheque no pagamento do hotel, Jaqueline viu em mim amante possível. Ouvi, sorrindo, seus recitais dramáticos prediletos. Cheguei a representar algumas cenas no quarto de hotel. Ela fazia sexo como atuava, de forma histriônica. Inventei cena de seqüestro onde famosa estrela caía nas mãos de marginal perigoso. Enfiei a calcinha em sua boca, depois de amarrá-la com a toalha. Calada, assustada e nua, seu corpo branco e macio me causou imenso prazer. Dormiu exausta e excitada.

Apesar da beleza, ou por se basear nela, Jaqueline não tinha amante regular havia muitos anos. Alguns ela julgava que não tinham nível adequado, outros não suportavam seus maneirismos. Nossos encontros eram semanais. Eu havia faturado uns trocados que proporcionaram algumas noites agradáveis em motéis. Após dois meses, Jaqueline me levou à casa onde vivia com a mãe e a filha. Era apartamento grande e antigo, na rua São Clemente, em Botafogo. Mantinham-se com a pensão da velha, viúva de oficial da Marinha. O clima soturno desagradava, e alguns minutos em torno da mesa da sala de jantar me puseram ansioso por escapulir. Mas surgiu Paloma, década e meia de adolescência, versão zero quilômetro da mãe sem abomináveis vícios teatrais. Era alta, flexível e seu olhar despoluído encantava. Inclinou-se para o beijinho no rosto. Aspirei seu aroma de pomba pousada sobre meu desejo.

Eu não suportava mais a afetação de Jaqueline e era incapaz de me desligar de Paloma. Imaginava, com razão, que não tinha chance com ela. Sua simpatia comigo era apenas com o namorado de mamãe. Assistimos a *Alice no País das Maravilhas*, no teatro do colégio. Paloma era o Coelho. O maiô negro a fez ainda mais desejável. O convite para a churrascaria comprometeu o dinheiro do aluguel que ganhara num bico. Bebi mais doses de vodca do que era meu costume. Jaqueline foi ao banheiro e ficamos na mesa. Eu e a pomba.

— O que você está esperando para fazer sexo comigo?
Não esperava, é óbvio.
— Você me come com os olhos...
Eu ia falar, mas... Jaqueline voltou.

͝

O dilema do dia seguinte era haver sonhado ou não. Ela parecia se insinuar. Mas tanta admiração me inibia. Para piorar, conheci seu pai, que acenou com possibilidade de trabalho. Ele representava um estaleiro argentino que vendia lanchas e pequenos iates. Fomos para alto-mar num domingo quente. Paloma desnudou os seios.

— Tio João não liga – ousou Jaqueline. Apenas 15 anos. Ao pressentir intumescência, mergulhei no mar salgado. Voltei à tona mais apaixonado.

͝

Homens dos 40 anos em diante enfrentam a armadilha da paixão por adolescente. Olhar de Paloma, seu sorriso satisfeito me encantavam. Era mais magra que a mãe, mais esguia e observadora, atenta e calada. Falava para definir com precisão. Se dizia bobagens de adolescente, no essencial era perfeita. Eu estava amando Paloma.

͝

Egberto, ex de Jaqueline, argentino bonachão, encantado pela filha Paloma, se tomara de simpatia por mim. Não desconfiava da adorada menina e eu prestes a um envolvimento. Arrumou vaga na representação, que funcionava numa lancha ancorada na marina da Glória. Os clientes iam conhecer a embarcação e lá estava eu. Camisa esporte imaculada, barba feita, sorriso à frente e argumentos sobre por que pagar 100 mil dólares por um barco para o fim de semana. Eu aguardava sentado na popa, jornal sobre joelhos, quando chegou Maurício. Examinou a embarcação com desenvoltura. Abriu o tampo do motor e descreveu as principais dificuldades do modelo. Mas anunciou o interesse. Minha comissão era de cinco por cento. Muito dinheiro para um duro como eu. Sonhei instantaneamente com o presente que ofereceria a Paloma. Não conseguia me decidir. Estávamos sentados no convés, nas cadeiras de lona, enquanto ele olhava prospectos. Ouvi meu nome e os olhos do belo Maurício sorrindo para alguém. Como? Alguém? Ela, de bicicleta, short, e longas pernas...

— Oi.

— Oi.

Saltou no convés, radiante. Fui forçado a apresentar o jovem Maurício e revivi o quase esquecido ciúme.

— Hoje está bom para o mar — disse ela.

— Podíamos sair até as praias. Dar uma volta — sugeriu Maurício.

— Se o pai dela estivesse aqui, certamente.

— Ligamos para que autorize, insistiu Maurício. — Não desistia diante de empecilhos. Sacou do celular e Paloma deu o número.

— Vou ficar com o barco, senhor Egberto... — argumentou Maurício, o príncipe.

Egberto veio e saímos *al mare.*

⁓

Sorrisos, gestos, exposição de corpos, bravatas calculadas e elegantes de Maurício se insinuando e a aquiescência de Egberto para com o interesse do jovem rico em suas mercadorias de luxo. Caldo de ciúme em grau absurdo. Eu devia estar feliz, e sofria. Prestes a faturar uma nota como nunca me havia acontecido, e sofria. Durou toda a tarde isso, até o sol banhar os últimos movimentos da terra fugitiva. Minha sorte girava, como o planeta em direção ao breu da dominação amorosa. Descemos na marina e Paloma sumiu em sua bicicleta, depois de beijada no rosto por nosso cliente. Embarquei no carro de Egberto. Maurício em seu BMW. Partimos todos, eu o mais partido.

⁓

Queria me convencer de que ela não era para mim, mas eu tinha sorte com mulheres. Minha única sorte. Paloma não é para você, eu tentava me dizer. Mas por que não provar de seu corpo? Culpa idiota.

— Pega o meu casaco, bem — pediu Jaqueline.

Atravessei a sala e o corredor lentamente, pensando que não via Paloma fazia dois dias. Abri a porta do quarto e entrei. O banheiro da suíte, iluminado, revelou-a inteira no espelho, nua, úmida, preocupada com os cabelos que desembaraçava com a escova em movimentos contínuos e firmes.

— Mamãe...

Sua nudez destruiu minha indecisão. Entrei no banheiro e fechei a porta. Ela sorriu.

— É você?

Paralisação total.

— Seu tempo está acabando, João.

Pousei a mão sobre sua vulva. Abri seus pequenos lábios róseos. Ajoelhei, rendido, e afastei suas coxas. Suavemente, beijei a pequena rachadura até risinhos, arrepios e umidade banharem sua carne.

Fui para o motel com o gosto da filha de Jaqueline na boca. Eu estava, agora, irremediavelmente apaixonado por Paloma. Faria qualquer besteira.

Em tempos de Paloma, vivi num quarto alugado em casa de viúva. Tudo limpo, brilhante, organizado. Stela, a proprietária, recebia amante espanhol duas vezes por semana. Eu não tinha licença para levar parceiras aos meus 22 metros quadrados. Mas Paloma não era mulher que despertasse suspeita, antes menina, prima, ou sobrinha talvez, que para certas mentalidades é quase filha. Resolvi apresentá-la como sobrinha, visitando o tio solitário numa bela manhã de primavera.

— O João está? Sou Paloma, filha de seu irmão Eduardo.

Achou melhor ir só. Acho até que a encenação lhe deu prazer.

Ela brincou com minhas coisas espalhadas sobre a mesa. Abriu um livro de Masoch. Folheou. Contei sobre o pobre Sacher, célebre como pervertido. Esqueceram sua obra convencional.

— E você? É pervertido sem obra?
— Sou pervertido?
— Daqueles que canta a filha da namorada.
— Você me cantou!!

Desabotoou a camisa. Estremeci diante da límpida barriguinha.

— Vamos logo. Tenho aula de balé daqui a duas horas.

Só perdeu a virgindade no terceiro encontro. Gozou antes de se livrar do hímen. Fins de tarde na casa de "tio João". O duro eram os gemidos.

— Essa menina até pode ser sua sobrinha, mas também é sua amante — disse Stela sem repreensão na voz. Bebíamos chá.
— Não é minha sobrinha. É minha namorada.
— Uma delas. Jaqueline liga sempre atrás de você.
— É verdade.
— Eu não tenho nada com isso. Desde que não surjam problemas aqui, certo?
— Absolutamente certo.

A liberalidade de Stela me surpreendeu. O natural é que, no mínimo, se enciumasse da menina.

Em nossos encontros diários, Paloma sorria e eu me esfalfava de prazer físico e mental. A carga de culpa cristã aumentava meu prazer no grau da perversão. Era como se, ao encaixá-la entre minhas pernas, eu preparasse a própria derrota, que viria mais ou menos tarde. Havia cem por cento de possibilidade de Jaqueline descobrir. Como agiria? E Egberto, o que me consideraria? E ela jogava a mochila sobre a cama de solteiro e, num salto, sentava desnudando as pernas longas. E eu caía ajoelhado aos seus pés enfiando meu nariz como focinho de cão domesticado até seu vértice, farejando odores que sua vagina adolescente houvesse acumulado no dia de intensas atividades.

⁓

Havia emprego, amantes e a desesperada paranóia roendo minhas horas como um camundongo esfomeado. Recebi comissão de 50 mil reais pela venda do barco ao jovem Maurício. Soube, por seu advogado, que voara para a temporada de esqui no Chile. Alívio, afinal eu conhecia a força do rapaz sobre Paloma.

Saí com os bolsos cheios para comprar presente. Mas a carga de ridículas interdições que surgiam me fez parar em frente à vitrine e rir sozinho. Que brinquedo eu poderia oferecer a ela sem desconfiança dos pais, sem a descoberta de nossa relação e minha condenação?

⁓

Flanando e pensando em Paloma, tal apaixonado irresponsável, minha única obsessão era o máximo de tempo possível com ela. Eu queria lua-de-mel. Por que não? A possibilidade de falsificar razão para viajar a sós com ela surgiu e cresceu. Entrei em várias agências de turismo. Eu tinha capital, azeitaria exigências, portanto. Havia colônia de férias no Pantanal. Minha pomba levaria aos pais os prospectos. Eles a levariam ao aeroporto. Essa era a parte complicada. Como fazê-la escapar antes do embarque?

⌒

Enquanto explicava a Paloma o controle operacional de nossa fuga, ela sorria, safada, fazendo com que eu me sentisse menos experiente.

— Basta que eu queira viajar com você, tio.

— Você é apenas uma menina, Paloma amada — falei, quase suspirando. — Posso ser condenado por corrupção de menores, ou qualquer coisa com nome parecido.

— Está bem — reconheceu resignada e seminua, usando calcinha de algodão com estampa de *petit pois.*

A maçaneta da porta girou, insistiram antes que eu perguntasse quem era.

— Abra a porta, João — ouvimos a voz de Jaqueline pronunciar, ríspida.

— É mamãe — sussurrou Paloma, sem pavor.

— Psiu.

Num relance compreendi que poderia não saber que sua filha estava ali. Stela ignorava a ligação entre as duas, e a suposição de nossa querida pomba no ninho do amante faria Jaqueline gritar seu nome.

— Estou acompanhado, Jaqueline. Volte outra hora.

— Abra, cafajeste. Mande essa piranha embora.

Paloma cobriu a boca, mãos em concha, rubra de rir.

— Vá embora. Falamos depois — ponderei, sabendo tratar-se de apelo inútil.

A voz de Stela se misturou à de Jaqueline, pedindo calma. Aproveitei e saí do quarto, trancando a porta. Recebi saraivada de golpes que defendi nos braços. Saímos abraçados do apartamento. Ela chorava, seus dedos cravados em minhas costas.

Aprendiz cuidadoso de falsificador, enderecei correspondência à senhorita Paloma Seiger. O documento a qualificava como vencedora de concurso realizado na escola. Ganhara participação na colônia de férias Brasil Maior. Bastaria colocar o cupom de reembolso em qualquer caixa de correio. Utilizei vários modelos conseguidos em agências de viagem e consumei a falsificação num *bureau* gráfico. Sabedora de nosso plano, Paloma exultou com a chegada do prospecto, fazendo Jaqueline assinar na linha pontilhada. Ela comentou comigo a sorte da filha. Aguardavam mais notícias da instituição Brasil Maior. Enviei passagem aérea de ida e volta em nome de minha pequena amada. Os pais deveriam apenas levá-la ao aeroporto. Em São Paulo, agente de nossa empresa apanharia as vencedoras de todo o país. Reunidas, formariam feliz e buliçoso grupo de meninas rumo ao Pantanal. Boas férias, querida.

Ao desembarcar no aeroporto de Cumbica, de minissaia vermelha, Paloma iluminou um dos grandes momentos de minha vida. Desejo, culpa, incredulidade, autocomiseração foram elementares em nosso encontro. Eu tinha 38 anos; ela, completara 15. Beijou meus lábios, depois enfiou a língua entre eles com tal volúpia que me afastei. O olhar de censura da mulher ao lado, segurando os filhos pequenos pela mão, me fez arrastar Paloma, sob protesto, para longe dali.

– É a primeira vez que viajo sozinha, tio... deixa aproveitar...

– Não me chame de tio, querida.

– Tá bom, amor...

– É. Em público é melhor chamar de tio.

Sofri, até entrarmos juntos na suíte do Plaza, onde a registrei como filha.

– Nas dependências comuns do hotel, você pode me chamar de papai.

– Vou pirar. Papai, titio, amor. Papai no restaurante, amor na cama, titio no aeroporto...

– Padronize tudo em papai.

༄

O celular tocava enquanto cantávamos no banheiro ou durante o sexo, que era cheio de ritmos, lentos ou sôfregos, apaixonados ou simplesmente alegres, infantis. Era Jaqueline querendo saber como estava sendo a estada no Pantanal. Combinamos histórias.

– Vi um crocodilo com um rabo enorme... – contava Paloma, séria, e a mãe distante se exasperava.

— Onde estava o monstro?

— Na água, mamãe, e eu dentro do barco.

Eu mesmo também ligava para Jaqueline. Inventei que passava os últimos dias com uma tia querida que morria de câncer no Espírito Santo.

— Paloma, como vai? — eu completava, e ela me relatava as aventuras da filha entre cobras e jacarés.

— Se as pessoas suportassem a realidade, não precisaríamos mentir, certo? — perguntei a Paloma, enquanto admirávamos *O escolar*, de Van Gogh, no Masp.

— Entendi.

— Mentira. Você não entendeu um pensamento complexo como esse.

— Claro que sim, papai. Se ela não ligasse que passássemos juntos as férias, não precisaríamos mentir.

— É. É isso. Ela não suporta a realidade de que sua filha possa estar sendo feliz com um homem mais velho.

— Ainda mais quando esse homem é o namorado dela — completou. — Este cara tem um ar triste — disse ela do menino amarelo de Van Gogh.

A luminosa felicidade ao possuir e ser possuído por Paloma é indescritível. Desculpe o chavão. Mas a única observação que pode ser feita é a de que mergulhei num estado de encantamento e não queria sair dele. Estava dominado. Passeamos por São Paulo de mãos dadas, como pai e filha. Comemos tudo o que nossa gula solicitava. Os dias passavam, longos, durante o fluir constante do desejo, e curtos, ao seu fim, com a certeza de que tudo estava para se acabar. Aterramos de volta no Rio em vôos diferentes.

A acolhida do pai de Paloma e de sua mãe deveria me expor à culpa. Mas isso não aconteceu. Fantasiei que eles acabariam aceitando nosso encontro. A tarde de segunda-feira, após o fim de semana de nosso retorno, foi de euforia. Eu aguardava a hora em que ela viria. Sete da noite não havia chegado. Sete e quinze, liguei. A mãe de Jaqueline atendeu.

— Ela não está. Mas Jaqueline vai sair do banho.

— Obrigado, dona Otília. Preciso de uma resposta de Paloma.... obrigado... Onde ela foi mesmo?

— Não sei. É avoada e independente. Depois que viajou só não aceita mais instruções — disse a velha, rindo.

— A senhora não perguntou aonde ela foi?

— Perguntei. Mas ela mostrou a língua.

Os próximos dez minutos se arrastaram: serpente fria destilando chumbo em minha paciência. O telefone tocou. Jaqueline queria saber de mim. Encontrar. Inventei que descobrira uma oportunidade de ouro para jovenzinhas e perguntei por Paloma.

— Maurício passou para pegar. Saíram *al mare* — recitou a atriz decadente.

— Como assim? Maurício? O cara que comprou o barco?

— Ele. Partidão. Paloma merece um príncipe. Sorte que não tive. Desculpe, amor... encontrei você... quá, quá, quá...

Joguei o celular recém-adquirido na parede. Pipocou duas vezes e caiu aos meus pés. Apanhei e ela falava ainda:

— Estou cheirosa e louca por você. Vamos pro motel, agora... faz uma semana que você não me come, amor...

Abri a janela e lancei o telefone à distância. Saltou na calçada, agora aos pedaços.

～

Conheci o acerbo da rejeição, a dor aguda da paixão desvanecida e o ódio acentuado por alguém que eu mal conhecia. O jovem Maurício me roubara a pomba, única voante em minhas retinas de velho sátiro. Sua condição desfazia qualquer possibilidade de confronto: havia beleza e riqueza e eu só tinha que estar contente em haver usufruído brevemente a doce menina. Puta, puta desgraçada, puxara a mãe. Bandeou-se para o primeiro que parou o carro em sua porta. Meus beijos ainda frescos na memória não a intimidaram. Nem mais me ligou. Resisti. Não fui esperá-la na porta da escola. Evitei a sua casa. Difícil foi voltar à carne flácida da mãe com o mesmo entusiasmo de antes. Mas voltei. Havia o emprego, seu pai... Ela e Maurício embarcariam para Lyon no início do próximo mês.

～

A última vez que vi Paloma naquele ano foi quase por acaso. Ela se pendurou em meu pescoço e beijou meu rosto. A coxa entre as minhas. Sentamos à mesa, mas a comida não desceu. Fui para o banheiro e chorei sentado no trono. Rei sem poder.

～

Zveiter se divertia lendo meus relatos. Explicou que o método utilizado comigo não correspondia à tradição freudiana, do divã, da confissão oral. Depois riu muito completando seu comentário com a blague de que, em contrapartida, eu não o pagava como os clientes de analistas freudianos. Zveiter tinha excelente humor e pedia detalhes picantes de minhas histórias. Algumas ele relutava em crer, mas paradoxalmente as achava muito inventivas para serem simples imaginação. De qualquer forma, não lhe parecia que eu fosse maluco, antes um libertino. "A ordem do mundo é careta, para essa ordem você é zureta", disse, achando engraçada sua rima. Eu chegava com as páginas escritas à mão, geralmente na noite anterior. Ivana as lia, e se horrorizava, embora não admitisse. Sua expressão falava por ela.

A mera busca de novas parcerias para sexo nunca me satisfez. Sempre desejei e, muitas vezes obtive, experiências amorosas interessantes. Mesmo essas foram dentro de um padrão mais ou menos convencional homem/mulher. Posso afirmar até que sempre fui conservador em minhas atitudes eróticas. Os apelos e tentações por outras formas de amar surgiram, mas eu as repeli, como um covarde diante do prazer desconhecido. Elektra foi um desses momentos inesquecíveis. O breve fascínio e o longo inverno da loucura chegaram com ela.

Atraiu-me em Elektra o olhar inclinado, de espreita antes do golpe. As belas pupilas azuis. Alheamento, a palavra consagrada por Fernando Pessoa, poderia definir Elektra. Ela se chamava Silvana Montes, mas registrei-a como a heroína da tragédia de Eurípides. Alta, de carnes macias e brancas, Elektra não passa despercebida num país onde a maioria das pessoas é de pouca estatura. Os grandalhões costumam ser deselegantes, ela não diferia. Desengonçada, mas sensual. O encontro foi armado pelo acaso e aquecido por minha incessante busca por contato amoroso.

Ficamos no mesmo ambiente durante quase uma hora, aguardando a avaliação do penhor. Eu acabara reunindo 150 reais. Elektra recebeu quase a mesma quantia. No último quarto de hora eu tentara estabelecer comunicação, sem sucesso. Apenas observando seu corpo, avaliando volumes, solidez das coxas e braços. Imaginei suas pernas erguidas enquanto seu olhar perdido fitava a cidade, além do vidro. Mas no elevador usei a voz:

— Mal dá para um bom almoço. — Olhou para mim diretamente pela primeira vez. Sorriu usando os músculos do rosto, mas o olhar era janela sobre o abismo. — Vamos tomar um café?

Sua avaliação lenta de meu convite incluiu o movimento da ponta da língua sobre os lábios, piscou e aquiesceu. No largo da Carioca, decidimos caminhar até a Gonçalves Dias e sentar na Confeitaria Colombo.

Sentamos, espelhos nos multiplicavam para todas as direções. O chá, com a cerimônia usual, agradou Elektra. Sua língua passeava pelos lábios com freqüência de cacoete. A saia expunha parte da coxa. Respondeu que não a várias indagações que entremeei a comentários sobre a tradição da confeitaria. Não era casada, nem tinha filhos, não trabalhava, vivia só. O que fazia? Nada. Nem sequer corria atrás de dinheiro. As jóias empenhadas eram para uma amiga. Vivia de pensão. Abriu a bolsa e retirou carteira plastificada: "Excepcional. Facilite seu trânsito. Hospital Pinel."

— Você tem problemas?
— Problemas todo mundo têm. Eu sou louca.

Sim, acabara de pescar uma doida de coxas alvas e olhar esquivo.

— O que é a loucura, afinal? — perguntei, num lance mau-caráter.

A tarde apenas se iniciara e Elektra queria beber "alguma coisa". Olhou a carta de vinhos. Escolhemos um *merlot*. Era outono e o clima ameno permitia. Ao virar a segunda taça, seus joelhos se abriram um pouco e escorri os dedos sobre a perna da presa. Ao sentir a garra, ela gemeu e avançou o quadril. A saia suspensa revelou o olhar de Elektra tatuado próximo à calcinha. Era um desenho retangular, perfeito, de Sinkiewics.

— Elektra Assassina.

Sorriu sem que seu olhar correspondesse.

Saímos da confeitaria tarde ao meio e após três garrafas de vinho tinto absorvidas sem embaraço. Eu, menos acostumado, sofri as conseqüências da fermentação. A cidade zumbia em seu volume máximo. Elektra ria e contava histórias. Caminhamos entre a multidão no centro da cidade. Seguimos até a estação do largo da Carioca. Eu a encostei contra o muro e enfiei minha língua em sua boca. Ela tentou resistir, mas por fim aceitou meus carinhos. As pessoas olhavam nossos beijos escandalosos enquanto desciam na escada rolante.
— Vamos para minha casa — disse ela.
— OK.
E seguimos de trem. Enamorados.

Elektra era doce, ácida, inteligente, ignorante, mas não acima da média, e gostava de sexo. Era doente mental assumida, mas isso não aparecia claramente no nosso dia-a-dia. Acostumei com seu olhar enviesado. Incomodavam as crises de choro compulsivo. Seus gozos eram gemidos em que o prazer e a dor se confundiam. Nossos encontros eram sobre um sofá-cama que permanecia aberto. Roupas jogadas e desordem geral eram constantes no apartamento de quarto e sala. Elektra espalhava insanidade. Havia pilhas de tudo em todos os cantos. Eu ignorava a bagunça e ia direto para a cama. Ela contava longas histórias sem sentido sobre a cobrança de Deus. Seria ameaçada pelo Criador, que não aprovava seu comportamento. Sua postura supostamente religiosa não a tornava puritana. Gostava de experimentar posições e desfilava, pelada, discursando sua paranóia. A terceira vez que fomos para a cama a besta se apresentou. Fui pego de surpresa.

Ela estava em pé. Eu, sentado, beijava seu ventre quando Elektra agarrou meus cabelos com uma das mãos e com a outra me aplicou um tapa no rosto. Golpe dado com a força disponível. Zumbido e sangue. Eu a vi gargalhar na imagem difusa que minhas retinas registraram sob o impacto. Cresceu toda a adrenalina que o rancor reúne e minha mão fechada descarregou um direto contra o seu rosto. Voou derrubando móveis e objetos. Olhei-a calado, assustado e arrependido, mas ela riu. Ergueu-se buscando apoio no braço da poltrona e, balançando, avançou. Seu olhar demente faiscava. *Serial killer* de filme B.

— Chega — gritei, antes de seu corpo volumoso cair sobre o meu e juntos pousarmos sobre o sofá-cama.

Ela me mordia, ria e agarrava meu pau.

— Vem, tesudo — bradou, enquanto apertava meu saco, e gritei de dor e entendimento: ela queria sofrer.

Agarrei seu pescoço com a mão esquerda e com a direita lhe apliquei sucessivas bofetadas.

— Bate, desgraçado. Me fode. Goza na minha cara — ordenou, fanhosa e desesperada.

Meu cruzado de direita quebrou um dente de Elektra. Os encardidos lençóis pintalgados de sangue e outras manchas, o discurso sobre Deus assistindo a nossa briga, toda a desordem contida no espetáculo foram demais, até para mim. Queria ir embora, sumir. Que a louca fosse para o milésimo inferno com seu Deus paranóico. Comecei a vestir as calças.

— Aonde você vai, querido?

— Embora. Para sempre.

Ela pulou da cama e me abraçou com força.
— Não faça drama. Foi luta de amor.
— Nada. Tô fora.

Caminhei em direção à porta vestindo a camisa. Ela cortou a minha frente.
— Se você me abandonar... eu acabo com você...
— Mesmo? — debochei.

Saiu da frente. Avancei para a porta e recebi o golpe. Ela me aplicou um soco na têmpora. Balancei e caí de joelhos com a cabeça zoando. Recuperado o controle, notei que ela se afastara. Fiquei de pé e ela surgiu por trás. Agarrou meu pescoço numa gravata e encostou lâmina de faca em minha garganta.
— Você é meu. Nossa vida vai ser boa. Deus está ajudando. Ele acaba contigo se quiser fugir. Você é meu, João.

Respirei fundo, buscando toda a resignação de que eu era capaz.

⁓

Interpretei o papel da aceitação. Transamos mais uma vez e consegui sair. O sol brilhava em Ipanema. Caminhei, respirando fundo e repassando as informações que Elektra teria a meu respeito. Eu não fornecera endereço, apenas telefone de recados. Precisava correr. Avisar a dona Lisa que não informasse nada à louca. Corri para o telefone público. Teclei.
— Uma Janaína ligou. Queria o endereço para correspondência. Foi agorinha mesmo. — Desliguei, desconsolado. Pressenti que merda se avizinhava.

⁓

Alguém na cidade é bicho na floresta, com mocós, manhas e truques. Eu vivia só havia algum tempo. Era relativamente fácil desaparecer. Mudar. Esconder-me. Eu morava num quarto alugado na rua Duvivier. E estava rompido com minha mãe. Minhas fontes de renda eram incertas. Eu revisava textos, mas meu computador precisava de manutenção, que eu não tinha como pagar. A ameaça representada por Elektra não me saía da cabeça. Ela poderia de fato me liquidar. Aos loucos tudo é permitido, já que não são responsabilizados por nada. Eu tinha livros, roupas e o processador. Mudança imediata pediria verba que eu não possuía. Eu não tinha amigos. Havia as mulheres que me acolheram um dia e hoje viravam as costas. Outras me aceitariam novamente. Mas o preço a pagar era a liberdade. Pensei em namorar uma policial que me protegesse de Elektra. Abri a janela. Era madrugada. A rua deserta parecia mais segura que o meu quarto. A paranóia se instaurara.

Nos dias seguintes, empreguei a tática de fingir docilidade. Chegava à casa de Elektra sempre na mesma hora, no início da noite, e cumpria minhas funções de amante. Mas pensava o tempo todo em minha fuga definitiva. Elektra sofria de surtos em que precisava sentir-se humilhada, dominada. Noutros momentos, era quase agradável. Enquanto dormia, eu a imaginava morta. Decidiu que eu deveria morar com ela. Poderia dedicar-me apenas a amá-la e maltratá-la, ações correspondentes em seu delírio. Resolvi, num lance arriscado, atender a sua vontade. Em meus planos, eu poderia economizar dinheiro para fugir. Abandonar minha amada cidade.

༄

Mudei para a rua Barão da Torre, em Ipanema, num sábado chuvoso. Arrumei um canto da sala e empilhei os livros. O sacolejo da mudança fez com que o computador enguiçasse de vez. Sem dinheiro para o conserto, acumulei frustração e ressentimento contra minha hospedeira, que babava enquanto dormia. Foi crescendo a necessidade de alguma compensação emocional. Tirei o cinto e enrolei parte dele na mão, de modo que se assemelhou a um chicote. Arredei o lençol e despejei golpes sucessivos em suas pernas macias. Ela acordou gritando e ampliei a área das chibatadas, acertando rosto e braços. Ela tentava se defender, mas ficou marcada e chorosa sem dizer palavra, quando cansei de bater e sentei ao seu lado. Soluçava como criança que apanhara sem razão. Ela alternava estados de desprotegida e de agressora hedionda. Cresceu enorme culpa em mim. Abracei Elektra, beijei as marcas vermelhas que fizera em suas coxas. Logo ela sorria. Me beijou e iniciamos uma trepada cheia de paixão. Estaria aliciado para o sadomasoquismo?

༄

Acostumei-me ao dia-a-dia com a delirante Elektra. Sua renda, enviada pela família em Campos, dava para o nosso sustento. Ela nunca mais me agredira e exigia surras, sem pedir explicitamente. Passei a beber mais vinho que de costume. Adquirimos certa estabilidade perigosa, como quem brinca com dinamite. Ela alternava longos monólogos sobre seu Deus paranóico e silêncio completo por muitas horas. Esses últimos eram os melhores momentos. Calada e triste, contemplava nada. Eu saía porta afora. Caminhava na praia. Pensava em minha vida com alguma autocomiseração. Um dia trouxe Isolda, uma amiga. Cheinha e de carnes macias. Ria, sem que parecesse louca, e sentava descuidada, mostrando suas atrações. Fiz jantar com macarronada e molho enlatado. Bebemos vinho e Elektra comentou que a amiga não fazia sexo havia anos. Isolda ficou sem jeito. Há muitos bons homens por aí, comentei, ela era bonita e encontraria alguém.

— Ele foi enviado por Deus — disse Elektra, como se eu não estivesse presente. — Eu também estava precisando. João é poder. Aproveita e dá para ele.

Ficamos encabulados, eu e Isolda.

— Vamos tirar a roupa? — definiu Elektra.

Sem nossa adesão imediata, ela levantou o vestido da amiga e a fez tirar a peça pela cabeça. Revelou-se corpo robusto, mas firme. Anoitecera havia pouco.

— Vou tomar mais vinho enquanto vocês começam.

Elektra se portava como diretora do espetáculo. Não precisei de maiores incentivos e avancei sobre a mulher. Isolda gemeu quando a toquei.

⁓

Após o *ménage* passei a achar que as coisas não eram tão ruins assim, afinal. Elektra pagava as contas e era liberal. A sua única exigência que não me agradava especialmente eram as surras duas ou três vezes por semana. Nada insuportável. Ela freqüentava igreja na Tijuca. Algum culto misturando

Jesus, judaísmo e espiritismo. Eram à noite e duravam muitas horas. Ela quis me aliciar, mas me neguei, sem conseqüências. Sua religião era meu recreio. Saía para a rua em busca de festa, ou seja, outras parceiras. Reencontrei Solange, ex-namorada que vivia com outra mulher. Não poderíamos ir ao seu apartamento. Mas a memória do prazer de ambos nos colocou em prontidão para o amor. Não resisti e a levei para a casa de Elektra. Era dia de culto. Buscamos o sofá entre beijos e dormimos abraçados após duas horas de sexo intenso. Acordei com a descarga do banheiro. Logo vi Elektra em pé ao nosso lado. Cobri a bunda de Solange com o lençol e levantei cuidadosamente, mas minha parceira acordou.

— Essa é Elektra.
— Silvana — corrigiu.
— Silvana, esta é Solange.

Sorriram. Elektra ofereceu mais vinho e conversamos educadamente por meia hora, quando Solange pediu licença e saiu. Acordaria cedo, horas depois. Eram 3:00 da matina.

Convidei Elektra para dormir logo que minha ex-amante se foi. Ela concordou e serviu duas taças, de saideira. Deitamos juntos e adormecemos abraçados. Ou assim imaginei. Ao despertar, sol em minha cara. Imóvel. Estava atado: pés, mãos, pescoço, a boca amordaçada. A cabeça doía, pesada. Virei o corpo e vi, através da porta da cozinha, Elektra em frente ao fogão. Não havia como chamá-la. Aguardei desesperado o pior. A miserável me imobilizara. Após algum tempo entre dez minutos e meia hora, ela notou que eu despertara.

— Acordou, bem? Está cômodo aí? Ainda não decidi qual o corretivo. Você é doente. Tarado. E não respeita nada nem ninguém. Deus me avisou que parte de você está vendida ao diabo. Qual será? O pau? Se não fosse meu prazer, eu te livraria dele.

Elektra falava lentamente, e entre frases lambia os lábios, provocando estranho efeito. Como se suas palavras fossem decoradas. Imagino que meus olhos comentassem meu desespero.

— Pensei em banho de água fervendo. Vai ser inesquecível. A pele fica marcada. É bom lembrete para diabinhos tarados.

Assim disse e saiu. Voltou da cozinha carregando a panela esfumaçada. Ela pousou com cuidado a vasilha no chão e sentou perto de mim.

— Você é tão gostosinho, tão amoroso, não queria fazer maldade. Botei meus tranquilizantes no teu vinho para saber que eu posso te apanhar quando quiser.

Retirou a mordaça. Eu suava. Fiz enorme esforço para aparentar compreensão.

— Desculpe, Elektra. Não faço mais. Achei que...
— Achou que depois de Isolda podia cair na putaria?
Recolocou a mordaça, esgarçando meu maxilar.
— Você não deve esquecer que estou com Deus.

A voz carregada de ira. Estendeu um cobertor sobre meu corpo. A água quente foi despejada do alto, enchendo o ar de vapores. Ao me debater, senti mais as queimaduras. Ela arrancou o pano encharcado, depois beijou minha testa suada. As lágrimas pularam em minhas faces.

∽

Tomei consciência de que era prisioneiro de Elektra. Sem deixar claro, ela controlava meus movimentos e determinava minhas ações. Resolvi submeter-me totalmente para que ela baixasse a guarda. A autocomiseração em grau máximo. Lembrei de mamãe, cheio de saudades. Ela poderia me ajudar de forma desinteressada. Vivia em Laranjeiras, na companhia de um gato persa. Liguei de orelhão.

— Está precisando de dinheiro?

Ela sabia ser odiosa. Se liguei, era para extorquir... Reconheço que havia certo realismo em sua pergunta. Sem precisar, não ligaria. Mas podia me poupar.

— Não, mamãe. Preciso de guarida. Estou sofrendo ameaça grave.

— Mulher.

Calei, frustrado e furioso com a precisão do diagnóstico.

— Uma pessoa louca com quem estabeleci uma relação sem compromissos.

— E ela não quer te deixar viver com liberdade?

— Exato.

— Nenhuma mulher direita aceitaria a sua conduta devassa, João. Só vagabunda...

Sua voz áspera, nasalada, cheia de rancor contra meu comportamento, não conseguia esconder a felicidade por eu haver ligado.

— E o que você quer?

— Ficar escondido aí, mamãe... só até ela me esquecer. Fico dentro do quarto...

Segundos depois.

— Filho é para sempre, para o bem e o mal. Venha a hora que quiser.

— Obrigado.

Desliguei, ofegante.

⸺

Quase ninguém sabia que eu tinha mãe. Esconderijo perfeito. Saí, logo que a víbora louca fechou a porta, com o missal na mão direita. Separei uns poucos livros numa bolsa e minhas surradas roupas noutra. Uma hora depois, entrava na casa de dona Helô. Eu não a via fazia quase dois anos. Parecia mais acabada. Os cabelos brancos muito finos presos num coque acentuavam sua semelhança com vovós de livro infantil. Não chegou a sorrir com os lábios, mas seus olhos me saudaram. Aguardou que eu me aproximasse para o abraço. Avancei e senti o seu corpo magro contra o meu.

— Desculpe — murmurei no seu ouvido.

— Entre, meu filho. Você não tem jeito mesmo.

Sentamos à mesa da cozinha diante de xícaras de café. Calados. O telefone tocou e ela atendeu na extensão que ficava na parede.

— É para você. Uma Silvana. Mal chegou e as malditas apertam o cerco.

Senti chumbo na cadeira. Era impossível Elektra localizar meu abrigo em prazo tão curto. Atendi na vã esperança de que ignorasse o endereço.

— Não seja infantil, João. Vamos pra casa. Estou aqui em frente. Não me obrigue a subir.

Pousei o fone, desarvorado.

— É ela?

— É.

— Está aí fora?
— Está.
— Mande-a entrar. Vou dizer algumas verdades sobre você para ela.

A soma de todos os ridículos era menor do que a minha vergonha. Fiquei imóvel, calado, inútil. Mamãe saiu porta afora sem que eu tomasse qualquer providência. Voltou com Elektra menos de dez minutos depois. Mamãe indicou a cadeira e perguntou se ela queria café.

— Que gracinha a sua mãe, João. Você não contou que tinha família.

— Não precisa me bajular, Silvana. Não vai conseguir nada comigo. No máximo, um conselho. Dizem que se conselho fosse bom a gente vendia, não é? Mas eu tenho um baseado na experiência com esse homem que saiu de meu ventre.

Fez pausa enquanto servia o café.

— Esqueça o João. Ele não é homem para ninguém. Não tem eira nem beira. É meu filho e eu o amo. Mas não serve para ninguém.

— Eu também o amo, dona... como é mesmo seu nome?
— Como você me descobriu aqui?
— Te segui. Você deixou pistas de que ia fugir, João.
— Ele não te quer mais. Cansou. Melhor para você, filha. Vá em paz.
— Ele vai comigo, dona Helô. Deus quer que ele fique comigo.
— Deus não se envolve em pendengas ordinárias, Silvana. Talvez o diabo disfarçado tenha te apresentado essa solução e nesse caso o melhor é não lhe dar ouvidos.

A menção ao demo arrepiou Elektra, que se benzeu.

— Agora vá para casa. Esqueça o João e terá ganho o dia.
Dona Helô a agarrou pelo braço para forçá-la a sair. Os olhos de Elektra chispearam. Estendeu o braço como para afastar o capeta invocado por mamãe. Empregou a força do descontrole emocional e jogou a velha contra a parede. Dona Helô bateu com a cabeça e tombou gemendo. Corri para amparar mamãe.

— Vou indo. Mas quero você em casa antes da meia-noite, João.

Carreguei dona Helô nos braços até a cama, temendo por sua vida.

⁓

Graça ou desgraça? Chamei a polícia para registrar a tentativa de homicídio. Elektra sairia de meu caminho por via da lei? Nada. O inspetor alegou falta de provas. Eu deveria solicitar exame de "corpo de delito". Testemunhas, lesões comprovadas eram fundamentais. Ao saber de minhas relações com Elektra, o inspetor desdenhou:

— A polícia tem mais o que fazer – disse.

⁓

Não retornei à casa de Elektra. Por volta da meia-noite, ela ligou.

— Está tudo acabado.
— Lembre-se de que Deus é vingativo, João. Volte.
— Me deixe em paz. Você quase matou mamãe...
— Está mais do que na hora dessa velha desinfetar – **vociferou**.

A declaração me causou horror e veio confirmar a sua

insanidade. Desliguei. Como conseguira o telefone de mamãe? Sua ubiqüidade me gerava ainda mais insegurança. Tocou novamente o telefone. Elektra começou a destilar sua cantilena. Ouvi calado.

— Venha para casa, João. Desculpe o que eu disse sobre sua mãe. Uma mulher de Deus não pode falar uma coisa dessas.

Eu ri.

— Acho melhor você vir, antes que eu perca minha paciência — ameaçou.

Tocou a campainha e desliguei o telefone. Era meu tio, Cláudio. Foi entrando sem que eu o convidasse. Hostil.

— O que houve com sua mãe?

— Caiu. Escorregou na cozinha.

Mamãe chamou pelo irmão, pouco antes de adormecer sob efeito dos sedativos. Pedi que ela omitisse a verdadeira causa de sua queda.

— Heloísa é tão firme. Não combina com ela isso de cair.

Tocou o telefone.

— Chega. Vá para o inferno — falei entre dentes para Elektra.

— Quem está falando?

Era a mulher de meu tio.

— Desculpe, Luísa. Vou passar para o Cláudio.

Senti que o descontrole rondava. A notícia fora como peste. Logo, casa cheia. Pessoas que fazia muito eu não via. Eu era uma espécie de desgarrado cuja presença era problema. Estaria ali porque ocorrera a queda ou eu era a própria causa dela? Mamãe resistia bravamente sem confessar que a louca com quem eu mantinha relações perversas atacara. Equilíbrio precário.

Os dias passavam. Afeito ao convívio doméstico e apaziguado por cuidados de mãe, fui relaxando. Vivia de chinelos e calção. Saía, no máximo, para buscar o pão. Talvez fim de pesadelo, imaginei. Mas a necessidade de sexo ressurgiu. Passei a notar as serviçais, e vizinhas. Mamãe arrumou quarto conforme minhas necessidades. A janela se abria para densa vegetação da montanha. Era a tranqüilidade exigida por um convalescente social. Ao meio-dia de sábado, bateram à porta. Levantei limpando a boca a meio ato da refeição. Atendi dois homens de grande porte. O mais alto e magro de olhar enviesado, como vesgo, sorriu sério. Apenas o músculo da boca se mantinha esgarçado. A face dura interrogava, acusando.

— Seu João Medeiros? Podemos entrar? Recebemos denúncia de posse de drogas em sua casa.

O outro, mais baixo e atarracado, entrara, forçando passagem.

— Sou o Antero. Ele é o Camilo. Inspetores da delegacia de narcóticos.

Mamãe se intrigou com os mal-encarados que invadiam a casa. Antero falava olhando de lado, examinando o ambiente em busca de provas, Camilo usava as mãos. Abriu o armário onde repousava a louça do casamento.

— Você faz uso de drogas ou negocia com elas?

O espigado mantinha seu sorriso de Curinga.

— O que está acontecendo, meu filho?

— Um engano, mamãe. Vá para o seu quarto. Vou desfazer o mal-entendido com os agentes da lei — disse eu, tentando ser o mais neutro possível, mas parecendo ridículo.

Camilo havia sumido no interior da casa. Dona Helô não obedeceu às minhas indicações e sentou no sofá, suspirando.

— Sei de onde partiu denúncia tão sem fundamento, inspetor Antero.

— Esses senhores são da polícia?

— Claro, mamãe. É coisa de Elektra. É pessoa que quer se vingar e não teme desviar a polícia de suas tarefas. A denúncia é anônima, certo?

— Tá limpo — decretou o atarracado voltando.

— Viu só? É armação.

— Certo. Mas não é tão simples assim. Temos que lavrar a ocorrência.

— Que ocorrência, inspetor? Não ocorreu nada. Uma mulher desprezada utilizou a polícia para revidar. Só isso.

— Ele sempre se envolveu com vagabundas — falou mamãe, contribuindo para o debate.

— Em que o senhor trabalha?

— No momento estou desempregado. Lido com as letras.

— É letrista?

— Confiro a sua pertinência quando agrupadas em palavras dentro do texto — falei, resumindo a minha função na maior pompa possível.

— Eu faço pagode com meu cunhado. Quero gravar.

— Se precisar de meus serviços...

— Quer dizer que esse elemento com quem o senhor mantinha relações, após o rompimento passou a buscar vingança...

— Exatamente. O elemento no caso é uma mulher.

— E ela usou para isso o disque-denúncia?

— Claro. O que é crime, certo?

— Difícil é provar que foi ela.

O tal Antero suspirou fundo, pela primeira vez sem o risco de escárnio que o caracterizava.

— A polícia sofre com essas irresponsabilidades — disse ele dirigindo-se à porta.

Suspirei também, aliviado, com o que me parecia ser o fim da pendenga.

— O senhor vai conosco à delegacia prestar seu depoimento.

— É necessário?

— Claro. A polícia não pode ser mobilizada sem gerar um registro de ocorrência.

— Deixa eu vestir uma calça.

— Vocês vão levar o João?

— Ele volta logo — explicou Antero a mamãe.

— João nunca soube escolher. Sempre buscou o rebotalho.

— Mamãe, chega. Respeite minha situação.

Saímos os três. Na viatura, estacionada na porta do prédio, lia-se: "Delegacia de Narcóticos".

Enquanto encarava o porteiro e era observado pelos vizinhos, avaliava as palavras de mamãe. Ela tinha razão. Eu não escolhia as companhias. Eu só abordara a que me atacava duramente por desejar suas coxas macias, sua carne e seus gemidos. Que louco era eu, afinal?

Os desocupados no botequim assistiram a minha entrada na viatura. Comentariam. Sentei no banco traseiro. Eu perturbara a ordem e estava sob custódia da força pública. Tudo por uma louca, uma... então, do outro lado da rua, entre as árvores da praça eu a vi.

— Ali, inspetor. Ela está ali na praça.

— Quem?

— A denunciante que brinca com a polícia — falei, acentuando a gravidade da ação de Elektra. Antero ligou o carro e arrancou com estardalhaço, traçando uma parabólica no meio da rua de mão dupla. Os veículos frearam diante da ação da polícia. Elektra percebeu que fora vista e se afastou.

— Vai escapar — denunciei.

Antero acionou a sirene. Elektra corria enquanto avançamos rapidamente até cortar a sua passagem. Ela quis dar meia-volta, mas Antero desembarcou.

— Alto lá. Polícia.

Ficamos assistindo do carro. Não escutamos o que o inspetor falou, mas logo voltaram juntos e ela foi colocada ao meu lado.

— Olha no que está dando a sua denúncia idiota — falei.

Ela me olhou, tristemente.

Subimos a rua Alice para os altos do Rio. A região da floresta da Tijuca, onde o tráfego é escasso.

— Aonde estamos indo?

— Vamos bater um papo íntimo — falou Antero.

— Eles querem dinheiro. Você tem aí? Eu posso contribuir com cinqüenta — disse Elektra.

— Sua oferta de suborno pode complicar a situação — ameaçou o policial, e entrou numa ruela estreita ocupada por palacetes de fachada hermética.

O lugar certo para extorsão, imaginei, baseado no clichê.

— Então, moça: confirma a história do cara aí, de que é a autora da denúncia?

Elektra ficou em silêncio. Baixou a cabeça e olhou-nos assim.
— Eu amo o João.
— E o que nós temos com isso?
— É. O que nós temos com isso? — completou Camilo. — Você se vira?
Ficou calada.
— Ela se prostitui, João?
— Não que eu saiba.
— Você tem jeito de quem gosta de orgia. — Camilo alongou a palavra oorrgiiia. Seu braço entendido alcançou as pernas de Elektra e sua mão mergulhou entre as suas coxas. Ela agarrou com as duas mãos o braço invasor e se fechou num arrepio.
— Salta, João — disse o inspetor, sem largar Elektra.
— Não me deixe, João.
— Salta, porra. Você tá livre.
Abri a porta.
— João — ela gemeu.
Desci.
O carro arrancou e, adiante, a sonora troca de marcha me fez pensar que a viatura necessitava de lubrificação.

A descida de Santa Teresa, embaixo do sol forte, me encheu de culpa. Ela me amava? E era louca? Não podia ficar na mão de dois meganhas. Um carro da polícia descia a rua Alice. Quase parei a viatura para expor a situação. Desisti. Finalmente, apanhei um ônibus até Laranjeiras. Minha mãe chamara o primo advogado que circulava pelas delegacias. Conseguimos finalmente falar com ele. Avisar que eu estava bem. Bem? Não consegui dormir. Bati na casa de Elektra perto da meia-noite. Ela atendeu com olhos inchados de chorar.

— Entra.
— O que houve? Eles abusaram de você?
— Covarde.
— O que você queria que eu fizesse?
— Você é covarde. E agora quer que eu conte. O quê? Quer se excitar com a história? Fomos para o mato e fui obrigada a provar da violência policial. Quer detalhes?
— Bem. Se está tudo certo, vou embora.

Ela pulou na minha frente.

— Vai nada, seu puto.

Avancei sobre ela em direção à porta. Tentou me acertar um soco no rosto, mas tirei o golpe. Saltou e me abraçou chorando e gemendo alto.

— Psiu, quietinha. Vai acordar todo mundo.
— Então me leva pra cama, agora.

Rodopiamos até o sofá tirando a roupa. Eu estava novamente em seus braços. Eu estava sedento por amor e fiquei as próximas 48 horas com Elektra. Eu a amarrei e surrei com toalhas molhadas, como nos filmes de gângster. Havia sensualidade na louca Elektra.

~

Na terça-feira, sem dinheiro, resolvi retornar à casa de mamãe. Abri a porta e fui entrando, preparado para ouvir suas justas repreensões. Eu estava resignado com minha falta de respeito próprio. Fui de aposento em aposento até encontrá-la no quarto. Estava vestida, mais caída do que deitada. De sua boca escorria alguma baba. Os olhos baços voltados para o teto. A mão direita, fechada, segurava um lenço azul. Estremeci diante do corpo que me expulsara. Suas pernas pendiam da cama. Alinhei-as, inutilmente. Havia muitas coisas a fazer. Mas, antes, sentei na poltrona ao lado. Onde ela ficava, por horas, assistindo a qualquer coisa na tevê.

Parte II

"A morte de sua primeira mulher e única não possuída, antes a que o possuiu, poderia ser a libertação. Não foi. Continua a busca frenética pela mãe, que agora se eterniza como impossibilidade. Posso continuar conversando com ele, mas não sei se teremos algum resultado. É um caso estranho. Ao que parece a mãe matou o pai. Talvez João tenha interpretado isso como gesto de amor a si." As palavras de Zveiter foram exatamente essas. Mantive a gravação da secretária eletrônica. Um descuido de Ivana ao atender registrou a conversa. Zveiter jamais me diria isso, acho. Sua interpretação de que mamãe foi causadora da morte de papai é muito pessoal. Ele caiu do quarto andar. Durante muitos anos não entendi como. Pensei algumas vezes que se suicidara. Mas não tinha razão para isso. Há alguns anos conversei com mamãe. A última antes de Elektra. Penúltima antes de sua morte. Interroguei-a sobre a queda. Ela tentou fugir do assunto, mas finalmente aceitou falar.

∽

Eu tinha 10 anos quando papai caiu. Ele estava no apartamento de Júlio, seu melhor amigo, que não estava em casa e, ao retornar, encontrou sua mulher Lorena bastante abalada. Júlio e Lorena ouviram um grito longo e o porteiro ligou. O corpo de papai estava na calçada. Aos 15 anos, passei a desconfiar que meu pai se suicidara. Engraçado que nunca avaliei a possibilidade real. Papai caiu porque estava no parapeito do prédio. Seu amigo Júlio voltou para casa ao desistir de uma viagem. Papai era amante de sua mulher. Ao tentar esconder-se na área externa, caiu. Isso era segredo que todos conheciam. Um mal-estar coletivo que todos fingiam ignorar. Então, conheci pelo menos três versões sobre a morte de papai: acidente, suicídio e, por fim, assassinato involuntário.

Mas, antes de enveredar pela trama policial, quero falar dele. Luiz Medeiros era homem pequeno, de sorriso constante e palavra fácil, embora limitada ao mundo menor em que viveu. Era dono de armazém de toda mercadoria, se dizia secos e molhados. Morreu jovem, aos 37 anos, deixando viúva de 28 anos e dois filhos pequenos. A loja foi vendida e mamãe comprou pequeno apartamento, em Laranjeiras. Ela foi assediada por homens que a desejavam, mas eram outros tempos e ela não transgrediu. Apegada aos filhos, viveu infeliz até o fim. Eu tinha 14 anos quando ouvi, atrás da porta, conversa entre minha mãe e meu tio, que voltara a morar no Rio depois de temporada em São Paulo.

— Você não pode se enterrar viva, Helô.

Mamãe nada respondeu.

— Tua vida vai ser muito longa para viver só – insistiu meu tio, que nem tinha essa intimidade toda e, sendo separado, se candidatava ao cargo de meu padrasto.

— Chega de homem, Alberto. Um em vida de mulher já é demais da conta.

— Você fala isso porque Luiz não te respeitava.

— Não fale assim do falecido. Não fica bem.

— E não é verdade? Ele não andou com todas que toparam suas cantadas?

— Luiz era mulherengo, mas nunca deixou faltar nada em casa.

— Casamento não é só os trocados do pão. Tem que haver respeito. Luiz era meu irmão, mas nunca foi sério.

Mamãe calou.

— Tinha sentido de ele ser amante da prima Cinara?

— Não fala isso, Alberto, ninguém tem prova.

Eu, que ouvia, lembrei-me do sábado no escritório do armazém.

— Amantíssimo de Cinara, Helô, e não só dela. Aquela menina que atendia no balcão, a Jorgete...?

— Jorgina — mamãe ajudou a lembrar.

— Aquela menina também freqüentava a cama de Luiz.

— Cruz-credo, Alberto, que língua para falar de teu irmão.

— Deus não me permitiria lançar tanta intriga... eu seria fulminado.

— Ninguém nunca foi fulminado por levantar falso, Alberto.

— Você sabe que tô falando a verdade, Helô. Sabe por que me separei de Joana...

— Nunca acreditei.

— Eu também queria não ter acreditado. Meu irmão me fez corno, e da mãe de meus filhos, uma puta.

— Chega, Alberto. Luiz está morto. Que descanse em paz.

— Ele descansou, Helô. E nós? — disse meu tio, em voz mais baixa.

— João... — gritou mamãe me chamando. — João... tá na hora da escola.

Durante muitos anos fiquei decodificando aquele diálogo que opunha meu pai à visão que ele sempre tentou me passar.

Importa saber que Luiz era sonso e hipócrita. Só não dava trela à religião. Nunca fingiu fé ou engrossou fila de comunhão. Fui batizado, soube depois, por insistência de minha mãe e família. Papai ironizava o que ele chamava a "boa vida dos curas", que bebiam vinho de missa e ouviam as melhores sacanagens no confessionário. Minha mãe, herdeira de terços e cruzes, esconjurava suas falas. Papai ria, sentado na sala, de suspensório, domingo à tarde. Minha descoberta de que a cunhada Joana se rendera ao cerco me fez procurá-la. Eu tinha então 18 anos e vivia crise de identidade. Cheguei de surpresa a Vila Isabel, onde ela vivia com as filhas, que regulavam de idade comigo. Abriu a porta da casa simples surpresa e me abraçou com tal ênfase que também me surpreendi. Ficamos ao redor das razões de minha visita. Ela convidou para café na cozinha. As filhas Eugênia e Paula faziam cursinho à tarde.

— Vim falar de papai — disse para quebrar a falta de assunto que encabulava.

— Este mês faria 45 anos. Era dois anos mais jovem que Alberto.

Caímos em novo silêncio.

— A senhora e papai..?
— O quê?
— Preciso saber.

— Quem andou te enchendo a cabeça?
— Ouvi tio Alberto falando... um dia.
— Alberto é bobo. Implicou que eu e teu pai tínhamos coisa...
— E tinham?
— Claro que não, imagina... só que Luiz conversava comigo. Eu contava pra ele minhas agruras no casamento. Alberto me deixava só. Vivia para o trabalho e o futebol. Não devia ter casado.

E encerramos ali o assunto. Eu com a certeza de que, de fato, haviam sido amantes. Papai não correspondia ao perfil de confidente.

Eu necessitava do depoimento de Lorena. O pivô de tudo. Fui até o prédio de cinco andares no Catumbi. Caminhei, olhando as janelas alinhadas. Papai despencara de uma delas. Os passantes assistiram ao homem se equilibrando, colado à parede como lagartixa imprópria? Enquanto eu olhava para o alto, aproximou-se o porteiro, de camisa azul.

— Procuro dona Lorena.

O rapaz balançou a cabeça mas foi falar com o síndico antigo. O velho apareceu e me examinou, atento.

— Seu Júlio não mora mais aqui. Dona Lorena ficou até setembro do ano passado.

— Preciso muito de contato com ela.

— Deixou um número – disse e estendeu papel anotado.

Lorena custou a atender. O código era Jacarepaguá. Que idade teria? Minha lembrança dela era vaga.
— Sim?
— Lorena? Meu nome é João Medeiros... preciso muito conversar com você...
— Filho de Luiz?
— Isso.
— Que idade você tem?
— Estou de maior — falei, besta.
— Tem 21?
— Faço 19 em dezembro.
— Como passa o tempo. O que você quer de mim?
— Como eu disse, conversar.
— Falar de quê? A gente mal se conhece.
— Quero ouvir sobre a morte de meu pai.
— Deu no jornal. Vai na biblioteca e lê.
— Você pode me esclarecer detalhes importantes.
— Não, João. Aquilo foi muito ruim. Melhor esquecer. Perdi dois homens naquele dia.

Fiquei estarrecido com a sinceridade. Eu queria encontrar a última amante de papai.
— O que devo dizer para te convencer a me ver?
— Diga o que você quer comigo?
— Sinceramente? Misto de curiosidade e necessidade.
— E se você se decepcionar?
— Não se decepciona quem não espera nada.
— Está bem. Onde?

Marcamos num quiosque no Recreio dos Bandeirantes. Lugar que ela conhecia e gostava.

Lorena tinha 31 anos. Manso tigre de zoológico. A sensualidade palpitava sob a aparente calma. Estendeu a mão e tentei o beijo na face. Evitou. Sentamos à sombra de palmeira. O vento trazia maresia no rosto. Ela parecia mais alta e volumosa do que papai. Imaginei encontro do casal. Ele avançaria em carícias profundas? Depois de pedir coco verde, ficamos olho no olho até encabular.

— O que foi?
— O quê?
— Por que me olha assim?
— Marquei e vim aqui te olhar mais até que ouvir. Papai tinha razão em te amar.

Eu a desejava como amante. Entendi que pouco me interessava a história deles.

— Como é que você sabe que ele me amava?
— Sei, ora.
— Sabe, nada, João. Você é um menino.
— Tenho 19 anos, Lorena.
— Estou aqui. O que você quer saber?
— Como foi naquele dia?
— Só vamos sofrer, os dois, falando nisso.
— Eu preciso saber, de verdade. O que houve?
— Preste atenção que só vou falar uma vez. Não me peça para repetir.
— Combinado.
— Eu e seu pai nos apaixonamos. Ele era sedutor. Tentei evitar por causa de Júlio. Mas sempre que a gente se via, crescia o desejo. Nunca falamos. A gente sabia. Quando está assim, dia mais dia menos estoura.

Lorena parou a narrativa para chupar o canudinho no coco verde.

— E um dia ele te agarrou?

— Foi acaso. Júlio deu a chave para Luiz apanhar lá em casa uma peça do carro que eles tinham comprado juntos. Teu pai entrou... ele era silencioso como felino. Nua, eu espalhava creme na pele. Lembro direitinho. O pé sobre a cadeira e a mão alisando a coxa. Olhei através do espelho e o vi na porta, me observando, sério.

Lorena se interrompeu.

— Por que estou contando isso? Fiquei de falar sobre o dia da morte...

— É, mas não faz mal. Estou gostando da história. Não pára, não.

Em verdade eu me excitava com aquela descrição. E estava ansioso. Será que ela me rejeitaria?

— Pois é. Ele avançou, disse que eu era maravilhosa, e botou as mãos em mim, para não tirar mais. Ele tinha uma pegada muito firme. Derreti de tesão...

Lorena cobriu a boca com as duas mãos.

— Que horror, o que estou dizendo? Mas, foi assim mesmo. Passamos a nos encontrar em todo lugar. Toda semana a gente ia para a cama. Nuns hotéis da Lapa... lá no armazém dele, no cair da tarde, e quando Júlio viajava a gente caía na tentação de ir para a minha casa. Por que Júlio desistiu da viagem naquele dia? Não sei. Ele nunca me disse. Nunca mais falou direito comigo.

— Mas, como foi na hora? Foi de surpresa?

— Você quer detalhes? Gosta de sangue?

— Está terminando. Diga como foi?

— Estávamos na cama. Nus. Suados. Se você quer os detalhes... havíamos acabado de fazer amor e ouvi alguém tentando abrir a porta. Havia um ferrolho que eu trancava.

Concluímos que só podia ser o Júlio. Gritei, perguntando quem era, e ouvi a voz de meu marido. Pedi um momento e entrei no chuveiro, depois me enrolei numa toalha. Seu pai vestiu a camisa e a calça e sentou na cama...

Lorena bebeu mais água. Sua respiração se alterou.

— Tudo podia ser diferente. Talvez fugir pela cozinha, enquanto Júlio entrava na sala. Mas faltou idéia. Pensei mil vezes nisso. Júlio insistiu na campainha. Eu disse: vamos falar com ele, conversar... mas seu pai teve outra idéia. Mandou que eu seduzisse meu marido e fechasse a porta do quarto. Ele se esconderia do lado de fora da janela e fugiria depois. Agarrou na calha podre... Eu e Júlio ouvimos o rompimento e o grito horrível de Luiz despencando.

Calamos. Finalmente alguém me reconstituía os últimos momentos de meu pai, defenestrado por marido ciumento. Lágrimas brilhavam nos olhos de Lorena. Fui sentar ao seu lado. Passei o braço por sua cintura, senti as ancas firmes. Agradeci a papai e lembrei-me de Pound: "Só o que amas, verdadeiramente, será tua herança."

Zveiter poderá interpretar meu casamento com Lorena, dois meses depois da tarde no Recreio? Na noite do mesmo dia evoluímos da água de coco para caipirinhas. Depois banho de mar, vestidos, e motel em Vargem Grande. Apaixonado pela última amante de meu pai, era natural que mamãe rompesse comigo.

— A vagabunda levou meu marido para o cemitério. Você será o próximo.

Tentei argumentar que não havia marido voltando nem janelas no alto. Ela morava em casa, num condomínio de

Jacarepaguá. Lorena repetia que Deus lhe tirara o pai, mas reservara o filho. Desconsiderei minha anexação ao rol de possibilidades divinas e tratei de aproveitar. Ela trabalhava e eu procurava emprego, mas a exaustão de horas de sexo me fazia dormir muito. Então, passei a cuidar da casa. Lavava, passava, cozinhava, arrumava. Por que o homem não pode ser o rei do lar, enquanto a mulher trabalha?

⁓

É bom lembrar que eu tinha apenas 20 anos. Segui tradição iniciada pelo velho Luiz Medeiros, vítima da luxúria. Recebi a visita de meu tio Juvêncio. Quando ele chegou, Lorena estava no trabalho, tarde a meio, sol forte. Sentamos no quintal em frente a copos suados de limonada.

— João, você precisa voltar para os estudos, cursar faculdade. O tempo cobra preço exorbitante dos incautos — disparou o velho advogado, que abominava a idéia de eu estar com Lorena.

Eu não conseguia encontrar palavras para dizer da satisfação encontrada na carne e no cheiro de Lorena... Os sentimentos provocados ao viver com a última amante de meu pai não tinham preço. Sexo é sentimento materializado, eu pensei mas não disse ao tio Juvêncio.

— Eu e Lorena estamos vivendo bem. Não sei por quanto tempo, mas por agora está valendo a pena. Volto a estudar no próximo semestre. Espero que a notícia tranqüilize mamãe.

— Procure Helô. Ela precisa de você. Está muito só — rogou tio Juvêncio.

Prometi que ligaria.

⁓

Escrevo, Zveiter lê. Mas, relendo, noto que alguns trechos são fáceis de enquadrar nos chavões da psicanálise. A ciência à qual Zveiter se dedica é cultura contemporânea dominante, e eu, tipo de fácil definição. Hesitei bastante em narrar meu encontro com mamãe. Depois de ligar, ela pediu que a visitasse. Sentamos à mesa e bebemos café preto com pastéis. Ofereceu pagamento de curso para vestibular. Falamos sobre carreira. Sugeriu direito, lembrando sua família. Rebati. Faria letras. Quem sabe mais um professor?

— Ainda não cansou da vagabunda?

Levantei.

— Estou casado com Lorena, mamãe.

— Ela contou como seduziu teu pai? — Caminhei para a porta da rua. — Ele era mulherengo, mas só acabou amante dela porque Lorena se exibia.

— Como é que a senhora sabe?

— Júlio contou. Conversamos. Ele veio me procurar. Desconfiado. Ela andava em casa de roupão aberto. Pelada e de roupão aberto, e na época era quase menina.

— Não acredito nisso.

Mamãe me abraçou pelas costas. Eu me voltei.

— É, João, se oferecendo... de roupão aberto, juro — disse, voz embargada.

Abracei-a, como não abraçava desde criança. Mamãe estava de chinelos e roupão. A corda que o prendia caiu. Senti o calor de seu corpo.

— Como é que ia resistir àquela nudez indecente? Homem não refuga nada, meu filho. Ele fez a sua parte, de macho.

Continuávamos abraçados. Tentei desenlaçar, mas ela me apertou. Falava encostando sua cabeça em meu pescoço.

— Naquele dia maldito, ele ligou perguntando por Luiz. Era só dizer que ele estava descansando... Não sei onde ele está, falei. E Júlio foi para casa.

Sua voz era um fio de culpa e amor. Apenas uma mulher apaixonada por dois homens. Um deles, morto. Beijei seu rosto e aproximei minha boca da bela mulher de 38 anos. Ela evitou os lábios e tentou se afastar. Eu a prendi e segui beijando seu pescoço, e num gesto único e completo, usando as duas mãos, despi seu roupão. O corpo branco revelou manchinhas vermelhas e outras marcas que eu não conhecia. Os pêlos entre as pernas eram negros e fartos. Afastando-a, vi: chorava de olhos baixos, mas estava disposta. Sem presença de homem há oito anos. Os braços soltos e os punhos cerrados. Escorri a mão entre suas pernas e estremeceu arrepiada, com o outro braço sustentei suas costas, de forma que a ergui totalmente exposta. Fomos para o quarto. Ela foi coerente ao não sussurrar negativas.

Não foi simples nem tão complicado... amante de minha mãe. Mais tarde, ao sair de sua casa, olhei o céu e as ruas e nada mudara. Eu caminhava entre pessoas sem que soubessem ser eu maldito incestuoso. Ri. Segui sorrindo sozinho enquanto esperava o ônibus. Quando cheguei a Jacarepaguá, liguei de um telefone público.

— Você está bem?
— Estou.
— Não vai fazer nenhuma bobagem, não é?
— Não.
— Vou aí no sábado. Mas ligo antes.

— Está bem, João.

Achei que nunca estivera tão próximo dela. Sem rusgas. Apenas homem e mulher, finalmente.

Lorena me aguardava cheia de expectativas. A paz com minha mãe de certa forma também a redimia. Falei que tudo estava bem, muito bem. Ela me abraçou com volúpia e acabamos na cama. Eu e papai estávamos afinados, agora. O telefone tocou. Lorena atendeu na extensão ao lado da cama. Ouviu alguma coisa, fechou a cara e estendeu o braço.

— Sua mãe.
— Oi, mãe.
— Vem pra cá, João... preciso de você.
— Não posso, mamãe, é tarde. Eu moro longe. Amanhã passo aí.
— Vem hoje. Apanhe um táxi. Eu pago.
— Não dá, mãe...
— Não me chame de mãe. Isso me ofende. Largue essa vagabunda e volte para a sua casa. — Sua voz tinha uma distorção entre a loucura e a vulgaridade. Temi por nosso recente encontro amoroso.
— Vou desligar. Não insista. Amanhã estarei aí antes do meio-dia.

Abaixei a campainha do telefone.

⁓

Eu não me sentia culpado por mamãe. Ela gozou, prazer raro entre mulheres. O melhor presente que pude oferecer a quem amo. Dona Helô ejaculou fartamente. Lidar com o tabu é outra coisa. No dia seguinte, logo depois do café, saí, disposto a dar um fim ao nosso recente romance. Fui preparado para a choradeira clássica. Ela não estava, mas tio Juvenal e tia Mariquinha me aguardavam.

— Sente, meu filho — disse minha tia com uma xícara de chá na mão. — Beba isso.

— O que houve? Pode falar. Prefiro ficar sabendo logo.

— Sua mãe teve uma crise.

— Está internada — completou Mariquinha.

— Mas vai se recuperar — emendou Juvenal.

— Mas o que houve? — temia por nosso segredo.

— Heloísa surtou. Reza sem parar.

— Tentou invadir a igreja, fechada. O padre a impediu. Ela ficou na escadaria, coitadinha... — emendou Mariquinha.

Entre o dia anterior e nosso próximo encontro se passaram 26 anos. Soube que sucumbiu ao apelo evangélico, mas depois conseguiu superar. O segredo foi mantido.

O casamento com Lorena foi se dissolvendo por minha inépcia. Eu não conseguia ganhar dinheiro e nem sei se me esforçava para isso. Anos depois, compreendi que estava com a ex-amante de meu pai apenas para ouvir seus comentários sobre Luiz Medeiros. Sobre as técnicas de papai ou suas palavras durante o amor. O homem calado, sentado no sofá de suspensório, era brincalhão nos encontros com a amante. Falavam de Júlio com respeito, contava Lorena. Em nenhum momento ridicularizaram sua posição de marido traído, mas ela diminuiu seu interesse sexual pelo melhor amigo de papai. Na prática, Luiz liquidou o casamento dos dois. Será? Em alguns momentos questionei o interesse na vida íntima de meu pai. De que me valia?

Engraçado, demorei anos para concluir que era meu dever evitar intimidades com mamãe. Tudo me parecia uma convenção supersticiosa de fundo religioso, como tantas outras. Não seriam, por acaso, todas as mulheres de todos os homens? Houve outra razão para que eu forçasse o sexo com mamãe: paridade com meu pai. Eu estou vivo. Luiz era pó, e sua lembrança apenas animava pessoas que o conheceram. Fora amante da cunhada, da mulher do melhor amigo, da prima de sua esposa, da balconista de seu armazém. Seria motivo de orgulho para seu fracassado filho? Não era nome de logradouro. Rua Luiz Medeiros. Fodedor. A verdade é que aos 20 anos eu ajustara contas com ele. Agora estava só. Era pobre e rompido com minha mãe. Só fazia bem uma coisa. Pratiquei.

⁓

Consegui estudar. Entrei no curso de letras à noite. Durante o dia arrumei emprego numa fábrica de luminárias. Jack, gringo holandês, e a mulher, Lisbete, bem mais jovem, tocavam o negócio. Jack consumia boas quantidades de álcool e parecia não satisfazer a esposa. Era visível que Lisbete desejava Gernando, colega de escritório, paspalho e forte. Seu colo palpitava enquanto o rapaz empacotava lustres. Manobrei de forma a conversarmos sobre sexo.

— Ele confessou que não agüenta mais: vai pedir as contas — falei, num lance de ousadia.

— Por quê?

Gernando subira para embalar luminárias que seguiriam para Angra dos Reis.

— Arde de desejo por você, Lisbete.

O choque me fez temer pela manobra. Calada e pensativa, ela analisava minhas palavras.

— Seja sincera com você mesma. Gernando não é desejável?

— Ele é bonito.

— Talvez seja gostoso. E eu sou experiente, você não avalia como... dê uma chance a nós todos, você não vai se arrepender.

— Se Jack souber estarei perdida... na rua...

— Ele não precisa saber... nos aceite.

— Aos dois? Juntos?

Gernando era bronco. Vendi para ele a mesma história contada ao avesso. Ela estaria desequilibrada. Em parte era verdade. Fizemos uma orgia no fim de tarde. Assisti a Lisbete cavalgar sobre o balconista. Refugou meus beijos. Acabei como ponte entre amantes. Lisbete em minhas mãos. Não era minha intenção a chantagem. Ela me ajudou a evoluir na empresa. Liberou horário para que eu estudasse. Cheguei a gerente, sempre encobrindo seu caso com Gernando, que continuou empacotando. Mulheres como Lisbete precisam dominar o amante. Jack deixava o negócio em nossas mãos. Cada dia bebia mais. Resultado: dois anos depois a empresa faliu. Mas, me antecipo, nesses 24 meses minha vida mudou.

⸺

Eu nunca havia administrado nada, e me colocar na gerência foi temeridade que só a paixão sexual explica. Lisbete abandonava o negócio mal o marido saía. Escapava com

Gernando para motéis na Barra da Tijuca. Eu dava cobertura caso Jack retornasse ou ligasse de casa, onde entornava uísque de milho. Às tardes eu estudava realismo, parnasianismo, romantismo e outros movimentos que eram matéria de meu curso. Carla, minha futura segunda mulher, era cliente da pequena fábrica em Jacarepaguá. Seus vestidos leves sobre a pele morena me faziam tremer em ondas de tesão acumulado. Num único mês comprou duas luminárias de mesa e um lustre de trinta lâmpadas para salão. Aguardava meu bote. Sexo é tema que se evita com estranhos. Mulheres só tratam dele com desconhecido que lhe interesse. Carla examinava abajur de feltro negro. Estendi pequena luminária de pele de foca.

— Este é apropriado para quartos onde se faça sexo regularmente. Suaviza as linhas dos corpos nus e suados.

Sorriu.

— Estou só. Não tenho destinação para nada tão específico.

— Talvez você tenha o quarto e lhe falte a regularidade.

— Jack, sabe que você é abusado com as clientes?

— Desejo abusar apenas de você, Carla. Posso te convidar para um chope?

Ela estranhou que o gerente de fábrica não possuísse carro. Contei na cama parte de minha história. Na manhã seguinte me pediu em casamento. Aceitei.

⌇

A juventude costuma vir acompanhada da ingenuidade. Conforme o ângulo se pode ser o canalha ou o puro, dependendo do fardo moral do observador. Eu tinha 24 anos e me via como bênção vigorosa na vida de Carla, senhora de 32. Que me permitisse estudar e descansar, outras horas a faria exaurir de prazer. Bom para todos. Talvez eu não tenha me explicado bem. Logo o negócio de Jack quebrou e perdi o emprego. Perdi a vontade de buscar coisa nova. Carla herdara patrimônio que garantia nosso sustento com folga. Mas o preconceito abalou nossa boa relação. Cochicharam em seu ouvido que homem não deve viver do dinheiro de mulher. Duas vezes por dia eu a punha a nocaute. Mal acordava e a cobria de beijos calculados. Ela gemia e chamava por Deus. Como nos filmes pornográficos. À noite, só dormia após o amor. Mas era pouco.

— Você não vai procurar alguma coisa pra fazer, João?
— Tô estudando.
— Troca pra noite e procura emprego.
— A noite é sua, meu bem.
— Primeiro o trabalho.

Ora, ora, Carla via assim as coisas. Não disse para ela que eu estava mais seguro em casa. Na rua, trabalhando, perceberia mil mulheres. Oficina da luxúria é a rua. Mas Carla não percebia essas sutilezas. Acabou por me jogar novamente às feras.

⁓

Duas semanas depois, como imaginei, caí nos braços de uma coordenadora de seleção. Carla me jogou na rua. Custei a entender seu radicalismo. Achei que a mantinha bem satisfeita. Estava enganado. Liguei para mamãe, que bateu o telefone na minha cara. Donde concluí que amor de mãe só não resiste à cama. Dormi num hotel da Lapa, sentindo-me desprotegido como nunca. Tentei imaginar o que meu pai faria em meu lugar. A universidade estava paga até o próximo mês. Fui para a aula com minha vida por um fio. Era difícil me concentrar no modernismo português vivendo problemas da Idade da Pedra. Minhas colegas eram extraordinárias mulheres. Volumosas, firmemente plantadas sobre magníficas coxas. Eu disfarçava, mas prestava mais atenção nelas do que nas dissertações de história da literatura. Saímos da aula, alegres e brincalhões. Mara Vietri, uma de minhas preferidas, voltava do estacionamento em seu pequeno carro. Eu estava na calçada, num desconsolo visível.

— Vai para onde?

Entrei no carro.

— Não sei.

— Não sabe para onde vai?

Considerei se deveria narrar minhas desventuras, mas me mantive calado enquanto rodamos descendo a rua Marquês de São Vicente, na Gávea.

— Desculpe, Mara. Pare que vou descer. Estou perturbado.

Na praça Santos Dumont, ela encostou.

— O que houve?

— Você é noiva... e eu sou doido por você... prefiro manter nossa amizade.

Ela baixou a cabeça e sorriu.

— E você é casado.

— Fui. Estou separado desde anteontem.

— Vamos tomar um chope, então.

Alguns quilos além da medida não comprometiam a sensualidade de Mara. Seu biótipo era das eternas meninas felizes, fofas, graciosas, que merecem mordidas carinhosas na bunda branca. Pura dinamite sexual, eu já a imaginava encharcada de suor, cavalgando, cavalgando... Sentamos no bar Hipódromo da Gávea. Eu, sem um tostão, sem lugar para dormir e tentando a sedução. Merecia tudo o que me acontecia.

— Você faz o tipo cafajeste, certo?
— Você leu *Memórias de um cafajeste*, do Carlos Imperial?
— Não.
— É. Não poderia mesmo. Não. Não sou *cafa*, não... pelo contrário: sou tipo até ingênuo. Ando de peito aberto pelo mundo e só levo porrada.
— A Paula acha que você é pilantra. Mas eu te acho legal.
— O suficiente?
— Para quê?
— Para viver uma parada comigo.
— Se rolar...

Bebemos chopes e vodcas. Levantei para ir ao banheiro e na volta agarrei o seu queixo por trás e a beijei na boca. Ela tentou escapar, mas a minha mão estava entre suas pernas. Suspirou.

— Não pode ser aqui. Sou noiva. O Joel freqüenta esta área.
— Vamos embora então, porra...
— Tenha calma que rola...

Bebi outra vodca de um único gole.

— Vamos rolar na cama. Deixe a calma vir depois.
— Tá legal. Pede a conta. Vou ao banheiro.

Tremi em todos os músculos. Estava sem grana. Seria massacrado. O garçom trouxe o valor num papel. Estava lá o impedimento. Sem chances de mergulhar em Mara, carne doce e sorridente. Eu faria qualquer coisa. Crédito. Eu precisava de crédito. Fui até o balcão e tentei convencer o gerente de que pagaria no dia seguinte. Sem chances. Vi Mara, sentada na mesa. Só me restava a lábia. Voltei.

˜

Todo mundo quer ajudar se houver retorno. Em qualquer forma. Mas é preciso que a pessoa reconheça que recebe resposta.

— Estou sem dinheiro, sem emprego, sem casa para morar. Mas não estou desesperado. Vai pintar alguma coisa... se você segurar nosso custo agora... dou jeito de te pagar... com juros...

Mara pagou a conta e saímos de carro. Subimos para o alto da Boa Vista e transamos dentro do carro. Bem perigoso, sob qualquer aspecto. Mas não havia outra hipótese. Fiquei no triângulo do Humaitá, quase meia-noite. Caminhei um pouco em direção a Botafogo. Estava cansado e feliz. Cansado e triste.

˜

Uma das dificuldades de quem se propõe a escrever memórias é a forma de abordar os momentos mais medíocres. Eu não me proponho a tarefa tão complexa. Apenas descrevo lembranças para Zveiter. Minto. Escrevo para mim, também e principalmente. Embora a vida não tenha reprise, tento avaliar minhas escolhas entre possibilidades. Não será difícil relacionar o que não fiz. Poderia haver criado alguma coisa, além de recordações amorosas, aventuras com mulheres. Não há desculpa. Há, sim, inspiração. Entre os 21 e os 26 anos rolei, a esmo, e fui influenciado. Toda a minha escrita perderia muito de seu sentido se não falasse de Márcio, o doutor. Ele circulava no centro da cidade, e em Copacabana também. Andava sempre de branco e carregava valise de médico. Mas era auxiliar de enfermagem. Márcio adorava mulheres, ou sexo, mais especificamente. Ele costumava dizer que é importante abordar pelo menos dez mulheres todo dia. Mantinha um vasto rol de conquistas. Nosso conhecimento se deu durante abordagem que fazíamos a turistas argentinas, em plena avenida Atlântica. Ele se aproximara de uma delas. Eu puxei conversa com a outra. Mas o espanhol dele era grotesco.

⸺

Márcio, ignorante, admirava a cultura. Prenunciava grandes momentos utilizando minha lábia associada à incrível cara-de-pau dele. Saía do trabalho numa clínica de Botafogo e íamos para a lida. Eu vivia em condições precaríssimas. Márcio notou, mas não me censurou. Eu mesmo contei que não parava nos empregos porque me envolvia com as pessoas erradas, mulheres de superiores ou colegas comprometidas. Márcio diagnosticou o problema. Era preciso saber abordar. Ele dizia as coisas mais absurdas para mulheres desconhecidas, que continuavam a aceitar a investida. Sugeriu que eu me tornasse gigolô. Poderia ganhar a vida preservando a principal fonte de prazer. Ele mesmo reforçava seu orçamento atendendo idosas insatisfeitas com os programas de terceira idade. Havia cuidados mínimos. O padrão das tais senhoras deveria ser razoável. Apesar dessa recomendação, ele mesmo nivelava por baixo. Qualquer velhota só numa pizzaria era bom alvo. Lembrei-me de restaurantes caros, discretos e de boa clientela. Mas como freqüentar? Estávamos em frente ao Madame Butterfly, em Ipanema. Duas senhoras entraram, deixando um belo carro com o manobrista. Mas eu estava de *jeans*, tênis e camisa de malha, e o pior, duro. Márcio em seu indefectível uniforme branco. Valise na mão direita.

— Vamos abordar as duas. Eu abro a conversa e você fala difícil. Eu conto as piadas.

Arrancamos em direção ao restaurante. Ele parou em frente ao porteiro e coçou a cabeça.

— Deixei o carro no outro quarteirão. Não sabia que vocês têm manobrista.

O rapaz sorriu diante da explicação inusitada e abriu passagem. Entramos no restaurante japonês. Música suave. As presas travavam papo animado numa mesa de canto.

— Se não colar caímos fora de imediato.

Márcio rumou sem hesitação. Dirigiu-se à mais fornida, de cabelos longos e ralos, muito maquiada. Deveria estar pelos 70 anos.

— Clara Alvarenga é você?

A mulher titubeou, tomada de surpresa. Márcio abriu a valise e retirou *kit* com seringa descartável.

— Sou o doutor Márcio Brito. Este é João, quintanista de medicina, fazendo residência — disparou enquanto agarrava o braço da mulher.

— Há um engano. Não sou Clara... me chamo Sônia...

O estranho de branco agarrava sua mão.

— Não sou eu, doutor...

A segunda, cabelos curtos, muito magra, sorria. O rosto trazia várias marcas de cirurgias.

— Desculpe — falei, muito constrangido quando me olhou.

— Ligue para o hospital, rapaz. Confira local, nomes e descrição. Faça a sua parte...

— Como é mesmo seu nome?

— Norma.

O *maître* se aproximou, conferindo até que ponto suas clientes eram importunadas.

— Sônia... Norma... vocês foram vítimas de um engano. Somos chamados para os lugares mais diferentes e muitas vezes é trote. Informaram que duas madames, no restaurante Madame Butterfly... Vejam só. Aceitam as minhas desculpas?

Quando retornei do falso telefonema, Márcio estava na mesa. Convidaram-me para sentar e fui apresentado.

— João é filho de família abastada. Estuda medicina por pressão dos pais.

Fiquei imaginando em qual universidade... Eu era desacostumado com longas mentiras, cheias de detalhes. Márcio era técnico. Seu papo só se estendeu até conseguir números de telefone. Bebemos água mineral. Ele pediu desculpas, teríamos de retornar ao hospital. Norma convidou para o jantar. Márcio declinou. Meia hora depois, estávamos na calçada.

— Elas estavam no papo. Você fez a parte mais difícil...

— Elas não são bobas, nos descobririam logo. Assim ficamos com os contatos e podemos voltar ao ataque com mais argumentos.

Realmente, dois meses depois me tornei amante de Norma e vivi meu primeiro período de gigolotagem explícita.

᠎᠎᠎᠎᠎᠎᠎᠎᠎᠎

Márcio ignorava pudores e gosto. Arrebanhava as amantes de qualquer tipo físico, condição social ou idade. Abordava rindo e sempre contando história tão inverossímil quanto curiosa. Explorava o traje branco. O suporte medicinal era estandarte. Habilitava-se como conhecedor de vida e morte. Acompanhei vários de seus botes quando fui o *residente*. Houve vez de inventar o que vivera fazia pouco, presenciando situações de hospital. "Elas gostam do drama alheio", ensinava. Afirmava às suas presas incrédulas que o sexo aplacava o gosto ruim das mortes recentes que presenciara. Mas dizia sem sofisticação, misturando gírias grosseiras ao sorriso sarcástico. Não hesitava em receitar e tomar a pressão, quando agarrava as mãozinhas nervosas entre as suas. Apalpava omoplatas e arrancava gemidos e risos nervosos de suas futuras conquistas. Elas se sentiam seguras ao lado do doutor Márcio. Ele as convidava sem maiores pudores para hotéis ordinários. Logo percebi que jamais dominaria a técnica do mestre. Durante nossas *performances*, cheguei a perder a deixa por ficar admirando seu estilo. Ele me repreendia. Afinal, não queria as mulheres em minha cama?

Fomos encontrar duas enfermeiras na UTI de uma clínica particular. Eram negras fortes. Anabela e Josemira. Mulheres entre 30 e 40 anos, de sorriso largo. Ambas haviam trepado com Márcio. Era madrugada quando invadimos a unidade. Havia sala de plantonistas. Plaquetas indicavam horários de medicação de cada paciente. Márcio, debochado, me apresentou como alguém que adora brincar de médico. Ele agarrou Josemira no punho.
— Fique com a maior.
Ela media quase dois metros. Sorriu e me beijou a testa.

— Vamos tirar a roupa? — convidou Márcio.

— Não há perigo de alguém aparecer? — Opus.

— Nada. Os médicos passam longe da emergência na madrugada. Trabalhei aqui. Só chegam de manhã para assinar os óbitos.

Anabela surgiu seminua, de um biombo. Usava calcinhas brancas, de algodão, contrastando com sua pele negra. Era mais proporcional que Josemira. Márcio a fez sentar em seu colo e a cobriu de beijos, sem constrangimentos. Avancei para a que me tocara.

— Espera um minuto. Preciso administrar uma dose rigorosa. Depois, brincamos.

Inundou a minha boca num beijo babado.

Anabela gemia nas mãos de Márcio, que a apalpava mordendo o lábio de excitação. Josemira abriu um armário, com a chave que trazia no bolso do avental, e de lá retirou seringa e ampolas.

— Oi, você vai aplicar morfina? — sorriu Márcio.

— Sim. Tem uns três aí precisando.

Márcio se desvencilhou de Anabela e tirou a seringa e a ampola da mão de Josemira.

— Vamos separar um pouquinho. Uma ampola desta dá para todos.

— Você tem certeza? Eu não tomo essas porcarias.

— Mas eu adoro. É o corpo sem peso, sem nada. Vocês deviam experimentar.

Injetou parte da ampola imediatamente na própria veia. Foi de eficiência surpreendente.

Às 3:00 da manhã, nus, após o coito, bebíamos a vodca que Márcio trouxera. As mulheres dormiam em beliches.

— Tem mais morfina dentro de dez minutos. Quer experimentar?

— Nunca fui de droga. Prefiro bebida.

— Que não é droga?

— É droga legal.

— Legal?

Gargalhou.

— É. Sei que é hipócrita. Mas fui criado com esse negócio de lei.

— As leis foram feitas para os bacanas levarem a nossa parte e ainda nos culparem por sermos uns fodidos — filosofou meu amigo. — Na UTI não há lei. Só quem manda aqui é o diabo, escolhendo as almas.

— Não é crueldade tirar o medicamento de quem precisa?

— É só parte. Esse troço é uma porrada. Experimenta.

Estendi o braço, convencido a transformar aquela noite única. Amarrou a mangueira de borracha em meu bíceps e um minuto depois a morfina se misturou ao sangue. Se não há corpo, o que há?

Tentei levantar e esbarrei na mesa metálica.

— Calma, se acostume antes.

Odiei a sensação da droga. Mas não havia como a retirar do organismo. Virei cérebro flutuante. Apalpei-me sem sentir nada. Olhei para Josemira. Suas pernas estavam abertas, cona exposta, mas não havia mais tesão em mim.

Segundo Márcio, há dois tipos de homem: aqueles com quem as mulheres gozam e os que as sustentam. Raramente andam juntos. Eu contra-argumentava que todas as famílias do mundo eram constituídas de pais de família que reuniam ambas as condições. Ria de minha ingenuidade. Gozar e ter filhos eram coisas diversas, dizia. Ele tinha várias amantes casadas e as visitava nas horas menos prováveis. Muitas mantinham seus casos com o "doutor" usando a desculpa das dosagens controladas. Subimos num prédio em Copacabana. De lá se via a portaria do prédio em frente, na rua Barata Ribeiro. Aguardamos até que a mulher de uns 40 anos, bonita de corpo e rosto, entrasse.

— Aquela é Rita. Você quer ficar com ela?
— Como assim?
— Eu dou trato nela há dois anos. Não agüento mais.
— Resta saber se ela me quer — falei, contrariado com a atitude machista de Márcio, mas imaginando os prazeres que a tal Rita poderia oferecer.
— É meu presente de aniversário pra você.

Era, de fato, 22 de novembro, meu dia.

— Mas como é isso?
— Uma vez por semana, às terças ou às quintas, eu apareço aí. Fico uma hora e meia. Ela me espera usando apenas um vestido sobre o corpo. Eu levanto até a cintura e caio ali, de boca. É preciso vigor. Ela goza em dois minutos. Aí você põe. De camisinha. Ela não gosta de beijo na boca, mas quer que a gente morda os seios. Ponha-a de quatro sobre uma poltrona do quarto. Aplique alguns tapas na bunda da sem-vergonha. Depois beije suas nádegas. Ela vai gozar novamente. Aí acabou. Dá de uma hora a uma hora e meia.

— Márcio, esse tipo de relação não pode ser, simplesmente, transferida...
— Por que não? Você é um tipo simpático. Faz assim: na hora em que você estiver entrando no apartamento, eu ligo e falo com ela.
— Isso não vai dar certo. Vou levar um fora.
— Confie em você.
— Podemos tentar qualquer dia.
— Agora. Ela está me esperando. Diga ao porteiro que é da drogaria. Vista o jaleco.
— Agora? Este jaleco não serve em mim.
— Experimente.

⁓

Ficou justo. Atravessei a rua carregando a valise branca e puxando as mangas curtas do casaco, que não fechou. O porteiro me olhou de cara amarrada. Falei que era da drogaria. Ele perguntou se o Chiquinho não trabalhava mais lá. Informei que estava de férias. Subi trêmulo, parei em frente à entrada e me faltou coragem para tocar a campainha até que a porta se abriu e Rita estava lá. Senti tesão imediato pela mulher que Márcio simplesmente descartava.
— Cadê o Chiquinho?
— Ele não pôde vir.
Tocou o telefone.
— Isso é uma brincadeira dele?
Não respondi. O telefone continuou tocando.
— Espere um minuto. Ou melhor, entre e aguarde aqui.
Atendeu ao telefone, sentada no sofá. Era uma casa de classe média baixa. Havia tevê, poltronas, mesa de centro. Depois de dizer alô, Rita ficou ouvindo Márcio. Ela relaxou e

suas pernas se abriram um pouco. O vestido abotoado na frente deixou ver suas coxas grossas.

— Quem é que você pensa que eu sou?

Fiquei tentando imaginar o que ela estaria ouvindo. Arrependido, meu desejo por Rita apenas aumentava.

— Você me levou ao pé da letra, Chiquinho...

Meu desespero chegava ao insuportável.

— Rita, foi tudo um engano, eu vou indo.

— Espere. Fica aí. Vamos conversar. Senta aí.

Sentei no sofá com meu ego renovado. Ela ouviu bastante e falou pouco. Dez minutos depois, desligou.

— Você conhece o Chiquinho há muito tempo?

— Bastante — menti.

Ela levantou e caminhou devagar. Senti que ela considerava a hipótese da relação.

— O que você está pensando de mim?

— Nada.

— O Chiquinho me interpretou mal quando eu disse para ele que tanto fazia ele ou outro. Tudo é sexo.

— Na verdade, você não estava querendo dizer isso?

Ela sentou na minha frente. Pernas dobradas. Pude ver que estava nua sob o vestido curto.

— Não. É preciso conhecer um pouco quem nos toca, certo?

— Certo.

Estendi a mão até entrar entre suas pernas e alcançar sua vagina molhada. Rita fechou os olhos. Com a outra mão puxei sua cabeça. Ela resistiu. Lembrei que Márcio falara sobre o beijo e ajoelhei aos seus pés. Ela abriu as pernas completamente.

A companhia de Márcio correspondeu a período de vadiagem quase completa. Eu vivia de pequenos negócios. Hoje, não sei avaliar minha vida econômica nesses anos. Era como se fosse órfão, uma vez que meu pai estava morto e minha mãe entrava em crise quando me via. Tentei a aproximação. Dona Helô caía em prantos. Sem força para me afastar, deixava claro o mal que eu faria por perto. Ela devia enxergar nossa trepada a toda hora. O tabu do incesto era a sua cruz. Mantive distância a muito custo. Precisava me manter no curso de letras, era caro. No segundo mês de atraso, ameaçaram cortar a minha matrícula. Márcio sugeriu que eu procurasse Norma, a "madura" do restaurante Madame Butterfly. Liguei e marcamos num bar do Leblon. Eu me esquecera de como ela era. Fiz enorme esforço. Pedi ajuda a Márcio.

— Cor-de-rosa feito lavanda e cheia de dobras murchas.

Não ajudou muito, mas quando a vi dei alguma razão a ele. De fato, ela era cor-de-rosa e enrugada, mas simpática e esperta. Devia ter uns trinta anos a mais do que eu. Fui direto ao assunto, de forma que poucas mulheres aceitariam. Márcio sugeriu abrir o jogo.

— Norma, você é uma gracinha. Se te interessar, sou o cara para ser teu amante. Mas preciso de ajuda para pagar os estudos.

— Você está tentando uma carreira como gigolô. Mas está nervoso demais, se acalme. Não há nada de mais em sua pretensão. Muitos rapazes apelam para essa saída. Quando se tem talento e resistência. Você tem?

Fiquei atônito.

— Quer provar?

— Quero. Vamos para um motel. Sem custos extras. Essa é uma fase de experiência.

— Você não vai se arrepender.

Fomos para o Escort, local em São Conrado onde ocorreria a fase de teste. Após a relação, ela reclamou que estava doída. Eu exagerara na ênfase em agradá-la.

— As mulheres com quem se relacionará, faixa dos 60 aos 85, devem ser conduzidas com suavidade, como antigos bibelôs sensíveis demais aos trancos, como os que você arremeteu contra mim.

— Como assim, as mulheres com quem vou me relacionar?

— Vou agenciar você, querido... cobro 50% do seu faturamento, mas tomo conta de tudo. Cada programa vai sair por 300 dólares. Você leva 100...

— Isso é mais de cinqüenta por cento...

— Estou abatendo os custos operacionais. Telefone, comissões etc.

— Você já fez isso antes?

— A vida inteira. Você teve sorte em me abordar.

— É. Espero que sim. Quando começamos?

— Logo que eu monte a sua carteira de clientes. Mas acho que na próxima semana posso conseguir alguma coisa. Raspe este bigode. Elas gostam de jovenzinhos – disse Norma, e deu uma gargalhada satisfeita.

Contei a Márcio sobre Norma. Ele exultou. Eu estava arrumado, segundo sua forma de ver as coisas. Eu não era tão otimista. Conseguiria manter relações com mulheres de 70 ou 80 anos?

— É trabalho, camarada.

Bebemos uns chopes, que Márcio pagou. Eu não tinha

mais dinheiro nenhum. Fui até a vitrine de uma casa de câmbio e olhei lá – dólar: 36 mil cruzeiros. Vezes cem, igual a 360 mil. Com dois programas semanais eu viveria bem, para os meus padrões. Fui para a praia, assoviando.

༄

Eu só tinha o telefone de Norma. Liguei duas vezes na segunda-feira, sem conseguir falar com ela. Deixei recado gravado. Na quarta eu não tinha nem fichas para ligar mais. Precisei convencer uma jovem babá, com quem eu tinha esporádicas relações, a me deixar usar o telefone de seus patrões. Eu devia estar com aparência horrível. Lindaura, a babá, preparou um prato cheio até as bordas. Depois do almoço tomei banho e transei com ela dentro do boxe. Liguei então, tranqüilo e de estômago cheio.

— Estava querendo falar com você, mas sem telefone é difícil – disse Norma, um pouco ríspida demais para meu gosto. – Amanhã, 2:00 da tarde, te encontro na praça Nossa Senhora da Paz. Vá barbeado e de camisa limpa e nova.

— Não tenho roupa limpa, nem nova. Estou morando numa vaga na Glória e não está incluída a roupa lavada.

— Fique calmo, João. Vamos comprar roupa. Te encontro em uma hora na esquina da Montenegro com a praia. OK?

༄

Encontrei dona Mata Hari vestindo camisa, calça e sapatos novos. A idosa freguesa assumiu nome de guerra da espiã nazista, para não se comprometer. Devia ter uns 80 anos, mas aparentava 70. Usava óculos escuros e se dirigiu a mim como Adônis. Estávamos ambos enganando ao outro.

— Aonde vamos? — perguntei, sentado em seu carro.

— Ocasiões especiais merecem locais condizentes, concorda, Adônis?

— Claro — falei, relaxando para aguardar os acontecimentos.

— Então vamos curtir — disse a velha senhora, arrancando o Alfa Romeo.

Subimos a avenida Niemeyer e a ladeira de acesso ao Vip's Motel. O rapaz entregou as chaves sorrindo enquanto eu imaginava o que pensaria de mim. Subimos para a suíte presidencial. Transparente, suas amplas aberturas envidraçadas se abriam para o mar. A imensidão verde e o céu azul eram de escandalosa beleza.

— Tire a roupa. Quero confirmar a encomenda. Desculpe o tratamento técnico. Mas você deve estar acostumado — falou, sentando no sofá de couro e cruzando as pernas.

Despi calça e camisa um tanto vexado, mas lembrando os dólares renovei forças.

— Aproxime-se.

Cheguei à sua frente. Agarrou meu pinto mole com a ponta dos dedos, como quem segura um preservativo usado.

— Não se deve avaliar um pau mole, mas o seu não parece ter muito futuro — observou, sorridente, a provecta Mata Hari.

— É a primeira experiência como *escort* — desculpei-me.

— Fique tranquilo. Para tudo há sempre uma primeira vez. Tome um banho.

Entrei na ducha tentando montar fantasia na cabeça. Lembrar as mulheres que me haviam excitado. Eram tantas... Mas foquei meu desejo em Luísa. Prendi sua imagem na cabeça como tábua de salvação. Eu a imaginei desfilando no quarto. Sua bunda generosa e balangante. Senti princípio de ereção e voltei para o quarto. Mata Hari falava no celular. Estava nua. Com o braço dobrado à altura da cabeça, mexia nos cabelos ruivos. Sua axila estava à mostra. Havia pequenas dobras na epiderme, mas a ação de muitas plásticas a mantinha quase plena. Era branca. Aproximei-me e beijei seu ombro. Ela desceu a mão e agarrou meu pênis sem se voltar.

— Tchau, querida. O entregador de pizza chegou.

⌇

Não posso dizer que fui um *escort boy* bem-sucedido. A avaliação da clientela variava de tímido a taciturno, sendo que algumas me classificaram como rude. E entendo essas opiniões. Nunca estive completamente convencido de que essa fosse uma boa atividade para mim. O sexo pago exige um profissionalismo que não tenho. Norma notou isso e me dispensou após alguns programas. Mas me manteve como amante eventual. Conversávamos sempre e ela dizia que eu era por demais *careta* para a atividade. Acho que estava enganada.

⌇

Encontrei Márcio novamente, quase ao acaso, no Maringá, boteco mínimo na Cinelândia. Estava alto já. Risonhava sardônico sobre suas próprias observações.

— Hoje arrumo uma racha mirim, pequeninha, que morda meu cacete, que fique pulsando, sabe João, aquelas que ficam pulsando — falava respirando entre as frases, imitando a excitação do coito. — Vamos atrás de xota? — convidou.

— Onde? Tô mortinho.

— Hoje eu pago. Agitei umas "lanças" argentinas aí pruns

médicos — explicou, querendo dizer que conseguira vender tubos de lança-perfume.

— Virou traficante?

— Só de vez em quando, pra sair do sufoco. Vamos para a Vila Mimosa.

— Lá é pagando.

— Falei que seguro.

— Então tá. Nunca fui à vila. Não é só dragão?

— Nada. Tem as meninas. Vou te mostrar o que é bom.

Relaxamos num táxi em direção à praça da Bandeira.

Vila Mimosa é zona de prostituição oficial do Rio de Janeiro. A Zona Sul tem muitos pontos onde mulheres ou travestis oferecem seus préstimos, mas seu público é mais entre turistas e elite. A Vila Mimosa atende aos próprios cariocas com menos dinheiro. Próxima à praça da Bandeira, para onde foi removida depois de décadas no mangue do bairro da Saúde, a chamada VM é constituída de mínimos bordéis dentro de duas galerias, onde as garotas se exibem, seminuas. Márcio é bem conhecido lá. Piscaram, assoviaram, gritaram por seu nome num frêmito que envolvia tanto amizade quanto deboche. Descobri logo o porquê. Márcio não as explorava, mas tampouco aceitava que elas cobrassem dele. Inventava histórias, deixava presentinhos que talvez custassem quase o cachê das meninas. Pequenas bijuterias eram os regalos preferidos.

— Este é um camarada meu, o João. Tratem dele como se fosse eu.

Eram meninas até bonitinhas, sem luxo, mas apetitosas.

Havia uma morena alta, com os cabelos descoloridos e crespos que me agradou.
— Como é teu nome, tesudinha?
— Maristela.
— Vamos tomar uma cerveja?
Entramos num dos botecos.
— Vai pra festa? — Márcio quis saber. — Trata bem dele — avisou a Maristela.

No ambiente havia um *freezer* enferrujado com cervejas, balcão e mesas de plástico branco, imundas. Uma negra, tanga entre nádegas, rebolava ao som de Leandro e Leonardo. A própria Maristela, de *top* e microssaia, iniciou movimentos sobre a música. Seu corpo bonito e a bunda firme me excitaram.
— Quanto você quer pra gente subir?
— Vinte e cinco, tesão. Valendo tudo.
Subimos.

⁓

Uma escada de ferro estreita levava ao primeiro andar do muquifo. Havia baias divididas por meias-paredes e estrados de tijolos, colchonetes e lençóis imundos. Inalava-se forte cheiro de peixe frito. Maristela entrou no primeiro reservado, onde outra menina dormia. Acordou a colega sacudindo o seu ombro.
— Sai fora que vou meter.

A outra desocupou o espaço quase sem abrir os olhos. Maristela tirou o *top*. Os seios amarfanhados de tantas apalpadelas ansiosas de fregueses sedentos era a pior parte da anatomia de minha companheira de amor. Arriou a saia e a calcinha num único movimento. A luz que entrava pela janela escancarava as minúcias de seu corpo jovem e maltratado. Minha excitação lutava com meus padrões sociais de classe média e formação cristã. Beijei suas coxas em torno da vagina mal depilada. O tesão vencia o primeiro confronto.

༺༻

O convívio com prostitutas propiciou conclusões. As de custo barato satisfazem clientes baratos que encaram o sexo na forma de descarga física, ato fisiológico, como urinar, talvez. Maristela pertencia a esse segmento. Apoiada no cotovelo, sorria enquanto o sol entrava pela janela. Ouvia-se lá embaixo o burburinho da galeria.

— Gozou, bem? — perguntou, sem maldade.

Buscava preencher sua função profissional. Eu, tenso.

— Não. E acho que não vou conseguir.

— Tá bolado?

— Nada sério. Apenas intervenções emocionais — repliquei enigmático.

— Quero que você goze bastante. Hoje vou ver minha filhinha e posso levar um presente com a grana que você vai me dar.

Toda puta de baixo escalão fala de filho aguardando dinheiro, leite ou presentes. É como dizer: sou puta, mas também sou mãe. As duas palavras costumam andar juntas na ofensa. Nada pior do que classificar a segunda como a primeira. Natural que a primeira se veja redimida, atuando como a segunda.

— Onde vive a sua filha?

Maristela se ergueu e, abrindo as pernas, secou a vagina com papel higiênico.

— Minha filhinha está em Itaipuaçu, com a avó, que cuida dela enquanto batalho. Conhece lá?
— É para o lado de Niterói, não é?
— Isso.

Saímos para o corredor apertado. Duas meninas se banhavam de uma bica d'água que caía da parede. Márcio entrou, nu, ao lado de uma negra de formas exuberantes.

— Isso aqui é o paraíso, né não, João?
— Quase.
— Quanto você ficou devendo aí?
— Vinte e cinco.
— Vamos aumentar essa dívida. Hoje ficamos na Vila.
— Como é?
— Marialva prometeu juntar mais umas meninas. E vamos aproveitar.

Deu uma beijoca na tal Marialva. Ele batia no ombro dela. Gargalhou satisfeito.

Márcio alugou a parte de cima de um dos bares. Área de uns trinta metros quadrados onde existiam três cubículos e banheiro com vaso e chuveiro. Havia também uma mesa e duas cadeiras. Ele mandou trazer cervejas e um velho banguela instalou sua churrasqueira junto à janela. Preparava espetinhos de frango e boi ou que bichos outros fossem. Além de Marialva e Maristela, chamou mais duas putinhas para a festa. Eram magrinhas e bonitinhas: Janice e Florina. Afora os problemas de dentição, eram meninas em bom estado.

— Vamos curtir. Janice começa contando a maior putaria de que participou — disse Márcio agarrando no braço da morena.

Sua cor e os olhos puxados indicavam ascendência indígena.

— História de putaria é o que não falta pra essa aí — disse a Maristela, sorridente.

— Nem pra ti — replicou a outra. — Tu é puta há mais tempo.

— Fala aí. Conta a maior putaria — insistiu Márcio.

— Como assim, bonitinho? — quis saber Janice.

— Conta alguma coisa. Como é que tu entrou na vida?

— Entrei de necessidade, ué... como todo mundo.

— Fala aí. Conta.

— Eu tava casada. Meu marido trabalhava no *movimento*. Aí quebraram ele. Fiquei com duas crianças. O jeito foi vir pra cá.

— Explica aí pro João entender.

— Eu entendi. O marido trabalhava para o tráfico e foi morto, não é isso?

— Isso mesmo.

— E como é que foi?

— Foi chato. A primeira vez de tirar a roupa e deixar um homem que você nunca viu antes botar a mão em você. Mete os dedos em você. É chato. Mas agora acostumei.

— Só os dedos? — gargalhou Márcio, e senti uma ponta de asco de sua insolência.

— Eles metem tudo.

Todos riram. Estendi um copo de cerveja para ela.

— Que idade você tem? — eu quis saber.

— Vinte e cinco.

Ela estava usando apenas uma calcinha. Abracei-a.

— Espera aí. Nada de fodas agora. Vamos comer churrasco e contar mais histórias — ordenou Márcio. — E você, Florina? Conta.

— Eu num sei falá.
— Sabe sim. Conta como foi.
— Num sei. Desde que lembro por gente tô por aqui. Acho que minha mãe mais meu pai já viviam aqui.
— Como assim? Que idade você tem? — interrogou Márcio.
— Sei bem não. O Zeca do bar disse que devo estar nos 15, mas a Neca fala que eu não tenho nem 14.
— Rabo-de-foguete, meu. Você é de menor — chiou Márcio fazendo uma careta.
— Sou. Mas ninguém liga, não.
— E como é que você gosta mais de foder? — quis saber meu anfitrião.
— Como assim?
— Como é que você gosta que os fregueses te comam? Não tem um jeito que você gosta mais?
— Eu gosto de qualquer jeito, mas com pau pequeno. Pra não doer — disse Florina num sorriso doce.
— Tem muito jegue? — continuou Márcio.
— Outro dia teve um velho aí que ninguém queria encarar — contou Maristela, escancarando a boca falha.
— Avantajado.
— Saiu todo mundo pra ver. Assim ó... — mostrou com as mãozinhas.
— E voltou pra casa sem bombar?
— A Zélia deu conta.
— Quem é?
— Uma veterana arrombada — Marialva complementou.
— Mais cerveja, Tomé — gritou Márcio, que exultava de alegria em seu porre.
— E quem vai contar outra aventura?

— Conta, Marialva.
— Eu?
— É. Tu que atendeu o cara. Conta.
— O que é? — interveio Márcio, curioso.
— A Marialva passou um perrengue aí mês passado.
— O que foi? Conta, Marialva.
— Ih. Um doido. Tá assim de doido no mundo.
— Mas fala.
— Um cara. Veio na Vila e acabou comigo. Metemos gostoso e ele quis mais. Pagou de novo. Depois outra vez. Já estava mais de duas horas aqui e ele queria mais. Ia tirando as notinhas de dez e dando. Pau acabou, mas queria ficar me olhando. Aí resolveu de eu ir morar com ele.

Tomé, negro espadaúdo, chegou com as mãos cheias de latas de cerveja.

— Valeu. Mas isso dá muito na zona. Freguês que quer casar. Não é verdade? — opinou Márcio, que como patrocinador se sentia no direito de interferir nas histórias.

— É. Às vezes tem. Mas esse encheu o saco. Queria por demais. Sua mulher lhe deixara chupando o dedo, com três filhos. Queria que eu fosse cuidar. Nego acha que tudo é melhor do que aqui. Tem coisa que também é ruim. Cuidar de filho dos outros, por exemplo...

— Mas, daí, ele sossegou?

— Nada. Falou que era homem carinhoso, e me daria um lar. Eu falando não, não, aí ele me pegou pelo pescoço. Maristela mostrou a marca escura na altura da carótida. Ia me matar, o desgraçado. Chorava e dizia que mulher nenhuma ia desfazer dele. E eu não conseguia gritar, com as mãos dele na minha garganta...

— E aí?

— Sorte que a Soraya apareceu. Ela folgou hoje. A Soraya tava procurando quarto com o cliente e pôs a cabeça para dentro. Viu o cara me esgoelando e chamou o Tomé, que arrancou ele de cima de mim. Depois fiquei com pena. Ele caiu na bobagem de empurrar o Tomé, que ficou puto e enfiou a cabeça dele dentro do vaso da privada. Acabou bebendo mijo, coitado.

— Assim aprendeu a não insistir.

— Que barra, hem?

— Aqui tem de tudo. Vem aleijado, vem brocha, vem doente do pau, pingando — completou Maristela, listando as agruras da zona.

— E mentiroso, tem muito, né? — quis saber Márcio.

— Ih, só tem — riu-se Marialva, espirrando cerveja.

— Conta.

— É o que mais tem. Eles vêm contar pra gente... adoram falar de valentia e de dinheiro. Ganhei tantos mil na quarta, mas já queimei tudo... — imita. — Adoram se elogiar, né não, Florina?

— Só gostam de se elogiar — afiançou Florina.

— Por que é que puta não dá beijo na boca? — quis saber Márcio.

Elas riram, caladas, sem ter o que dizer.

— Tem que preservar alguma coisa, não é? — arriscou Maristela.

— Superstição — sugeriu Marialva.

Chegou uma jarra de caipirinha e senti que a loucura seria grande.

Márcio, na zona, se sentia em casa. Conversava fraternalmente com as mocinhas, como se vivessem juntos desde sempre. Interrogou todas sobre os mais variados assuntos. Puxei Florina para meu colo. Fiquei fazendo cafuné em seus cabelos de arame. Beijei sua orelha. Ela foi cedendo aos meus carinhos. Aninhou-se. A tarde desabara em nossa cabeça, escurecendo tudo. Havia poucas e fracas lâmpadas. Marialva dormia a sono solto. Ouvíamos sua respiração nasalada. Eu e Florina encontramos baia vaga e mergulhamos num profundo abraço, que durou até o amanhecer.

⌒

Serão infinitas as formas de praticar sexo? Notas musicais para inumeráveis variações com os nove buracos da mulher e os oito do homem? Florina, encantadora e sofrida criatura da Vila Mimosa, me extasiou. Sem grandes malabarismos, ela atuou durante a maior parte da madrugada. Encaixada em mim, vibrava, pulsava, suave e constante, conduzindo orgasmos sucessivos e prazeres que poucas vezes conheci. Uma menina treinada para o sexo. Pesava como jóquei, talvez 40 quilos, media 1,60 metro, magra, tanto que seus ossos friccionavam com os meus. Florina não tomou iniciativa aparente. Gemeu um pouco enquanto colocava, com a sua mão, meu pênis entre as pernas, depois as fechou e formamos uma só coisa de carne e consciência. Apertar e afrouxar era a técnica da putinha. Desesperado por mais prazer, enfiei meus dedos em suas costas, apalpei sua bunda, dedilhei seu ânus. Mas eu queria o beijo, o sagrado proibitivo, e ela me entregou a boquinha. Labaredas entre gengivas e língua tensa. Florina me pôs arriado. Amanheceu e ela dormia. Fiquei admirando sua pele, suas formas, o rosto miúdo. Florina resultava de uma mistura ampla. Via-se o afro e o índio nos lábios grossos e na pele marrom. Tentei lembrar a cor de seus olhos, sem conseguir. Eu a queria para mim. Iria levá-la. Mas para onde?

༄

Tirar mulher da quadra é tema antigo, de conversa de botequim à alta literatura. Drummond descreveu em poema o homem que leva puta para a casa e acaba matando a perdida. João Antônio também abordou a questão em sua prosa. Receber vários homens deve viciar. Haverá as que se transformam em "do lar"? Cumpririam então o ideal da puta na cama e dama na sociedade? Toda noite entrar na alcova doméstica como quem vai ao bordel é luxo. Êxtase caseiro. Seja como for, acordei em Vila Mimosa querendo levar a menina Florina.

— Onde está seu pai?
— Vive por aí. Ele é pedreiro...
— E sua mãe?
— Mãezinha morreu, eu era menininha.
— Quem cuida de você?
— Ué, João, eu me cuido.
— Vem viver comigo.... — falei, irresponsável. Uns tempos... aí a gente arruma situação melhor pra você... não digo que a gente fique junto... sou bem marginal também.... mas você sai daqui...
— Tu acha aqui a pior coisa do mundo, não é? E por que está aqui?
— Esse lugar... a higiene... a qualidade da comida e estar constantemente disponível para qualquer um, isso não é horrível?

— É. Pensar nisso é mais horrível ainda.
— Vamos embora daqui. Vem viver comigo. Eu tenho um quarto alugado na Glória. Vamos para lá. Não vai faltar comida e diversão, eu prometo.
— Você quer casar comigo?
Falei que não.
— Ficamos uns tempos juntos. Mas eu te arrumo alguma coisa. Um emprego. Um casamento. Tá cheio de homem precisando de uma mulher que o faça gozar — disse eu, como gigolô experiente.
— O Tomé não vai gostar se você disser que vai me tirar daqui.
— A gente não conta para ele. Eu pego um táxi e te apanho aqui na frente.

Florina relutou ainda algum tempo, mas finalmente cedeu. Naquela noite, início da madrugada, eu passaria para apanhá-la. Estava prestes a fazer besteira. Característica de personalidade.

⥲

Eu vivia num quarto, na rua Cândido Mendes, artéria que liga o bairro da Glória ao de Santa Teresa. É quase toda uma ladeira. O táxi nos deixou na porta do prédio antigo. Minha janela se abria para a vegetação densa do morro. Ouvia-se a passarada e os micos faziam festa ali. Era silencioso quanto a ruídos humanos. Havia cama de casal e pequena geladeira. Márcio recriminou minha atitude quando contei sobre Florina, mas emprestou 5 mil cruzeiros, parte da grana que havia recebido.

— Amanhã vamos comprar roupas para você. Roupas decentes — falei, moralizador.

Coloquei seus trapinhos na sacola de lixo.

— Paguei caro por esse *top* de lantejoulas — reclamou.

— Você precisa se parecer com o que você é: uma menina. Vamos procurar escola amanhã.

Eu desejava salvar a puta mantendo minhas prerrogativas de cliente. Tomamos banho juntos e depois pedimos *pizza* pelo telefone. Comemos e nos comemos até a madrugada.

෴

Sentado ao lado da cama, observei Florina dormir. Nua, deitada de bruços, era linda criança. Havia pequenas marcas, aqui e ali. Cicatrizes de seu passado infernal. Eu estava disposto a reinventá-la. Desmanchar cada marca de sua dor. Refazer seus dentes. Como? Onde buscaria dinheiro para minha *performance* de Pigmalião?

Após o café-da-manhã, expliquei que iria à luta. Ela era livre para o que quisesse, desde que me aguardasse no quarto. Na volta, iríamos fazer compras. Roupas e outros bagulhos pessoais que uma menina de sua idade deve possuir. Como ela não sabia de seu aniversário, institui o dia seguinte como sendo a sua data. Ela passaria a festejar todo dia 24 de novembro. Compraríamos bolo.

෴

Encontrei Florina aos 28 anos. Nunca tive tanta necessidade de ganho certo. Sentia-me responsável. Como filha. Era companhia ideal, preenchendo funções familiares e amorosas. Espalhei entre os poucos amigos e conhecidos que queria emprego. Eu era formado em letras. Poderia dar aula para o estado. Seria escalado para colégio distante. Acordaria as 5:00 da manhã. Como treparia até as 3:00? Não era caminho.

Voltei para casa no meio da tarde. Sôfrego, entrei no quarto jogando a pasta com o currículo inútil sobre a cadeira. Quarto vazio. A calcinha de algodão esquecida informava I LOVE YOU. Seu cheiro no banheiro vazio. Saí para a calçada. Eu viera de baixo. Subi. Dois quarteirões de ladeira íngreme me puseram tonto. Apoiado, olhei para o botequim na esquina. Ela bebia cerveja de pernas cruzadas, com a saia mínima, toda aberta, exposta aos tesões passantes. Ao lado encostara homem, e eu teria feito o mesmo. Quem era? Caminhei trôpego de ciúme. Reconheci o tal. Era jornalista batendo ponto no bar do Antônio. Desenhista do JB. Olha-me superior e, sorrindo, informa que está bem acompanhado. Parei e respirei fundo, para esconder a péssima condição física. Avancei e ele chamou a atenção dela. Esforço para não explodir, ridículo. Ela sorriu, banguela.

— Olá, João.

— Oi. Apanha um copo, bonitinho — acariciou ela. — Não mereço beijo?

Debruçado sobre a mesa, beijei seus lábios rapidamente.

— Andréa contou que passa uns dias com você... — falou Rubem, alegre e íntimo do nome de guerra.

— É.

— Esse cara sempre tá bem acompanhado — emendou sorrindo.

— É.

— João, não resisti e pendurei umas cervejinhas aí com o Antônio — informou a graciosa.

— Claro. Fez bem. Tenho conta aí. Você faz amizade rápido. Legal — falei, voz esfiapada.

E alongamos a tarde em sucessivas cervejas, e papos, e pude constatar, cheio de surpresa e autocensura, que Florina também era mulher de botequim.

Semana de intensas descobertas. Florina adquirira maus hábitos em sua temporada no inferno. Era incapaz de dar descarga no banheiro e, mal acabávamos de amar, secava a vagina com papel higiênico. Combati tais costumes, civilizador. Roupas novas a fizeram a menina que era. Uma fortuna para refazer a arcada dentária. Consegui dentadura a preço módico num protético de Cascadura. Indicação de Márcio. Arrumei vaga no curso de alfabetização de adultos e eu mesmo iniciei sua educação. À noite ela me ensinava o que é ser feliz no amor.

Emprego de revisor numa editora pequena passou a ocupar parte do meu dia. Durante seis horas eu lia matérias sobre alimentação e saúde enquanto sonhava com a volta para casa. Ao doce exercício de praticar obscenidades com Florina. Levava vida de casado, passando na padaria para comprar o pão e o leite e planejando o futuro com minha amada. Márcio se afastou ao se dar conta de minha mudança radical. Mas a paz seria breve. Na tardinha de uma sexta-feira, antes de entrar encostei ouvido na porta. Florina ouvia alguém.

— Arruma logo tuas coisas. Vamos dar o fora antes que ele volte.

Voz de mulher, grave e áspera.

— Ele tá para chegar. Não quero ir sem falar com ele — replicou Florina.
— Para dizer o quê? Vamos logo que aí não tem confusão. Eu te ensinei. Homem é só para explorar a gente... vamos...
— Ele é legal comigo.
— Porque está te comendo, otária... a hora que cansar, te joga na calçada.
— Não é verdade.
— Vamos logo, porra.
Ouvi o baque surdo da agressão e o gemido de Florina após o ultimato.
Abri a porta. A cena integrava Florina, caída sobre a cama choramingando, queixa de golpe e a mulher forte, de maquiagem excessiva, que se espremeu em careta de desagrado.
— O que é isso? Você está bem, Florina?
— Ela está de saída, moço. Vai voltar para o trabalho comigo — disparou, ríspida, a desconhecida.
— Você é que vai sair de minha casa. Fora.
— Vamos, Flor — ordenou a tal e agarrou o braço de minha menina.
Era o que eu esperava. Agarrei a invasora pelo pescoço e a arrastei para o corredor. Num movimento rápido, aplicou-me golpe de joelho no estômago. Gritei e minha fúria aumentou. Acertei murro direto contra seu rosto. Ela se estatelou sobre a cama.
— Quem é essa louca?
— Mamãe.
— Você me disse que sua mãe era morta.
— Ela que mandou eu falar para os fregueses que era órfã. Ela diz que homem adora tuprar uma órfã.
— Estuprar... Florina, estuprar, que absurdo.

A mãe revelada gemia, ensangüentada. Eu batera para valer.
— Como é o nome dela?
— Geni.
— Dona Geni, desculpe. Mas a senhora não devia me atacar assim.
— Vá pra porra, covarde, filho-da-puta — vociferou Geni, encostando-se contra a parede.
Observei suas coxas firmes. Era bela mulher.
— Traz uma toalha do banheiro, Florina. Para sua mãe secar o sangue. Tem mercúrio aí no armário. Desculpe, novamente, Geni. Você me atacou, dentro de minha casa. Não posso permitir que você leve Florina contra a vontade dela.
— Ela é minha filha, cara — gritou a mulher, manchando minha cama de sangue ao sentar.
— Não me parece que você cuide de sua filha como seria conveniente...
— E quem é você para me dizer como devo cuidar da Florina?
— Estou cuidando dela. Vai para o colégio no próximo semestre.
— Colégio? — gritou Geni, colégio de puta é quadra... ensinei tudo a ela sobre como agradar um homem... não ensinei? Responda você, bom pastor... ela não te faz gozar latejando a boceta? Hem? Pompoarismo, se chama essa arte. Desde pequeninha faço ela treinar com uma banana, vai largando pedacinho a pedacinho...
— Não lhe ocorreu que Florina possa não querer seguir essa profissão?
— É o ofício de sua mãe, qual o problema? Você tem alguma coisa para beber aí?

Apanhei cerveja e estendi para a progenitora de minha menina.
— Não tem nada forte? Um *quente*, não tem?
— Não.
— Apanha ali no seu Antônio um conhaque para mamãe — pediu Florina.
— Não deixo você sozinha com ela. Vá lá, ponha na conta. Florina saiu.
— Tu resolveu ficar com a minha filha?
— Não se trata disso. Estou apaixonado por Florina. Não a enganei. Quero ficar com ela o tempo que nossa ligação durar...
— Enquanto você não se cansar de comer a menina...
— Estou querendo ajudar. Buscar um colégio para ela... melhores alternativas... você não oferece nenhuma opção para Florina...
— Ensinei a ela o único ofício que eu conheço...
— E você acha que ela pode ser feliz sendo prostituta?
— Feliz? Você é bobo ou pensa que eu sou. Felicidade é coisa para bacana.
— Compreendo a sua amargura, Geni.
— Você não compreende nada.
Florina chegou com o conhaque. A mulher pegou a garrafinha de coca-cola e virou. Verteu lágrimas e sorriu. Sintoma de alcoolismo.

⌒

Mãe e filha anoiteceram em minha cama. Deitamos os três. Algum processo detonou Geni, fazendo-a dormir profundamente. Parecia tomada de súbita paz, como se houvesse encontrado refúgio. Temi pela minha sorte. O que faria com a mãe de minha amada?

Florina desnudou-se completamente e me abraçou com força, como em todas as noites. Geni roncava suavemente. Eu resistia a transar com Florina, respeitando sua mãe. Ela quis. Fomos fluindo em lento e silencioso coito. Após o gozo profundo me acomodei de bruços, foi quando senti as mãos de Geni me buscando. Resisti. Afastei seu abraço, ela voltou ao ataque, dessa vez descendo sua cabeça para entre as minhas pernas. Eu ia afastá-la novamente.

— Faz com a mamãe, ela está precisando — sussurrou Florina em meu ouvido.

Deixei as coisas acontecerem. Geni era profissional. Combinou várias técnicas e fui à lona absoluta. Ao acordar, surpreso, descobri que a manhã estava no fim e minhas mulheres se haviam ido. Levaram até algumas notas da carteira. Senti vontade de chorar, mas não tive lágrimas. Perdera minha pequena. Veio o impulso de correr até a Vila Mimosa. Mas sem dinheiro, sem nada...? Tomei banho pensando nelas. Se fosse rico contrataria ambas para me servir. Folgado.

Entre os 28 e os 30 anos vivi os momentos mais difíceis de minha vida econômica. Um bloqueio me impedia de fazer qualquer coisa lucrativa. Passei de quartos baratos para vagas com mais um ou dois inquilinos. Nem esses momentos foram destituídos de erotismo. Havia interesse em pobres-diabos como nós? Os quartos eram no Estácio, numa casa antiga. O acesso era por corredor lateral. Dois beliches, pilhas de roupas mal lavadas e quatro homens suando no calor tropical faziam dos quartos ambientes pestilentos. Um baiano chamado Gilmar sugeriu o puteiro do morro. Quarteirões acima de nossa rua. O preço era de 500 cruzeiros por programa. Eu tinha mil na sexta-feira, e precisava viver com aquela nota até o meio da próxima semana. Troquei o dinheiro. Guardei a metade enfiando a nota na frincha do estrado da cama. À noite acompanhei o grupo. Éramos seis rapazes pobres. Subimos ladeira, alegres, até o fim do calçamento de pedras regulares. A escadaria íngreme do morro se sustentava em tábuas cravadas na terra. A luz rareando. Aqui e ali, fracas lâmpadas presas aos galhos de árvores.

— Tu já veio aqui, Gilmar?

— De dia, sim, mané. Não te assusta que tô tremendo — brincou, imitando a sonoridade do sobrenatural.

Uma sombra se moveu, revelando o soldado do tráfico. Empunhava metralhadora de longo pente inclinado. Atravessou nosso caminho e estancou, de pernas abertas.

— Branca ou preta?

— Não tenho preferência — falou Gilmar de pronto. Mas o cara não achou graça. Continuou calado.

— Ele quer saber se queremos droga, falei.

— Camarada, viemos para o puteiro da Velha Tuné.

Outra sombra se materializou logo adiante em outro negão armado com fuzil.

— Pras putas — informou o primeiro.

— Revista, ordenou o outro.

— Mãos para o alto. Perna afastada.

Fomos revistados. Um, o Túlio, tremia, desacostumado talvez com as armas pesadas.

— Tão limpos.

— Cada um deixa 100 cruzeiros, de pedágio — falou o que ordenava à meia distância.

— Tamos com a conta certa, patrão — chiou Gilmar.

— Cem de cada um. É justo. Nós evitamos que a gente assalte vocês. Quem consome bagulho não paga. Turista tem pedágio.

— Vamos fazer uma reunião rápida — falei levantando os braços. — Para decidir a parada. — Fizemos as contas. Todos estavam com a quantia justa: 500 cruzeiros para o programa.

— Só tem um jeito — sugeri. — Fazemos uma caixa comum e sorteamos a volta de um. A grana dele paga o pedágio de todos.

Deu justo Gilmar.

— Fodeu, malandro, logo tu que a gente precisa para chegar lá — disse o Mário, que era o amigão do baiano.

— Nada. Daqui para a frente a gente se ajeita. Tchau, Gilmar. Na próxima tu molha o biscoito — falei, apanhando o dinheiro que estava na mão dele.

Separei 500 e estendi para o traficante.

— Liberou — gritou ele para o outro.

O cara a meia distância falou num rádio que subiam cinco rapazes para o puteiro.

Voltamos ao calvário da subida. A noite encobriu mais caminhada de meia hora antes de chegar ao galpão ao lado de uma pedreira abandonada. O cheiro era quase insuportável. Ali era o puteiro da Velha Tuné.

⌒

Circo e inferno: principais analogias com o lugar. Umas dez mulheres passeavam entre os clientes. Gente como nós, bebendo cachaça, cerveja ou fumando maconha. De circo, a decoração grotesca e os trajes das mulheres. O inferno por conta da qualidade da maioria das moças, o fedor e o clima de ameaça que pairava sobre tudo. Havia a beleza da cidade lá embaixo. O galpão se abria sobre o abismo da pedreira e além, para a paisagem urbana. Via-se a baía de Guanabara. O colar de luzes em torno das enseadas. Uma lateral escura do galpão era tomada por meias-paredes onde casais poderiam transar ao abrigo dos olhares. Ouviam-se gritos de prazer fingido e música *funk* alta de duas enormes caixas de som. Tudo cheirava a sêmen, urina e podridão. Os móveis, sofás e poltronas rasgadas, estofos à mostra, seriam sobras ajuntadas nos lixos da cidade? Caminhamos entre as mulheres, reconhecendo o terreno. Éramos tão estranhos quanto esperados.

— Aí, moçada, tão conhecendo hoje o lar da Velha Tuné?

Aos poucos nos voltamos para encarar a própria dona do inferno: Tuné era travesti, inacreditável se não presente ali. Peruca roxa, vestido curto carmim, pele coberta de dobras, tal cão chinês. Fora fisiculturista, via-se na massa muscular ainda sólida. Várias marcas de bala traçavam linha oblíqua de seu ombro até o pescoço.

— Quantos são? Meninas... — bateu palmas. — Gente nova no pedaço: vamos trabalhar.

Acorreram algumas moças. Ou desproporcionais ou simplesmente feias. Era o momento. Aproveitei a indecisão geral e avancei sobre a mais razoável: negra forte, de ancas duras e sorriso largo. Agarrei sua mão.

— Como é teu nome?

— Jurema — respondeu com todos os dentes.

Abracei sua cintura com força e nos afastamos do grupo.
— E então, Jurema? Por aqui é perigoso?
— Muito.
— Por quê?
— Dá confusão às vezes. Mas não fica bolado, não. Vamos meter.
— Acontece briga entre clientes?
— Às vezes é briga, às vezes é guerra. Varia.

Fomos ao abrigo das meias-paredes. O catre nos aguardava. Boa surpresa, o corpo alinhado de Jurema, seu fingir convincente. Só *love* até meia-noite, e depois, confusão.

Após uma hora da mais pura malhação com Jurema, adormeci no catre imundo. Não era do meu estilo, mas busquei razão nas caipirinhas que bebemos antes de subir. Acordei com explosões, pareciam ao lado. Jurema se fora. Antes de levantar, assisti à luminosidade colorida dos fogos de artifício clareando o ambiente. Em pé, vi o galpão cheio de homens armados. Caminhei lentamente, tentando localizar os companheiros. Jurema agarrou meu braço por trás.
— Sai pela lateral que vai dar numa trilha, e some que chegou o Batuta.
— Cadê meus camaradas?
— Todos se foram, menos o cheinho, que ficou com a tia.
— Cheinho?
— É. O gordo.
— O Inácio. Sei. Como ficou com a tia?
— Ele tava sem dinheiro.
— Como assim? Eu mesmo dividi a grana.

— Na hora de pagar a Rita, ele não tinha. A tia vai levar o caso pro Batuta.
— Espera... ele deve ter perdido a grana. Deixa eu falar com a tia...
— Agora que o Batuta chegou vai ser difícil. Eu, se fosse você, caía fora.
— Nada.

Saí das sombras em direção aos grupos armados. Uns dez homens, carregando pistolas, fuzis e metralhadoras, bebiam e cheiravam cocaína junto com as putas da tia. Não me perguntaram nada enquanto eu atravessava entre eles. Vi o traveco conversando com um negro careca e forte abraçado a uma menina quase nua, que não tinha mais do que 12 anos.

— Salve, tia Tuné. Sou do grupo que veio hoje conhecer.
— Olá, bacana. Tá aí ainda? Não mandei vocês sumirem, que agora o baile é do Batuta e seus amigos?
— Estamos querendo sair, mas parece que um companheiro nosso teve problema.
— Teve. Quis foder sem pagar. Isso aqui não é possível, bonitinho.
— Deve haver um engano. Contamos e recontamos o dinheiro.
— Nós aqui não escondemos nada, falou a exaltada e embriagada tia.
— O que houve aí? — quis saber o careca.
— Nada não, Batuta... Um menino que veio aí, fodeu e tá sem dinheiro.
— Manda ele descer o morro, bem rápido — disse o tal Batuta.
— Isso, tia, deixa o garoto se mandar, rápido.
— Você quer que teu amigo desça o morro rápido?

A tia começou a rir e evoluiu para gargalhada que não cessava. Batuta e os outros também riam muito.

— Você quer descer rápido, também, mané? — perguntou o Batuta.

— Do que vocês estão falando?

A tia agarrou meu braço com seu punho de titã. Chegamos à beira do abismo. Aos meus pés, sustentada por corrente, gaiola de bambu sustinha Inácio sobre a pedreira. Identifiquei o odor putrefato. Era cemitério clandestino. As vítimas eram lançadas nas rochas e apodreciam no buraco.

— Mas... mas o senhor não pretende tirar a vida do rapaz porque... — falei, sinceramente horrorizado.

— Por favor, SENHORA, eu sou uma senhora.

— Desculpe... Tia... deixe eu ir atrás da grana... volto em uma ou duas horas, está certo?

— Temos que falar com o Batuta. Essa hora ele não gosta de sobe-e-desce.

— Manda esses desgraçados me soltarem, João...

Cheguei próximo ao abismo, tonto, sentei na rocha e me inclinei.

— Manera na linguagem, Inácio. A coisa tá preta. Fica quieto.

— Manera, nada. Manda essa bandidada me tirar daqui.

— Tô falando pro teu bem.

A tia havia voltado para a companhia do Batuta, que resolvera limpar a arma enquanto a garota chupava lentamente seu pênis. Estava disposto a ganhar sua confiança.

— Aí, chefia. Posso dar uma fala?

Ele se virou lentamente, largou a pistola sobre a mesa e, com a mão direita, empurrou a cabeça da menina para baixo.

— Faz direito, porra.

Era asqueroso, mas era preciso calma.

— Tô querendo livrar a cara de um amigo que perdeu o dinheiro do michê. Quero permissão para buscar a grana para pagar o programa.

— Quanto foi o programa, Tia?

— Quinhentos cruzeiros. Uma merreca. Esses pelados pensam que podem vir foder de graça, ora...

Ao estalar de dedos do Batuta, um assecla se aproximou.

— Paga quinhentos para a tia. Pronto. Está resolvido.

— Obrigado, Batuta – falei.

— Valeu, Batuta. Solto o bofe?

— Não. Comprei a dívida. Ele é meu. Traz aqui o otário.

— Batuta, ele é um cara legal – disse eu, tentando negociar.

— Como é teu nome?

— João.

— João, te dou permissão pra ir embora. Tchau.

— Mas, e o Inácio?

— Ele é meu. Acabei de comprar. Fora.

— O que eu poderia trocar por meu amigo?

— Quer ficar no lugar dele? Pra mim tanto faz, um otário ou outro – falou Batuta, me olhando no olho.

— O caso envolve outras sutilezas.

Arrependi-me de utilizar a expressão sutileza, que me pareceu culta demais para a cuca do Batuta.

— Inácio veio com a intenção de ganhar uma aposta, sacou? Conseguiria cair nas graças de alguma das moças ao ponto de ela não cobrar o programa dele? É um aventureiro. Mas solicito que o senhor dê a ele uma chance de mostrar a sua arte.

— Você está querendo me enrolar?

— No bom sentido, sim.

— Te dou um minuto para vender a tua idéia.

— O Inácio é muito engraçado na conquista de um rabo, sabe? Pode ser um bom espetáculo pra animar sua festa. Deixe ele tentar ganhar uma das meninas. Se ele conseguir, o senhor solta ele — falei consciente de que estava arrumando uma enorme responsabilidade para o Inácio. Mas não me ocorreu mais nada.

— Seria um *show*, certo?

— Um *show* diferente.

— Entendi. Traz o cara aí — ordenou Batuta. — Prepara o *show*. Se não ficar engraçado, você vai para a gaiola também, cara. OK?

Não se tratava de concordar.

⁓

Ora, Inácio teria uma chance, pelo menos. O problema é que ele não compreendeu que Batuta via a cidade de cima.

— Inácio, falei para a chefia aqui sobre sua habilidade excepcional numa cantada. Ele ficou curioso e quis assistir. Mostre sua maestria.

— Que porra é essa, João? Vamos embora daqui. Tô com fome.

— O otário aí não tá a fim de cooperar, cara... Eu te comprei, otário. Tua vida é minha.

Inácio ficou calado. Senti que seu sangue fervia. Era o tipo do cara que não consegue se dobrar.

— Se você quiser me matar, mate... eu vou embora — falou, sem olhar diretamente para o Batuta. — Vamos, João.

— Só saio daqui com a licença da chefia — falei.

Ele deu alguns passos. Vi o Batuta apanhar a pistola sobre a mesa. Corri para Inácio, agarrei o seu braço e, quando ele se virou, apliquei uma vigorosa bofetada em seu rosto.

— Acorda, cara. Você vai ser morto como um cachorro.

— Por que você me bateu?

Parecia chegado de outro planeta. Seguiu caminhando.

— NÃO — gritei quando Batuta apontou a arma e disparou duas vezes nas costas do Inácio.

Ele gritou e caiu vazado, ensangüentado, agônico. Senti uma profunda dor. Conhecia pouco o Inácio, mas foi tão brutal a sua execução e tão estúpida a sua negativa em lutar pela vida que a dor era intragável. Sentei no chão. Dois soldados do Batuta arrastaram o seu corpo, abrindo largo rastro de sangue no chão. Levantei a cabeça e o vi ser lançado no abismo.

— Pode ir, cara... você tentou, mas ele era um otário.

Olhei para o Batuta pensando no que dizer.

— Cai fora, porra, antes que eu mude de idéia.

Juntei as forças e voltei para casa, trôpego. Na última noite de Inácio fez lua cheia.

O período negro foi de aprendizado. Eu sei que todos resumem a isso seus piores momentos, até para se sentir menos prejudicados, mas no caso é verdade. Viver numa grande cidade, sem emprego e sem perspectivas, nos coloca diante do pior e do mais inusitado. Os chamados excluídos são nossos pares. Como tudo em minha vida tem conexão direta com o sexo, esse momento também foi assim. Início dos anos 90 eu morava em vaga no bairro de São Cristóvão. Buscar emprego, sem experiência específica, era penúria. Os colegas de quarto se masturbavam no escuro. Ouviam-se os gemidos e o odor de sêmen invadia o ambiente. Eu também me masturbava, mas usava o banheiro. A ausência de contato sexual sempre me tirou do sério. Andava em busca de parceiras, mas como disse: era excluído. Havia os meus pares, mulheres fora de qualquer perspectiva: mendigas, velhas... Comecei a olhar para as velhas... A maioria sublima seus desejos e fantasias, mas há as que não se conformam com a ação do tempo. Eu pagara o quarto numa sexta-feira, sem sobra de um único tostão. O prato-feito do dia anterior me mantinha de pé, mas eu não queria aprofundar a experiência da fome. A dor de quem não tem o que comer é desesperante. Entrei na padaria da esquina e fui direto ao caixa. A mulher do Daniel, dono do negócio, trabalhava ali. Aguardei a hora em que ele saiu. Maria tinha 60 e poucos anos, mas eu vira seus mamilos endurecerem mais de uma vez. Seus olhos me passavam a informação de que era possível a abordagem. Eu nada tinha a perder.

— Me ajude, Maria.

Eu sempre a chamei de dona Maria. O tratamento informal foi dado com a voz mais quente que consegui. Tentei passar minhas intenções no olhar. Mas era preciso proposta explícita.

— Em que te posso ajudar, menino?

— Libere umas comprinhas aí e vamos conversar na igreja, mais tarde.

— Na igreja?

Foi o lugar mais neutro que consegui propor.

— É. Quero te fazer uma proposta. Quero você, tesuda.

— Estás louco?

Seu tom de voz insinuava que entendera tudo.

— Você não se arrepende. Garanto.
— Na igreja é sacrilégio.
— Pode ser onde você quiser.
— O que está querendo levar?
— Pão, lingüiça, coca-cola. Vinte pães, dois quilos de lingüiça, três litros de coca.
— E pagas algum dia?
— Vou te cobrir de beijos.
Diálogo estabelecido a meia-voz. Pessoas formaram fila.
— Volta aqui às 6:00 — sussurrou ela. — Gil, entrega o pedido deste menino...
No quarto de pensão, montei uma barraca e vendi sanduíches a cinqüenta centavos. Almocei e ainda arrecadei cinco cruzeiros.

۵

Eu e dona Maria tínhamos encontros em lugares estranhos. Na primeira penetração, num terreno baldio do bairro, gritou e quase desfaleceu. Fazia 15 anos não mantinha relações. Seu corpo, parcialmente disforme, era forte, e sua pele, suave. Custei a entender por que aceitou minha abordagem. Contou que até então não conhecera homem além do esposo. Uma espelunca no Catumbi alugava quartos a cinco cruzeiros a hora. Nada entre nós durava mais.
— Todos os outros homens fazem amor como tu, João?
— Amor, eu não sei, Maria. Muita gente trepa por aí — falei, lisonjeado, mas querendo manter imagem de humilde.
— Ai, tens me posto louca. Sonho contigo, e acordo molhada. Daniel pensa que urino na cama.
— Com ele o sexo era diferente?

— Ele nunca se abaixou para mim.
— Como?
— Nunca meteu a boca, lá... entendes?
— Ah, sim, percebo... mas é boa gente... — falei com maldade.
— Pois sim, é sátrapa. Só interessa o dele. E vai às raparigas...
— É mesmo?
— Decerto. Pensa que não percebo. As saídas aos sábados são para a Vila Mimosa.

E sábado era nosso dia. Montei um negócio de sanduíches e refrigerantes no quarto.

No quintal, fiz braseiro para assar as lingüiças. Arrumara ocupação e amor. Maria mais apaixonada, dia a dia.

∽

Após os procedimentos de hábito, no quarto do Catumbi, Maria agarrou minha mão com força.
— Quero que vás comigo até Aparecida.
— Aparecida?

Eu nunca ouvira falar.
— Aparecida do Norte. Onde está o santuário da Virgem.
— E onde é isso?
— São Paulo, na divisa com Rio.
— E o que vamos fazer lá?
— Vou pagar promessa. Fiquei de levar rosas para a Virgem se ela me arrumasse um macho... e eu sabia que ele tinha que vir e se declarar... porque eu não teria coragem...
— Sou eu o homem que tu pediu?
— Evidente.
— Maria, o que me levou a te abordar foi fome, não a Virgem.

— Por trás da fome está a Virgem.

— Acredita que forças superiores me fizeram penar na miséria apenas para que você conseguisse um amante?

— A Virgem me ouviu. Eu latejava de desejo, usando os dedos para fazer vir... na minha idade... fiz a promessa: ou eu sossegava, ou que viesse o macho.

— E vamos lá agradecer?

— Eu vou agradecer. Tu vais comigo fazendo companhia. Não queres?

Eu havia me afeiçoado a Maria. Temia apenas o seu apego excessivo. Mas mantive a postura.

A longa fila de fiéis atravessando a passarela que leva ao templo é espetáculo extravagante. À distância, lembra Oriente, como o vemos em documentários. Estar no grupo, lentamente se deslocando sobre a estreita ponte, alucinava. O povo pobre caminha rezando baixinho ou contando os dramas que os fazem estar ali. Eu e Maria preenchíamos a paisagem humana, de mãos dadas, sol a pino, em direção à morada da Virgem Aparecida. Maria recomendou que eu não contasse a ninguém o teor de sua promessa. Afinal, poderia parecer algo indecente utilizar os poderes da santa para satisfazer os prazeres carnais. A Igreja se coloca contra o sexo que não sirva exclusivamente à procriação.

— Para eles você é uma velha assanhada e tarada — retorqui no ônibus quando ela me preveniu.

— Oh, João, não digas uma coisa dessas... fui abençoada em minha pretensão... quais as chances de um mancebo como tu bateres à minha porta? Só com auxílio da santa.

Calei para não alongar a polêmica, mas antevi os problemas que teria com minha amante idosa.

͟

À tarde se alongou em rezas intermináveis. As lágrimas fartas comemorando milagres supostamente ocorridos. Tentei imaginar quantas, entre as fiéis, rezavam por noite de amor. E, como de hábito, buscava adivinhar suas carnes sob tecidos. Surpreendeu o flerte. Muitos olhares cruzavam com o meu, cheios de promessas e carências. Todos ajoelhados na pedra fria. Eram tantos que nossas coxas se tocavam. O calor de todo o sangue que circulava naqueles corpos me excitou bastante. As vozes dos cantos gregorianos enchiam a catedral de beleza e serviam de estímulo à fé dos humildes. Imaginei a grande orgia que estávamos deixando de fazer ali. Depois, pensei que eu era degenerado. Mas o que é um degenerado? Queria eu pertencer ao gênero? Ou seria apenas instrumento de poder da Virgem? Instrumento ereto.

͟

À noite, a tempestade iluminava em relâmpagos o céu negro, e as águas fizeram das largas escadarias corredeiras perigosas. O povo de Deus enfiou-se em todos os cantos, ratos fugindo de naufrágio. As roupas molhadas coladas aos corpos das jovens revelavam formas deliciosas. Eu e Maria, encolhidos entre a massa, perdemos o último ônibus. A cidade é acostumada a receber romeiros, e fomos buscar uma hospedaria decente para passar a noite.

— É só a senhora e seu filho? – perguntou a menina do Hotel Aparecida.

— É. Só.

A sós, no quarto, Maria veio me procurar. Depois de tanta espiritualidade, queria sexo. Eu precisava me inspirar depois da exaustiva maratona.

— Que tal uma garrafa de vinho, pão e queijo para relaxarmos? — sugeri.

Ela apenas sorriu e apanhou a bolsa sobre a cama. Começou a procurar dinheiro. Usava camisola cor-de-rosa, o que lhe dava ar de personagem desses filmes preto-e-branco que passam na tevê de madrugada. Maria não era feia, embora o tempo houvesse cobrado sua estada. Saí à procura do lanche. Uma família numerosa acampara no *hall* da hospedaria. Procurei a recepcionista. Baixou os olhos quando a encarei. Mas estava apta a ser abordada.

༄

Enchi o copo de Maria várias vezes e, quando a abracei, relaxara completamente. Algum carinho bem dirigido a fez *vir*, referindo-se à lusa à chegada do orgasmo. Desmaiou logo depois, roncando suavemente. Desci, e lá estava a guardiã da portaria, minha desejada. Separada do grupo e de costas para a tevê. O colo palpitava. Aproximei-me.

— Oi.

Olhou sem revelar o que lhe passava pela cabeça. Mas eu sabia que se interessara por meu olhar.

— Posso sentar aqui?
— Cadê sua mãe?
— Dormiu.
— Ela não gosta de tevê?
— Está cansada.

— E você, não gosta?
— Me cansa.
— A mim também.
— Você fica até que hora?
— Meu marido me substitui no turno da noite. Ele chega às 10:00. Aí podemos dar uma saída.
— Você é casada, então?
— Infelizmente, João.
— Você sabe meu nome... Qual é o seu?
— Lídia.
— E teu marido deixa você sair à noite com os hóspedes, Lídia?
— É claro que não, João. Mas nós não vamos contar para ele.
— Sim, é claro...
— Desça a rua e me espere perto das escadarias. Eu passo lá. Dez e meia. Agora é melhor você dar uma volta. Alfredo é muito ciumento...
— OK.

Eu estava dividido. Seria magnífico estar com a graciosa Lídia... numa cidade mínima os perigos são muitos... e se fosse doida... As duas horas seguintes foram de dúvida e divisão entre o prazer e a prudência. É claro que prevaleceu o prazer.

Ela surgiu das sombras e me arrastou pela mão. Fomos nos embrenhando por ruas estranhas e escuras até o quintal arborizado. Lídia se voltou de súbito e me ofereceu a boca. Avançamos, breu entre as árvores. A grama molhada pela chuva recente nos impedia de deitar ali mesmo. Lídia tirou o vestido pela cabeça. Nua, agarrou minha nuca e saltou, enlaçando as pernas. Eu a encostei contra frondoso tronco de abacateiro e arranquei forças não sei de onde para amar a porteira do Hotel Aparecida.

～

Saímos de mãos dadas do pomar. Na rua, largou minha mão.
— Disfarce. Se formos vistos, estamos mortos.
— Como assim?
— O irmão de Alfredo é delegado de polícia. Bandido com vários crimes nas costas...
— Ele vingaria a traição ao irmão?
— A traição a ele. Sou sua amante.
— Lídia, que merda... Você não tem direito de colocar a minha vida em risco.
— Não é o que você está pensando. Luís, o irmão de Alfredo, me forçou a ser sua amante. Ele aterroriza a todos. Sou obrigada a participar de orgias a que ele assiste.

Enquanto caminhávamos, as luzes cresciam, carros, pessoas olhando. Todos se conhecem no lugarejo... um carro da polícia passou no elevado acima de nossas cabeças.
— De qualquer forma, Lídia, você não pode envolver ninguém em seu drama.
— Mas você me paquerou, confesse...
— Confesso. Desculpe... eu...
— E depois, sabendo que eu sou casada, me levou para o mato e fez sexo selvagem comigo.
— Fiz o que qualquer um faria, no meu lugar.
— Qualquer um faria... mas quem fez foi o João Medeiros.
— Quais seus planos, Lídia? Conte logo.

— Você vai me tirar desse buraco. Vai me levar para o Rio.
— Mamãe não permitiria — falei, apelando para a fantasia que a própria Lídia construíra.
— Ela é sua amante, João. Vai querer salvar o seu couro. Invente uma desculpa. Ela não vai gostar de saber que você me seduziu.
— Isso é chantagem.
— Preciso sair daqui. Não há o que eu não faça para escapar... está em suas mãos. Pagarei com meu corpo. Tu explora a velha?

Eu estava em dúvida sobre Lídia. Não conseguia decidir se ela era apenas louca ou apenas canalha, ou conjugava as qualidades.

Subi para o quarto com a promessa de descer em dez minutos, para fugirmos. Maria dormia, ressonando suavemente. Abri sua bolsa e retirei 500 cruzeiros. Deixei mais três notas de 100, para a sua volta. Não havia como contar a trapalhada que se formara no encontro com Lídia. Eu mesmo não me decidira... Desci dois lances de escada. Havia abertura para a garagem no primeiro andar. Enfiei o corpo pela estreita fresta e à meia passagem fui interpelado pelo marido de Lídia.

— Meu relógio caiu ali. Preciso apanhar — expliquei para o homem, perplexo.
— Peço para o Beto apanhar lá embaixo. Aguarde um minuto.

Aumentei o esforço e, ralando o braço, consegui pular. Segui mancando pela área da garagem e transpus o muro do fundo. Na rua, corri a esmo, no escuro, até a avenida. O corpo doía e eu me amaldiçoava por haver cantado Lídia. Cheguei à rodoviária e pedi passagem para qualquer lugar no primeiro ônibus. O próximo saía ao amanhecer. Comprei bilhete e fui para o café, mas não cheguei a fazer o pedido. Lídia apareceu acompanhada do marido e de outro sujeito. Era Luís, o irmão de Alfredo. Usava chapéu de caubói e botas. Estereótipo de policial interiorano paulista.

Aprendi a me calar em momentos críticos. Aleguei que falaria após conversar com minha mãe, Maria. Não a Virgem, mas a que roncava no hotel. Luís disse que, se eu não falasse, iria passar pelo menos o resto da noite na cadeia. Lídia me olhava com olhar desesperado, o que me acalmou, supondo que ela era vulnerável.

— Que assim seja.

Fui conduzido no carro do meganha e depois encarcerado. Havia apenas um bêbedo transpirando forte odor de álcool. Dormi pouco. Logo vieram me buscar. Lídia e Luís confabulavam quando entrei na sala do delegado.

— Lídia me contou tudo. Faltou combinarem comigo. Vou levá-los até o trevo da estrada. Lá vocês apanham um ônibus.

Não perguntei o que ela contara ao cara, pelo menos não naquela hora. Fomos no jipe do policial até o cruzamento. Desci primeiro. Vi os beijos fogosos que Luís forçou Lídia a aceitar. Uma de suas mãos entrou entre as pernas dela enquanto a outra amassava os seios. Depois ela desceu. Rosto afogueado. Cidade estranha.

Meu envolvimento com Lídia, a falsa interiorana de Aparecida trazida para o Rio de Janeiro, rendeu além do imaginado. Ela era prostituta em São Paulo. O policial a levou para a cidadezinha e a casou com o irmão parvo. A articulação visava a uma herança que não foi entregue. Lídia prometeu a Luís que começaria comigo algum negócio no Rio e compraria sua liberdade. Ele queria receber por haver investido nela. Saí do quarto alugado, próximo demais de Maria.

— Tu é parecido comigo, João. Ninguém compreende nossa forma de sentir — disse Lídia ao conhecer detalhes de minha relação com a mulher do padeiro.

Apanhei os poucos pertences e fomos morar num quarto na Saúde, antigo bairro da zona central da cidade. Casario velho, população pobre, vida difícil. Lídia trouxera suas economias, que totalizavam 3 mil cruzeiros. Uns dois meses de casa e comida para casal. Era o tempo que teríamos para arrumar alguma coisa. A primeira semana ficamos trepando sempre que acordados. Comíamos na cama. Ambos adoravam sexo, e foi festa do corpo. Ela era miúda, mas resistente, morena de portugueses e índios, talvez algum sangue da África contribuíra na formação da boca larga e excessiva, como vagina se abrindo, rubra. Pesava 50 quilos para 1,65 metro de mulher. A bunda pequena e de abóbadas regulares fazia de Lídia parceira sexual de ótimo padrão. Tinha fôlego e desejo, também, sem os quais seu físico seria inútil. Aprendera muitas coisas fazendo a vida na capital. Após a primeira semana de conhecimento erótico, tivemos de encarar a dura realidade.

— Não me importo de ganhar a nossa vida na cama, mas quero meu corpo bem administrado.

— O que você quer dizer com administrar bem o corpo?

— Tem muitas maneiras de transar por dinheiro. Não quero ficar na esquina tomando duro da polícia.

Resolvi mostrar as opções do Rio de Janeiro. Falei da Vila Mimosa, que ela descartou. Fomos a Copacabana, aos bares da avenida Atlântica, onde turistas globais apanham meninas de programa. Ela também condenou essa via pela exposição excessiva. Contei sobre os bordéis nos prédios, anunciados nos classificados de todos os jornais. Ela se encantou.

— Esse é o caminho, João. Precisamos arrumar um apartamento com telefone.

Compramos jornais. Segundo Lídia, a melhor forma de encontrar os melhores clientes. Examinamos codinomes e textos. Ela ria do que julgava ingenuidade das profissionais.

Coroa tipo gostosa. Realiza todas as suas fantasias. Apartamento ou motel. Também aceita casais.

— Ela oferece possibilidades demais. Castra a fantasia do cliente — observou minha nova companheira.

Creusa. Mulata fogosa. Faz de tudo. Dominadora. Realiza suas fantasias. Vai a sua casa.

— Esta se contradiz. Se é dominadora, domina, e não faz de tudo — sentenciou Lídia.

Gata manhosa para executivo. Realiza seus desejos. Aceita acompanhar em programas sociais. Mariana.

— Melhorou. Pelo menos a *Gata manhosa* se dirige ao público que interessa a ela, mas ainda falta apelo.

— Como você faria o anúncio, Lídia? — indaguei, curioso com a segurança das críticas.

— O anúncio deve vender o produto, João. Você não estudou letras?

— Isso é *marketing* e não literatura.

— Está bem, querido. *Marketing*. O anúncio deve insinuar mais do que dizer. Os clientes desse tipo de serviço lêem sempre os mesmos enunciados. Precisamos ganhar na surpresa.

— E como seria isso?

— Calma. Não sei.

Estávamos sentados na cama, nus, bebendo cerveja e com os jornais espalhados e abertos nos classificados de massagistas. Ela apanhou caneta e o caderno que comprara naquela manhã.

— Vamos redigir, senhor professor de letras.

Casada. Trabalhando sem consentimento do marido para sustentar o filho bebê, moça quase virgem se entrega a homens de posses que a ajudem, escreveu ela e estendeu para que eu aprovasse.

— Jornal nenhum publica uma perversão dessas – falei. – Este é um país católico. Haveria grita geral – retorqui.

— E o arcebispo lê os classificados de putas? – contra-argumentou.

— Mesmo assim. Digamos que o jornal aceite essa provocação. Ninguém é bobo de acreditar nessa quase virgem. Além disso, temeria uma reação do marido. Há ainda o fato de que você acena com uma relação durável quando diz "homens de posse que a ajudem".

— Você é homem mas parece que não conhece o gênero. Há um sabor especial ao se usufruir alguém que tem dono. Ao comentar sobre o filho bebê, indico que sou jovem, posso amamentar o cliente. Como sou quase virgem, pois meu marido não me dá a atenção merecida, deixo claro que quero ganhar bem. Daí os homens de posse. Não menciono valores, mas tudo será combinado depois. Com dois ou três amantes fixos, viveremos bem — disse Lídia e me ofereceu os lábios fartos. Que poderia eu dizer?

⌒

Lídia passou a anunciar no *Globo*. Alugamos apartamento de temporada na rua Prado Júnior, em Copacabana. Funcionou. A média era de dois programas por dia a 200 mil cruzeiros cada um. Alternava anúncios diferentes na quinta e no domingo. Além daquele primeiro, existiam outros:

Universitária procura tios que a ajudem a pagar o curso de modelo. Agradece entregando tudo. Gina.

Jovem viúva de marido velho busca recuperar o atraso com homens decididos e generosos. Luísa.

Expulsa de casa por maus modos, estudante busca paizão bonzinho. Bruna.

Cada um dos enunciados atraía um tipo de cliente. Ligavam e, depois de um papo breve, marcavam hora. Eu me ocultava na cozinha do apartamento minúsculo, enquanto ela recebia seus clientes. Minha presença lhe trazia segurança ilusória, tranqüilizava-a. A encenação que armava chegava aos menores detalhes. Comprou berço para compor o quarto.

— Aumenta a culpa desses tarados. É mais fácil extorquir — dizia. E era verdade.

Seu faturamento nunca era inferior a 100 dólares por dia.

— Oi, tio... entre, fique à vontade — eu a ouvia dizer aos clientes. Se aparentavam mais de 40 anos, ela aplicava o tratamento "tio", usual entre os meninos de rua e outros pedintes urbanos.

"Vamos aproveitar que meu marido foi levar o neném no parque...", era dos seus complementos de apresentação.

"Huumm, que mamadeira enorme...", era outro de seus mimos.

Tudo ia bem. Eu cuidava da contabilidade. Comprava comida. Arrumava a casa. Resolvemos manter o pequeno apartamento só para os clientes e alugamos outro maior no Leme, bem perto do trabalho. Eu levava livros para o meu esconderijo e aproveitava para pôr a leitura em dia.

– Ei, putinha... hoje você é a *mãe* ou a *universitária*? – ouvi a voz nasalada e forte perguntar. – Reconheci o telefone do novo anúncio.

– Tem alguma reclamação quanto ao prazer? – perguntou Lídia.

– Só quanto a ser feito de bobo.

– Você não é bobo. É uma gracinha. Vem para a caminha, querido.

– Essas mentiras que você conta fazem diferença?

– Menos do que deveria, mais do que você supõe.

– Você é um tremenda 171.

– Não gozou, meu bem? Essa é a minha única missão.

– Tô me sentindo enganado. Otário. Quero uma compensação...

– Que compensação, cara? Qual é? Tá procurando cabelo em ovo.

Esse diálogo foi me pondo nervoso.

– Quero foder de graça hoje. Pra não me sentir otário.

– Isso é um trabalho, camarada. Eu preencho a sua fantasia. Você goza, e paga. Senão, nada feito.

Senti Lídia tensa, mas mantendo o diálogo. E o cara? Seria grande? Sua voz denunciava o extorsionário.

— Olha só, Bete, ou seja lá que nome for. Meu irmão é cana, sacou? Tá louco para dar uma passada aqui e acabar com esse muquifo.

— Chama ele. Adoro policiais — ouvi Lídia dizer, ousada, debochada.

— Tu tá querendo aprender na marra, né não?

Ouvi um ruído seco, inidentificável. Mas não a atingira, ou chamaria por socorro.

— Se você dilapidar meu patrimônio, não conseguirá sair do prédio. E seu irmão vai chegar tarde demais. Tenho apoio mais perto de você do que pode imaginar.

Gelei.

— Tá me ameaçando, piranha?

— Estou.

Os segundos de silêncio estavam definindo a contenda a favor de Lídia.

— Vista a camisa e saia... e vamos esquecer esse papo idiota.

Logo depois ele saiu e ela me chamou. O cara havia chutado o berço.

— Quando ele apelou para agredir os móveis, vi que era um covarde.

— E se o irmão vier aí?

— Homem que apela para irmão não merece consideração.

Embora demonstrasse tanta segurança, eu a senti abalada. Não aceitou mais clientes até o dia seguinte.

O caso do irmão do policial a fez remodelar algumas das técnicas. Alugou vários telefones. Um para cada *heterônimo*, digamos assim. Montamos personagens: a jovem casada com o filho, a garota pervertida que fugira de casa e até uma religiosa arrependida. Esse foi o anúncio mais difícil de formular.

Mulher jovem, cheia de fantasias alimentadas no claustro...

— Ninguém sabe o que é claustro, João.

Expulsa do convento por libidinagem procura homem que a console e sustente.

— A palavra *convento*, o jornal não aceita, e libidinagem é uma palavra muito incomum — recitei.

Ex-religiosa troca virtude pelo prazer com homens dispostos e generosos.

— A palavra religiosa...

— Porra, João... parece que é você a telefonista do *Globo*... nada pode... vamos fazer o mais escancarado possível, depois a gente negocia, certo?

— OK, patroa.

Jovem freira arrependida deseja homens para recuperar o tempo perdido. Só os generosos e dispostos a tudo.

Acreditem, passou e rendeu clientes pios. Ou ex-pios. A mão de satã, dirá o crente. Freud explica, digo eu. A repressão sexual sustentada pela Igreja cevou aqueles clientes. Lídia montou figurino especial para esse *heterônimo*. Ela usava um vestido preto, que lhe cobria do pescoço ao calcanhar. Sobre o peito, um crucifixo de madeira, tosco, mas confiável, talvez por isso mesmo. A novidade era o velcro da vestimenta, do queixo à vagina. Num movimento único estaria nua, unicamente coberta pela calçola grande e transparente. No *ranking* das fantasias, era a segunda em faturamento, só perdendo para a *casada com bebê*. O berço passou a dividir a cozinha comigo quando a freirinha estava em ação.

— Entre... fique à vontade.
— Como é seu nome, mesmo?
— Elisabete.
— Isso estava no anúncio, minha filha. Eu quero a verdade.
— Eu jamais mentiria. Tenho formação religiosa. E o seu nome, como é?
— Meu nome não importa, basta que eu lhe diga que sou emissário de Deus.
— Dele?
— Não brinque. Você recebeu os votos, de fato?
— Sim, mas abandonei, senhor... vou chamá-lo de emissário, está bem?
— E por que você voltou as costas a Deus?
— Não lhe voltei as costas, apenas não quero passar o resto de minha vida me masturbando.

Ouvi um gemido profundo do homem.

— Não me toque assim, criatura do diabo... — Sua voz era nesga de resistência.
— Tire a calça. Vamos continuar a conversa como Adão e Eva?

Ouvi o ruído do velcro desnudando a carne branca de Lídia.

— Pai nosso que estais no céu, não me deixeis cair em tentação.
— Relaxe, emissário...
— Não vim aqui pecar. Vim te libertar do pecado... Vamos sair desse antro e te farei reencontrar Deus.

— O biquinho de teu peito está arrepiado, emissário.

O novo gemido do homem foi o início de uma longa série de murmúrios, até que o emissário gozou.

Lídia recebia clientes em número que não podia atender. Surgiu a necessidade de contratar profissionais para dar conta da demanda. Fui em busca de moças que quisessem aproveitar o vasto potencial que se abria. A primeira foi Norma.

— Norma Jean? — perguntou, rindo, Lídia.

A menina não entendeu a referência ao nome real de Marilyn Monroe. Era morena, de olhos grandes e escuros. Eu a encontrara num dos bares da orla, caçando clientes sem muita eficiência.

— Você vai trabalhar com um nome e uma história, Norma... é importante que encarne essa personagem. Como no teatro. Dá para entender?

Norma apenas sorriu, um pouco tímida.

— Ela podia ser a freirinha, hem, João?

— É. Eu a abençoaria — falei, sorrindo.

— Você vai se chamar Margarete, que é um nome bem religioso. Você foi freira e desistiu do hábito para encontrar o prazer. Que tal?

Norma ficou calada. Olhou para o chão.

— Algum problema, Norma?

— É que fui criada na igreja. Fiz comunhão e minha mãe vai à missa, sempre... reza para que eu largue essa vida....

— Já sei. Você se sentiria mal interpretando um papel que talvez lhe pareça imoral? É isso?

— É isso — concordou, sorridente, Norma.

— Simples. Vamos trocar de papel. Seu nome é Carla, você é casada, mãe de bebê e o marido está desempregado. Você recebe os clientes para ajudar em casa, OK?
Norma transfigurou-se numa máscara de dor.
— O que foi, criatura?
As lágrimas vieram com força e a mulher sentou na cama.
— Desculpe. Não quero parecer uma chata. Mas aconteceu isso comigo. Perdi meu filho porque meu marido perdeu o emprego. Saí para procurar trabalho e, quando voltei, ele tinha morrido. Com 2 anos...
— Desculpe, Norma, eu não poderia saber.
Lídia abraçou a colega.
— Vamos escolher outra história para você. João, você que estuda letras, pense em alguma coisa.
— Vou pensar.
Norma nos fitava como construtores de uma identidade. Talvez viesse a assumir de forma convincente o papel que escolhêssemos.

Algumas semanas depois, Norma era a órfã que sustentava a avó cega, mas também havia Mara, ninfomaníaca estuprada pelo pai, e Olívia, jovem estudante seduzida pelo professor. O desafio era colocar o máximo de informação em cada anúncio, criando novas fantasias. Lídia deixou de atender clientes e apenas comandava a rede. Eu era o marido da cafetina. Fui flagrado transando com Olívia, uma linda ruiva do Paraná. Mas Lídia não era de se incomodar com penetrações casuais. Eu e ela trepávamos cada vez menos, e não era culpa minha. Lídia se tornara uma empresária de sucesso.

Estipulou salário para meu trabalho na administração. Como as despesas de casa eram com ela, economizei o que ganhava. Estávamos juntos fazia seis meses e Lídia comprara carro, roupas e telefones. Tínhamos vários aparelhos, que ficavam sobre a mesa. Em frente a cada um havia a indicação da fantasia correspondente. Tudo corria bem até que chegou Luís, o policial de Aparecida. Localizou-nos, sei lá como. Invadiu a casa. Agarrou Lídia e a levou para o quarto. Treparam e ela gritou durante horas. Quando saíram, ele me olhou ainda abotoando a braguilha.

— Livre-se dele — disse e saiu.

Ficamos mudos, olhando um para o outro.

— Você vai morar noutro lugar. Fica na gerência da rede. Não vai te faltar nada.

Veio até mim e beijou minha testa, como se eu fosse uma criança. Havia alguma coisa entre ela e o meganha com que eu não tinha como competir.

Mudei para um apartamento mínimo na rua Prado Júnior, perto do trabalho. Mulheres não faltavam, e havia dinheiro. Eu não precisava mais vigiar os encontros, escondido na cozinha. Ficava parte do dia nos restaurantes próximos, bebendo água mineral e coordenando o trabalho das meninas. Era trabalho de proxeneta. Quem lê estas páginas pode julgar que eu não tive crises morais quanto ao meu trabalho. Tinha. Mas as sublimava. Não havia muita opção. Em que estava eu transformado, aos 29 anos? Num subalterno de rede de prostituição do Rio de Janeiro. Mas não foi a consciência que me fez mudar de rumo. Luís matou Lídia com três tiros durante uma discussão. Isso aconteceu apenas dois meses depois de sua chegada. Recebi a notícia pela empregada de Lídia, que fugia do local do crime. Ninguém naquela organização queria papo com a lei. Não pude prosseguir os negócios, porque nada estava em meu nome. Vi-me, num repente, na situação de sempre: com algum dinheiro, mas sem perspectiva.

☙

Ivana lê meus relatos, cética.
— Tente a literatura. Há muita criatividade aqui.
— Vivi todas as linhas que narrei, querida... pelo menos recordo assim... será que criei inconscientemente tudo isso? Então sou doido.
— Como é que... com quantas mulheres você manteve relações?
— Sei lá, nunca contei e nem me orgulho disso... gostaria de dar menos importância para o sexo. Se achasse ótimo não estaria buscando ajuda.
— Você é uma pessoa gentil, educada.
— Obrigado.
— Como pode ser o mesmo pervertido descrito aqui? — interrogou, perplexa, a minha amada e protetora com o texto nas mãos.
Eram mais de trezentas páginas digitadas em corpo 12.
— Perversão, no caso, é um ponto de vista. Não obriguei ninguém a transar comigo.
— Mas foram muitas. O que mais você fez esse tempo todo? Não foi ao cinema? Não assistiu a tevê?
— Alguns programas fuleiros rendiam ótimas sessões de masturbação. Programas de auditório em que as dançarinas ficam ao fundo.

— Chega, João... não quero que você me pareça um... completo estranho... vamos mudar de assunto.

Quase desisti de mostrar os textos para Ivana, mas eu gostava de sua reação assombrada. Sempre acabávamos na cama.

Ao contrário de Ivana, Zveiter era de opinião que eu não deveria reprimir nada. Só a compreensão do que ocorreu e ocorre pode ser terapêutica, dizia ele, em suma. A repressão pode gerar depressão, medo, dor, tristeza, entre outros sintomas desagradáveis. Zveiter ria muito de minhas histórias e até a centésima página de minhas lembranças achava que não havia nada mais grave do que com a maioria das pessoas.

O mito de Copacabana se faz a cada dia. E sexo é de seus mais fortes componentes. Os milhares de janelas de Copa — assim a podem chamar os íntimos — se fecham para ocultar casais que copulam em todas as horas. O leque vai de prostitutas aos namorados, de travestis a adúlteros e visitantes de todo o Brasil e do mundo que buscam e encontram ali suas fantasias realizadas. A mítica é alimentada em todo o país, e ao bairro chegam homens e mulheres atrás do sonho, alimento do desejo e do prazer. O verão é, naturalmente, o momento em que essa tendência mais se acentua. As férias, o calor, o sol explodindo em luminosidade, corpos, cheiros, óleos, pêlos ou a pele depilada, tudo é intensa fonte de tesão. Eu poderia escrever um livro lembrando apenas as mulheres que conheci em Copacabana. Os bares estão cheios e, quando a tarde cai, a sede física e espiritual invade corações e mentes. É quando tenho certeza de que não há separação possível entre corpo e espírito. O corpo é sagrado.

∽

Reconhecemos aqueles que não são da cidade de muitas maneiras. A mais rápida é o tom da pele. Chegam branquelas do Sul do país e do exterior. O Brasil de cima também é dourado e pode ser reconhecido por outros traços diferenciais, como, por exemplo, o sotaque, a entonação. Essas mulheres que chegam acompanhadas de seus maridos, pais ou outros parentes alimentam fantasia quanto a um romance no Rio de Janeiro, e esse fato pode ser simplesmente uma trepada de uma hora num cubículo. As praias estão cheias no verão. Os maiôs mostram a carne marcada pelo elástico, o suor. Foi o acaso, na verdade nunca saí de casa intencionalmente procurando encontrar alguma das sonhadoras interioranas. Foi o acaso que me trouxe Isabel. O marido, os filhos pequenos e o adolescente lotavam o elevador, e ela ficou muito próxima. O seu cheiro era de fêmea de trinta anos, descendente de europeus imigrantes do Sul. Hoje, brasileira branca, de olhos muito claros e educação limitada, percebia-se nas frases curtas e vacilantes.

— Mãe, pode nadar?
— Nadar? Vou te dar... nem um passo longe de mim...

Alta, de pernas longas algo disformes, os pés fechados. As coxas, sólidas composições de carne branca com manchas avermelhadas. Bunda larga, mas não saliente. Eu a imaginei nua e enlouquecida por centenas de toques de língua em seus orifícios encantadores, o cheiro forte que exalaria de sua dieta variada. Um copo de cerveja a faria mais saborosa?

— Vou comprar cigarro, Isabel. Aguarde na portaria — disse o homem, com certa rispidez.

E estávamos no térreo. Eu fora procurar uma amiga ali. Dei conta de que o prédio da rua República do Peru era quase todo de apartamentos por temporada. Eu me apaixonara por Isabel. Caminhamos todos em direção à portaria. Ela ficou agarrando a mão das crianças como uma pata com os patinhos.

— Tem algum apartamento para alugar ainda? — perguntei ao porteiro, ganhando tempo.

— Tem o 802 — informou o rapaz de sotaque nordestino carregado.

Os cariocas são apenas mais um segmento de Copacabana.

— Posso ver? — falei a esmo, tentando reconstituir. Eu fora ao décimo andar. O casal e os filhos embarcaram no oitavo. — Esquece. Outro dia.

Lembrei que eu conhecia Olga, moradora dali. Havia uma razão para voltar.

Quando duas pessoas não se conhecem, mas se desejam, ou pelo menos quando uma pessoa deseja a outra, e se esse desejo for realmente forte, algum sinal deve ser dado para indicar que há interesse. Eu sabia que Isabel não me desejava ainda. Mal me olhara dentro do elevador, onde estava de costas, enquanto eu me deliciava com seu aroma de corpo temperado pelo sol e a comilança do verão, o suor e o perfume *pop* do protetor solar. Eu precisava fazer a proposta. Ela estava com o marido e filhos. Havia cem por cento de chances de sua rejeição a qualquer contato que não lidasse diretamente com a sua fantasia. Eu intuíra, acertadamente, descobri depois, que o seu casamento era puro tédio e escravidão.

Expus para Olga minha paixão pela veranista. Olga era amiga e lésbica. Costumávamos caçar juntos. Olga adorava se sentir homem em busca da fêmea. Ela tinha as facilidades da mulher e eu, as do homem. Um ajudava o outro.

— Preciso de seu apoio. Ela está parando no oitavo andar.

— João, isso é loucura. A mulher é uma dona de casa... nunca vai aceitar trepar com você!!!

— Procure falar com ela. Se conseguirmos que venha te visitar... eu chego na hora...

— Não temos assunto... o que vou dizer para ela?

— A cartomante... temos que fazê-la crer que você é a maior cartomante do Rio. E você vai dizer a ela que um homem vai abordá-la e ela deve ouvi-lo...

— Pare, João. Isso é horrível... um truque...

— E quando eu fingi que era pai de aluna para descobrir para você o nome da moreninha, não era um truque?

— Foi coisa rápida...

— Arrume um baralho e deixe o resto comigo.

Eu estava mobilizado. É importante saber que na época eu tinha 30 anos. O plano se pôs em marcha.

Segui a família até a praia, duas vezes. Observei à distância o corpo de Isabel. A essa altura, descobrira seu nome: Isabel Pastorello. Descendia de italianos de Santa Catarina. Ela devia medir 1,75 metro e, apesar de desajeitada, era mulher de beleza incomum. O busto amplo era firme. Protegida pelo guarda-sol, maiô azul comportado, chapéu de palha de abas largas, controlava as crianças sem se levantar. Ao lado, Leon fazia anotações ou lia papéis que trouxera numa pasta. Beberam água mineral e, durante duas horas, não comentaram nada que não dissesse respeito ao bem-estar dos filhos no momento. Crescia em mim a certeza de que não havia mais amor físico entre eles.

Olga relutava em fazer o papel de cartomante e prever o encontro de Isabel comigo. Ela se achava duplamente farsante.

— Já conversamos sobre isso, querida. Tudo é válido para o amor. Concordamos que os limites do constrangimento estão além das artimanhas. Quero morder Isabel? Não. Quero beijá-la. Quero a morte de Isabel? Não, quero o seu gozo. Quero que guarde para sempre a boa lembrança de algumas horas de amor no Rio de Janeiro. O que há de condenável nisso?

— Qualquer bunda-mole pode classificar o seu argumento como cínico.

— Falou bem: bunda-mole.

Olga acionou a impressora do computador. Ela preparara, num programa gráfico, panfleto que chegaria às mãos de Isabel.

CARTOMANTE. MADAME OLGA ESCLARECE O SEU FUTURO AMOROSO. MOSTRA OS CAMINHOS PARA O SEU PRAZER. ATENDE A DOMICÍLIO. APTO 1001.

— Se ela atender o chamado indireto é porque as fadas do amor querem o encontro de vocês, e minha consciência estará tranqüila. Caso ela não engula a isca, não era para ser, OK?

— Fadas do amor, Olga? Você é a fada do amor. Me ajude e eu te ajudarei.

— Vou colocar embaixo da porta dela, hoje – retrucou Olga, num suspiro.

E assim foi. Era para ser.

∽

— Você vai viver um amor em Copacabana.
— Não pode ser.
— E por que, Isabel?
— Eu sou casada, Madame Olga.
— E mulheres casadas não amam, Isabel?
— Eu fiz um juramento no altar, Madame...
— Bem, Isabel, não me cabe julgar a sua opção. Eu apenas li nas cartas que você vai encontrar um amor em Copacabana. Você é feliz no casamento?

— Sim. Eu adoro meus filhos, e meu marido...
— Então, você é pessoa impedida de viver um novo amor em Copacabana.

— Eu não disse isso. Eu e meu marido não nos tocamos mais há muitos anos... mas...

Olga acionou o *pause* do gravador.

— Nesse momento, João, seu colo palpitou de desejo. Eu quase sugeri que ela ficasse à vontade, tirasse a roupa – disse a cartomante fajuta.

E acionou novamente o *play*.

— ...eu não teria coragem de trair. Sou muito conservadora, de família cristã...

— A Igreja condena a cartomancia. Para eles não existe o destino. Faça seu julgamento...

— Está bem, Madame Olga... vou ficar atenta ao amor em Copacabana. Quanto é que lhe devo?
— Espere. Há mais... esse amor vai vir a você por engano.
— Por engano?
— Isso. Ele vai te confundir com outra pessoa...
— A senhora tem certeza?
— É o que dizem as cartas. E mais uma dica: seu nome é o de um profeta.
— Um profeta. Daniel?
— Pode ser. Existem tantos, não é?
— Nostradamus?
— É, pode ser.

Olga desligou o gravador onde havia registrado a conversa da tarde anterior.

— Pronto. É só você abordá-la como se a confundisse com outra pessoa – disse Olga, sorridente.
— Você é espertinha, hem? – elogiei.

Caía a tarde e minhas esperanças cresciam como um balão.

— Agnes! – gritei e abri os braços para Isabel. Ela olhou surpresa. Também me surpreendi, teatral. – Desculpe. Você é de uma semelhança impressionante com Agnes.

Ficamos ambos parados, frente a frente.

— Um pouco de lado e era a mesma pessoa – prossegui, e sorri.
— E quem é Agnes? – perguntou ela, com leve sorriso.
— A ex-mulher de meu irmão – falei, e senti que precisava puxar assunto de alguma forma. – Ela é francesa. Mas, você não...

— Sou de Santa Catarina.
— Aaahh...
Estávamos a alguns quarteirões do apartamento. Eu a segui e calculara um local que nos permitisse avançar na conversa sem maiores problemas.
— É mesmo impressionante a semelhança. Você vive há muito no Rio?
— Não. Não vivo no Rio. Mas parece que o conheço...
— É. Pode ser. Moro aqui perto. Você está em hotel....?
— Não. Num apartamento de temporada.
Pude notar em sua voz, em seus olhos, que lutava com a informação que a cartomante lhe dera. Estava realmente tocada.
— Posso convidá-la para um café no bar do hotel?
Estávamos em frente ao Marriot.
— Não sei. Estou voltando para casa. Meu marido me espera para o jantar.
— É apenas um café — falei e a conduzi suavemente pelo braço.
O ar-condicionado forte mudou tudo. Caminhamos sobre o grosso carpete, envoltos no clima sensual do hotel. A música ambiente embalava nosso encontro. Sentamos nas poltronas macias.
— Eu não deveria confundir. Você é muito mais interessante do que Agnes.
— Como é o seu nome?
— João. João Medeiros.
— Como o profeta?
— Há um profeta chamado João Medeiros?
Senti que ela tremia.
— Você está bem?

— Sim. Peça o café, por favor...
— Garçom.
— Eu estou nervosa. Na verdade nunca conversei com um estranho em minha vida... muito menos um que...

Senti que salivava e engolia intensamente. Estendi o braço e cheguei minha mão até sua nuca.

— Não tema nada. Ninguém te conhece, e eu só vou te fazer bem — falei, chegando minha boca perto de seu ouvido. Ela continuava trêmula. — Relaxe — falei, e agarrei sua nuca.

Voltei sua cabeça para mim e a beijei na boca com alguma violência. Tentou resistir, mas apenas um breve instante manteve a boca fechada, depois aceitou minha invasão. Isabel se entregava.

⁓

Havia, há, haverá condenação de meus atos por algum purista. Digo que são os mesmos que acham as mulheres incapacitadas para o amor longe de seus lares. São machistas. D. H. Lawrence considera que somos, homens ou mulheres, caçador ou caça diante do desejo do outro. Isabel se apaixonou. No dia seguinte, pela manhã, entramos num quarto de hotel na rua Barata Ribeiro e ela se despiu. Nua, revelava alguma adiposidade que só a fazia mais bela, mais dona de casa. Ela se mantinha passiva, mas suave e firme a conduzi para desempenho mais solto, mais despudorado. Após gozar, adormeceu lambuzada de suor e gel. O ar-condicionado roncava e eu sonhava com a mulher ao lado. Gostaria de ser seu amante eterno. Deixei-a dormir meia hora, depois a acordei. Amamos novamente.

— Está na hora.

— Te deixo em casa. Quando nos vemos?
— Quem sabe?
— Não foi bom? Você não quer me ver mais?
— Vamos embora depois de amanhã, cedo... mas, foi inesquecível, João... seu nome é João, mesmo?
— Sim, claro. Por que eu mentiria?
— Talvez mentira seja uma palavra forte. Você pode ter usado um pseudônimo... como usou a cartomante...
— A cartomante...
— Lembrei-me de você no elevador, João. Notei sua presença na praia, também. Você passa menos despercebido do que imagina...
— Você se incomodou com o truque?
— Não, ou não estaria aqui com você. Fiquei lisonjeada com as manobras para me ter... verdade.
— Se a abordasse sem esse apoio teria conseguido?
— Provavelmente... não.
Saímos do hotel e apanhamos um táxi.
— Amanhã aguardo você no apartamento de Olga, para uma despedida. Ela empresta para a gente.
— Vai ter que ser de manhã.
— Ótimo.
Deixei a minha amada e esperta sulista na esquina da rua.

A cidade ardia sob o sol e eu ardia de tesão por Isabel na manhã seguinte. Olga relutara, argumentando que o marido poderia irromper em seu apartamento, matando a esposa e o amante e causando sérios problemas com o condomínio. Rimos de sua despreocupação com o meu destino, mas ela resmungava seriamente.

— Sou a única lésbica do prédio. Ocorrendo um escândalo heterossexual por aqui, serei classificada como proxeneta.

Ela adorava esse termo: pro-xe-ne-ta, adorava essa palavra, minha querida Olga. Isabel tocou a campainha. Entrou sorrindo.

— Sua profecia se cumpriu, Madame Olga.

— Eu sou o oráculo — recitou Olga com uma leve reverência de cabeça e as mãos postas.

Beijei Isabel, enfático. Ela se defendeu um pouco, mas acabou aceitando meus carinhos na frente de Olga. Era mais alta do que eu alguns centímetros, mas não se incomodava.

— Bom, vou dar uma volta — disse a falsa cartomante. — Ou posso assistir?

— O quê?

— Posso assistir a trepada de vocês?

— Bom, acho que a Isabel...

— Por mim, tudo bem. Se é para experimentar, por que não? Deve ser prazeroso.

— É, muito — afirmou Olga.

— É mesmo? Você não liga? Por mim, tudo bem.

Fomos para a alinhada alcova de Olga.

A aceitação imediata de Isabel à sugestão promíscua de Olga levantou em mim a suspeita de que a interiorana era mais experiente do que se poderia supor. Libertou a saia, que caiu aos seus pés. Vestia apenas o maiô com que eu a conhecera na praia. Toquei seus ombros, baixando as alças da roupa de banho.

— Podemos diminuir a luz?

Olga desligou a luminária, mas a intensa luminosidade da manhã invadia todas as frestas e ainda restava muita claridade. Revelei sua pele branca contrastando com o róseo tom que o corpo adquirira sob a ação do sol. Os bicos dos seios eriçados, sua pele toda se arrepiou de prazer e volúpia.

— Posso preparar a noiva? — perguntou Olga.

Olhei para minha amiga, censurando a suposição.

— Estou à disposição — disse Isabel, depois de alguns segundos.

Olga se levantou da poltrona onde estivera acomodada e avançou sobre ela.

— Já a entrego pronta — falou sorridente, e agarrou Isabel por trás, cobrindo os seios de minha amada.

Mãos em concha, encheu-a de beijos enquanto a fazia deitar. Isabel gemeu mais forte. Eu a amparei cobrindo sua boca com a minha. Logo estávamos todos sobre a cama. Foi uma surpresa.

༄

Tentei opções variadas para ganhar dinheiro com sexo. Uma delas foi na indústria pornográfica. Aos 35 anos, eu tinha considerável leque de ex-amantes, que permaneciam amigas, e muitas eram profissionais do sexo. Esbarrei com Liz na saída de um mercado, ao meio-dia. Ela, sem maquiagem, apesar da idade e dos horários irregulares, permanecia bonita. Abraçados na rua, senti os seios amassados contra meu peito e lembrei-me das alegres madrugadas que atravessamos em motéis ordinários de Copacabana. Deu saudade e senti que ela também aceitaria relembrar outros tempos.

— Você faz o que agora? Vamos almoçar na cama? Preparo os ovos à provençal que você adora.

— Tenho que trabalhar, garoto.
— Tem cliente a essa hora?
— Cliente nada. Sai dessa. Sou atriz agora. Só transo por *dindim* alto.
— Mas não comigo, né?
— Não, bem. Você é minha história... mas tenho que gravar daqui a duas horas e ainda preciso almoçar.
— Isso de atriz é quente, então? Novela?
— Novela de puta é filme pornô, né, João.

E foi assim que entrei num *set* de cinema pornográfico pela primeira vez.

O motor da atividade no cinema pornô é a ereção. Sem ela, não há cena, não há filme, acaba-se o tesão. Ou, ainda, a ereção é a prova física do tesão. Cheguei, convidado por Liz, que era atriz mas não estrela da produção. O estúdio, na Barra da Tijuca, era pequeno e cheio de gente. Tudo meio *hardcore*. As mulheres pareciam prostitutas, menos uma faxineira velha que aparentava ser exatamente o que era. Os aparatos cênicos foram montados em torno de uma cama redonda com base roxa e lençóis vermelhos. Havia atores cuja única preocupação era a ereção, como eu disse. Além de Liz, duas garotas estavam escaladas. Mas fui informado de que a estrela, Sula Albion, não chegara ainda. Imaginei se ali haveria colocação para tarados, como eu. Liz me apresentou Rogê, o diretor. Sujeito afetado, mas simpático.

— O João é bom de pica — disse Liz ao sujeito.

Fiquei constrangido.

— Candidato a ator? — perguntou, rindo enviesado o tal Rogê.

— Não. Gosto muito da coisa, mas sou tímido. Poderia talvez fazer produção. Gosto da idéia de trabalhar no ramo, e estou desempregado.

A tal Sula entrou. Era falsa loira, de bunda arrebitada e peitos siliconados.

— Sula, minha querida, corra para a maquiagem que hoje tem muita rola pra você — gritou o diretor, saudando a recém-chegada.

— Estou sonada, Rogê. Dormi pouco. Meu pai está na UTI.

— Tire essas olheiras, e vamos para o trabalho. Seja profissional, meu bem. Nessas horas é que a gente sabe quem é quem.

Liz me beijou no rosto e pediu licença para se arrumar. Fiquei sentado num sofá cor-de-rosa. Ao lado da cama havia folhas de papel. Era um roteiro.

Cena 1
Ela (Sula) entra no quarto. Senta na cama e suspira. Doida para foder. Olha para todos os lados procurando alguma coisa. Vê sobre a mesa uma cesta de frutas. Corre e apanha uma banana. Descasca e, lentamente, afasta a calcinha para enterrar a fruta na boceta. Delira.

Corta para

Cena 2
Ele (Oswaldo) espia pela fresta da cortina. É o faxineiro. Começa a "socar uma" enquanto assiste a Sula aproveitando a banana.

Cena 3
Sula começa a gozar aos gritos.

Cena 4
Oswaldo não resiste ao tesão e corre para abordar Sula.

Plano detalhe: Casca de banana no chão.

Cena 5
Oswaldo escorrega na casca de banana e se estatela.

Cena 6
Sula vê o faxineiro caído com o espanador na mão.

> Sula
> Seu Jorge, o senhor de pau na mão? Não desperdice.

Cena 7
Oswaldo olha para o espanador e para o próprio pau ereto e se levanta, contente. Corre para a cama.

Cena 8
Sula faz boquete em Oswaldo.

༄

— Ei, cadê a cópia do roteiro que estava aqui?

Eu estava mergulhado na leitura da peça literária, imaginando que tipo de cabeça fora capaz de escrever aquilo. Além de tudo, era engraçado. Muito português. Lembrava autores satíricos do século XVIII.

— Está aqui. Desculpe. Apanhei para dar uma olhada.

Rogê arrancou os papéis de minhas mãos com certa rispidez.

— Precisamos rodar. Sula, a postos. Cadê a banana? Alguém viu a banana?

∽

Em duas horas Liz transou nas mais variadas posições, com três caras. Sula também manteve relações com os três. Era tudo muito mecânico, assim, visto de fora. Quando as gravações acabaram, Liz veio saber minha opinião. Confesso que fiquei enjoado com aquela suruba gravada. O meu tesão por ela se abrandara.

— O Rogê quer sair com a gente para beber alguma coisa. Contei para ele que você é sabido. Ele quer te fazer uma proposta.

— Você disse a ele que sou o quê?

— Sabichão. Você leu aqueles livros que tinha lá no teu quarto, né?

— A maioria. Mas isso não me torna sabido, apenas medianamente informado. Enfim...

∽

— Você leu o roteiro? — quis saber o diretor de *Mulheres no cio*.

— Uma cena — respondi, enquanto distribuía o restante do vinho nas taças.

Bebíamos no Pimpinella, um restaurante italiano na Barra. Sula e Rogê, eu e Liz.

— E qual sua opinião? Enquanto roteiro.
— Bom, não sou roteirista, Rogê. Estudei letras. Conheço literatura em sua forma clássica. Posso dizer alguma coisa se comparar o texto com uma peça de teatro, por exemplo...
— Sim. Faça isso.
— Mas não creio que a função de um roteiro de filme pornográfico seja essa. Há regras próprias, creio eu.
— Não se preocupe. Faça a crítica que puder fazer.

Todos me olhavam. Eu passara a desejar Sula, ou quem sabe ambas, após algumas taças de vinho.

— Bom, achei a situação bem próxima da comédia de esquetes. Sinceramente me pareceu que escapa da função excitante, que acredito que o roteiro deveria ter. Uma gargalhada talvez possa brochar o espectador.
— Será? — relutou Rogê.
— Eu falei pro Rogê que essas palhaçadas são empata-foda.... — resumiu Sula.

Temi haver alimentado críticas contra o diretor. Fez-se silêncio.

— O que você acha, Liz? Eu sou um empata-fodas? — quis saber Rogê.
— Eu não falei isso. Não distorça, *please*?
— Nem eu quis fazer crítica técnica. Não sou do ramo.
— Gostei de sua sinceridade, João. A origem do meu pastelão é o teatro de revista. Meu pai foi ator no Teatro Rival. Fui criado na influência da comédia rasgada. Mas a sutileza do mundo se foi pelo ralo. Agora é só foda, pau dentro.

O desabafo de Rogê manteve a todos em suspense.

— Mas quero você trabalhando conosco, João.

Sorri, apenas.

— A Liz falou que você é culto. É isso que eu queria: fazer um pornô *cult*. Dá para entender?

— *Cult?* Ou seja, alguma coisa que se torne objeto de culto? — tentei definir.

— Isso. Uma coisa da moda. Brasileiro é pobre mas é esnobe, né não?

— Os esnobes não são os pobres.

— Pois é. Mas é isso que quero. Uma foda meio sépia, assim, uma coisa escura, granulada, com umas falas estranhas... — foi dizendo Rogê, tentando definir seu desejo de acontecer na cena cinematográfica.

— O que você acha?

— Estou entendendo o que você diz. Não sei se posso conseguir exatamente o efeito, mas saberei, certamente, se o efeito foi conseguido.

— Então, tente. Está contratado. Apresente amanhã uma proposta salarial para analisarmos.

Bebemos mais vinho e, na saída, tentei levar as atrizes para casa, mas estavam ambas sem vontade de sequer pensar em sexo. Era compreensível.

༄

Cena 1
Gemidos no escuro. A luz de uma porta entreaberta revela um casal transando sobre a cama. Em primeiro plano, homem de perfil observa a cena.

Corta para

Cena 2

PRIMEIRO PLANO

O casal transando. Ele está sobre ela, que está de bruços e pernas abertas.

> Mulher
> Ai, cavalo, jegue, meu marido precisava ver esse mastrunço... ele não acredita... Ai...

Som de cavalgada. Relinchos.

PLANO FECHADO do homem entrando e saindo da mulher numa velocidade cada vez maior.

Cena 3
O homem que assiste através da fresta da porta acende um cigarro.

Cena 4
O casal deitado. Aérea. Ele respira lentamente. Ela também se recupera após o gozo. Silêncio.

> Mulher
> Você saiu muito rápido...

> Homem 2
> Você não gozou?

> Mulher
> Gozei. Mas podia gozar mais... quero mais...

A mulher pega no pênis do homem, começa a masturbá-lo. Ajoelha e começa a praticar sexo oral. O homem geme. Ela acaba sentando sobre o pênis quando ele consegue alguma ereção.

> Mulher
> Ai, tesudo... quero esse pau pra mim... quero guardar na gaveta... Ai, ai...

Corta para

Cena 5
Homem vendo tudo na porta entreaberta suspira fundo.

Cena 6

PLANO MÉDIO

Homem cai para o lado após o orgasmo. A mulher ainda respira forte, insatisfeita.

> Mulher
> Porra, qual é? Você pára antes de eu gozar?

Homem 2
Não vai querer me enganar... você gozou várias vezes...

Mulher (sentando na cama)
Ué, e há um número exato de vezes? Está na constituição?

Homem
Estamos há seis horas trepando, senhora... Tô exausto...

PLANO DETALHE

A mão da mulher apanhando uma sineta na mesa-de-cabeceira badala vigorosamente.

Cena 7

PLANO MÉDIO

A porta se abre e o homem entra.

PLANO FECHADO

Mulher (queixosa)
Eduardo, ele não quer mais brincar...

Cena 8

PLANO GERAL

Homem
Ele brincou bastante, Lídia... você é que não quer parar...

Homem 2 se levanta e começa a vestir as calças.

> Mulher
> Você viu a vara dele? Mostra. Como é mesmo teu nome?
>
> Homem
> Eu estava assistindo dali. (Faz sinal com o queixo.) Quanto te devo?
>
> Homem 2
> Quinhentos. Foram dois turnos de três horas.

O homem apanha a carteira e retira algumas notas. O outro recebe o dinheiro e sai.

> Homem 2 (saindo)
> Até logo. Qualquer coisa, ligue.
>
> Homem (para a mulher)
> Você ainda vai querer continuar?
>
> Mulher
> Claro, meu bem. Você esqueceu que hoje é nosso aniversário de casamento?

~

Rogê achou meu roteiro provocativo e difícil de ser interpretado por seus atores, que não conheciam arte dramática.
— Pois é, Rogê.... aí fica complicado. Sem atores não há dramaturgia — falei, inflamado de razão.

— Então, vamos esquecer a melhoria do nosso padrão. Eu não tenho como arranjar atores experientes — disse o pornodiretor.

— Quem sabe a gente não aproveita esse elenco mesmo? Podemos fazer um ensaio de texto — falei, temendo por meu emprego recém-adquirido.

— Isso. Você pode ensaiar a turma. Vamos fazer um negócio *hot*, João — exclamou e elevou o pulso fechado no ar.

Sentamos para ler o roteiro. Eu, Sula, Liz, Antônio e Geraldo. O descompasso era total. Ou não sabiam ler, simplesmente, caso de Sula, Liz e Antônio. Ou havia excesso de impostação, caso de Geraldo.

— A gente tem de ficar de pau duro... e ainda tem que lembrar do que dizer? — reclamou Antônio.

— Ereção é uma função natural do homem. Lembrar um texto lido e repeti-lo é cultural. Essa é a diferença — disse eu, sem ser entendido, é claro.

— Você é o marido... ele é fixado em sexo. Quer ver a mulher transando com outros.

— É tarado? — quis saber Liz.

— Bom, podemos dizer que sim.

— E é corno? — aventou Geraldo.

— Assumido. Embora não se importe com isso.

— Tanto trabalho para fazer papel de corno manso — suspirou Antônio, e todos riram muito dele.

Eu estava me sentindo mestre dos idiotas, e só não fui embora porque Rogê estava me pagando para estar ali.

— Vamos tentar de novo.

Saímos do estúdio quase meia-noite. Eu e Liz, abraçados, ensaiando reaproximação.

— Vamos lá para casa. Tenho um vinho. A gente bebe e conversa.

Liz morava com uma amiga num apartamento em Copacabana. Quando entramos, deu para ouvir o chuveiro.

— Lola deve estar aí. Fique à vontade. Vou trocar de roupa e apanhar o vinho.

Sentei no sofá e abri o que parecia uma revista. Catálogo de mulheres: rostos cansados e vulgares, excessivamente maquiados. Coxas flácidas. Apenas duas interessantes: a negra Samara e a oriental, Kio Mai. Os nomes, estereotipados, não as faziam menos esplêndidas. Kio Mai me encantou. Levantei a cabeça e...

— Olá.

A própria Kio Mai secava cabelos após o banho.

— Gostou do *book*?

— Você é o *book*.

— Obrigada.

Sentou, pernas dobradas, apenas a toalha entre busto e coxas: magra e firme.

— Você é modelo?

— Também. Mas tenho trabalhado como *call girl*.

— Você é de onde?

— Tailândia.

Liz voltou com vinho e taças.

— Já se apresentaram?

— Sim. Já sei que Lola é descendente de tailandeses, trabalha como *call girl* e está no catálogo.

— Rápido, hem? Muito bom.

— Mas as informações não estão corretas. Não me chamo Lola, mas Taiko. Não sou descendente, nasci na Tailândia, e, embora trabalhe como puta, eu sou atriz — esclareceu a jovem oriental.

— OK. Fico ainda mais agradavelmente surpreso. Você falou de nosso filme, Liz?

— Falei. Mas Lola não quer fazer pornô. Ela diz que queima.

— Quero fazer filme sério. Com história... — disse Taiko sorrindo com os lábios, mas mantendo a dureza no olhar.

— Entendo.

Eu já a desejava de forma irremediável.

Liz serviu o vinho e Taiko foi para o quarto. Liz, seminua, deitou no meu colo. Eu não conseguia tirar a oriental da cabeça.

Sonhava orgia de mandarins e prostitutas de olhos esgazeados, enlouquecidas de paixão e horror, quando os ruídos me despertaram. Liz dormia ao meu lado. Levantei vacilante e entreabri a porta do quarto. Taiko balançava no meio da sala, embriagada, até desmontar sobre o sofá. Cheguei perto, ergui sua cabeça que pendia para o chão e a apoiei sobre minha perna enquanto com a outra mão amparei suas coxas num agradável toque em sua pele. Poderia saciar meu desejo durante o atordoamento da tailandesa, mas não me agrada a conjunção inconsciente. Após alguns minutos ela sacudiu a cabeça e sentou no sofá.

— Oi — disse sorrindo enquanto tentava retirar o vestido. Ajudei. Apenas a calcinha cobria as ancas deliciosas.

— Apanha ali no armário rosa, na caixa de charutos, um brilho.

— Brilho?

— É. O pó, a coca...

Jogou a cabeça para trás e gargalhou como as doidas do meu sonho. Apanhei a droga.

— Tem gilete aí. Bate umas pra gente?

Coloquei as pedras sobre a mesa de centro e as fui transformando em pó. Depois, distribui várias carreiras lado a lado. Taiko apanhou na bolsa uma nota de 100 dólares e fez dela um canudo. Aspirou a primeira e me passou.

— Não. Obrigado.

— Cheire, João. Nós vamos para a cama e você vai precisar de energia. Ganhei 300 dólares de um americano brocha, duas horas atrás. Ele lambeu minha vagina até eu gozar, mas fiquei louca por um pau, você empresta o teu para satisfazer a nova amiga?

Cheirei a cocaína. Há muitos anos que eu não experimentava essa droga. Era bem pura e fiquei *zuado*. Taiko acordou totalmente. Fomos para o seu quarto.

Acordei novamente, agora na cama de Taiko. Ouvi as vozes das amigas conversando na sala.

— Preciso desse dinheiro, Liz... vou ser deportada se não pagar os caras... é máfia.

— É muita grana... se você conseguisse um cara rico aí...

Tem poucas orientais trabalhando no Rio. Todos se apaixonam por orientais. O João já trocou de cama, mal viu teus olhos amendoados — ouvi Liz comentar, sarcástica.

— Você mora no meu coração, Liz querida. Taiko é maravilhosa, mas você não fica atrás, menti — entrando nu na sala.

As duas bebiam café, nuas também.

— Não precisa puxar meu saco, João, até porque eu não tenho saco.

Beijei ambas na boca e fui até à cozinha buscar café. Lembrei-me da noite passada. Eu estava nas mãos da tailandesa. Faria qualquer besteira.

— Quem poderia me emprestar esse dinheiro? Em um mês eu faturo isso e pago.

Uma forte intenção de fazer qualquer coisa por ela me invadiu.

— De quanto você precisa?

Sentei ao lado de Liz com a xícara na mão. Taiko me avaliou antes de falar.

— Dez mil reais é o que eles estão pedindo pelo meu visto.

— Dez mil — repeti —, sem a menor idéia de como conseguir aquela grana.

Rogê me prometera 5 mil por toda a direção.

— Vou tentar conseguir para você. Mas te quero num filme pornô chique.

— Pornô chique... sei... o que é isso?

— Um negócio de bom gosto que não vai ser só aquele entra-e-sai de sempre.

— É. E como é que vai ser?

— Uma coisa diferente... ainda vou bolar...

— Preciso do dinheiro até amanhã, senão tenho que sair do circuito... e aí não faturo.

— Legal. Te dou a resposta hoje ainda.

O colo de Taiko palpitou.

— Vê lá, hem? Não promete o que não pode cumprir... — disse Liz e saiu da sala.

Beijei Taiko no rosto. Ela me ofereceu a boca.

— Se você conseguir, vou me tornar inesquecível pra você.

— Já é — disse eu, sem mentir.

⥲

— Mal nos conhecemos, João. Quem me apresentou a você foi outra pessoa que conheço pouco: a Liz, uma puta. Nada contra putas... Mas você pode apenas estar comendo ela. Por que devo desembolsar essa fortuna, na frente, em troca de um filme que nem idéia você tem do que seja... — disse Rogê, os olhos brilhantes.

Ele esperava que eu o beijasse, talvez. O que me fazia refratário ao homossexualismo?

— E se eu te apresentasse o roteiro, a atriz, a idéia toda? Ficaria mais fácil, concorda?

— Concordo.

⥲

Sex Oriental Tale

Cena 1
Carros passam velozes em frente à porta que dá para a calçada. Voz masculina fala qualquer coisa em japonês, com aquela entonação forte que os faz parecerem irritados. Som de carros se mistura à voz. Saki, bela oriental, sai pela porta e caminha para fora do quadro. Título desce sobre a tela. Súbito silêncio. Os carros passam silenciosos. Começamos a ouvir os gemidos de Saki enquanto transa.

Corta para

Cena 2
Saki está sendo penetrada por um negro na posição clássica. Pernas levantadas. Silêncio. Ouve-se apenas a voz de Saki.

> Saki
> Os imigrantes aceitam qualquer ocupação. É importante que se mantenham ocupados. Ocupados integralmente por não imigrantes. Imigrantes são vazios a serem preenchidos pelos nativos.

Altíssimo gemido de Saki. O homem que a penetrava cai para o lado, exausto.
Fusão lenta do rosto de Saki para seu próprio rosto enquanto caminha na rua. Entra num bar. Olha para outra mulher numa mesa. Vai até ela. Senta-se. O garçom se aproxima e apanha os pedidos.

Gabi (outra mulher) em *off*
Temos vaga para mulher disposta a receber quantidades variáveis de esperma no rosto (*blow job*), na vagina e no ânus. É preciso saber usar a língua: serpente, ou escova de dentes, acima e abaixo. Os procedimentos são variáveis, mas constantes e perecíveis. Deseja tentar? Há clientes que pagam o razoável.

O garçom serve café. Ambas bebem.

Corta para

Cena 3
Câmera em velocidade acelerada mostra Saki recebendo vários clientes, de muitas etnias. Som *tecno*.

Cena 4
Saki caminha na rua. Entra em prédio residencial. Sobe no elevador.

Saki (*off*)
Eu sou Saki. O senhor ligou pedindo uma... oriental...

Homem (*off*)
Não. Fiz pedido específico: quero uma gueixa. Você é uma gueixa?

Saki
Tanto quanto é possível ser uma gueixa em Copacabana.

Homem
Entre.

Corta para

Cena 5
O homem, de meia-idade, nu, obeso, é massageado por Saki, que usa apenas um saiote justo sobre o corpo.

Música oriental. Voz de homem fala em japonês. Seu tom de voz é autoritário, pesado.

Corta para

Saki faz sexo oral com o homem. A voz e a música continuam.

Corta para

Saki, de quatro, recebe o homem por trás. A voz e a música continuam.

Corta para

Saki monta no homem como num cavalo. A voz e a música continuam.

Corta para

Saki fuma deitada. O homem está exausto ao lado. Silêncio.

>   Voz do homem
>   Gueixas não fumam.

>   Saki
>   Eu sou uma gueixa de Copacabana.

Cena 6
Saki, vestida como gueixa, caminha em Copacabana. Os transeuntes olham.

> Saki
> É mais fácil ser gueixa em Copacabana.

Fim.

∽

— É hermético — comentou Rogê.
— Tudo que é *cult* tem que ser um pouco hermético.
— Tem poucas trepadas.
— Essa é a parte da oriental. Vamos ter outras histórias curtas convencionais... com todo o cardápio de sempre.
— É? Vai ser um sucesso?
— Vai causar polêmica, eu acho.
— Mas essas vozes fora de sincronia... vai ficar estranho... em japonês, ainda...
— O negócio é o seguinte, Rogê: a informação está saturada. Uma língua estranha é como música para ouvidos cansados de ouvir sempre a mesma lenga-lenga. O Oriente é misterioso para os babacas do Ocidente. Atrai. O que estará dizendo o japonês? Pode ser: pastel de carne de gato é mais barato. Ou outra coisa qualquer. Sacou?
— Está certo. Vou confiar em você. Mas quero conhecer a Taiko antes de fechar.
— Claro. Hoje mesmo — falei, segurando a minha euforia.

∽

O filme ficou legal. Taiko estava bem. Só que eu pirei na tailandesa. Não saía de cima dela. Todo dia queria sexo com Taiko. Moradia: hotel fuleiro da rua Princesa Isabel. Tentei conseguir papéis sérios para ela... mas a coisa não andava. Acordei e ela havia se ido. Deixou bilhete: "Não existe gueixa em Copacabana, querido. O que existe é puta, e puta precisa trabalhar. Adeus. Foi legal. Se cuide."

Parte III

Meu encontro com Débora foi espécie de fronteira com o desconhecido. Ambos tínhamos vidas centradas no sexo. Era o que nos dava prazer e nos exigia. Até meu encontro com ela, eu conhecia prostitutas, mulheres liberais, algumas tantas que adoravam sexo. Débora ia além, ela fazia do sexo a essência de sua vida, com perdão do chavão. Quando escrevo que ela foi fronteira entre o meu mundo e o desconhecido, quero dizer que eu jamais imaginara a existência de alguém como ela. Meu primeiro impulso, e o dela também, foi nossa união. Tinha tudo para dar certo.

Precariedade habitual. Caminhando a esmo pela avenida Atlântica num sábado de carnaval. Encarava toda mulher que cruzava ao lado. Meninas da favela, moças do subúrbio, senhoras de meia-idade, todas. O carnaval me proporcionara muitas alegrias em outros anos. O embalo das bandas permite rápida intimidade: *Evoé, Baco*, como saudou Bandeira. Eu nem sequer bebera. Queria os braços de alguém, as pernas, os olhos, a língua. Abri os braços, convidando uma negra fornida.

— *Are you American?* — reproduziu ela.
— *Yes, babe, and you? Brazilian, OK?*
— OK. Aonde vais? — perguntou a bela afro-brasileira, me fazendo recordar do *quo vadis*, de Cristo.

Ela falou alto e com sotaque, como os que não conhecem a língua costumam tratar com os gringos. O meu inglês é menos do que rudimentar, mas bastaria para iludir a pequena oportunista. Minhas chances de conseguir um bom termo com ela triplicaram.

— *What?*
— Aonde vais?

Coloquei a mão no peito e exclamei:

— *I, American, you good girl Brazil. Wonderful!!!!* — Depois a enlacei pela cintura e saímos pela avenida dançando ao som da banda que animava aquele quarteirão. Eu tinha uns 20 reais no bolso.

— *What is your name, nigger?*
— O quê?

Apontei o dedo para ela.

— *Name?*
— Gessi — falou ela sorridente. Sua arcada era quase perfeita. Faltava um canino.

— OK, Gessi. *Wonderful... You and me make a party* — falei, caprichando no meu inglês de fancaria.

— Vamos beber um chope, meu gringo. Quanto você vai me dar?

— *What?*
— *Money* — disse ela juntando o polegar e o indicador.
— *Money? Oh, it's good. Very...*
— *Sem money, no love* — disse Gessi, talvez desconfiada de minha excessiva descontração na avenida.

Agarrei seu queixo e beijei sua boca.
— OK, Gessi. *No money. I am a proletary people*, OK?
E saí caminhando pela avenida curtindo minha derrota. Voltei o olhar e ela estava parada na calçada onde a deixara.
— Gringo filho-da-puta — gritou ela.
Carnaval é isso.

⁂

Eu caminhava havia várias horas pela orla. Na praia de Ipanema, altura da rua Vinicius de Moraes, encontrei Débora. Sentada no carro, de porta aberta. Em frente ao Hotel Sol de Ipanema. Um observador atento veria a saia um pouco levantada e o adorado vértice. Descarado, reduzi o passo e mirei suas coxas entreabertas. Ela viu e sorriu. Abusando mais, mostrei a ponta da língua dançando entre os lábios. É claro que, em condições normais, o gesto obsceno afastaria qualquer possibilidade, mas Débora abriu levemente a boca. Parei.
— O carnaval vai bem? — perguntei.
— Sempre pode melhorar.
— Se eu puder contribuir, será um prazer.
Ela olhou para além.
— Meu marido vem aí. Ligue depois da meia-noite.
Estendeu cartão retirado da pochete. Segui caminho. Notei o homem muito alto que precedia os carregadores do hotel.

DÉBORA ISADORA DIAS DE MATTOS E ALBUQUERQUE
949.222.343

⁂

À meia-noite eu tinha tesão, fome e cansaço, mais ou menos nessa ordem. Caminhara toda a orla abordando mulheres de todos os tipos. As que não me rejeitaram de imediato queriam beber chope ou jantar. Eu continuava com 20 reais que tinha para o carnaval. Resolvi ligar. Gastei 4 reais numa cartela de fichas.

Chamou bastante. Eu ia desligar e a voz masculina atendeu.
— Alô. A Débora, por favor.
Ouvi a voz chamar por ela.
— Oi, quem fala?
— É o João. Com quem você conversou hoje, em Ipanema, em frente ao hotel, lembra, tesuda?
— Oi, lingüinha. Onde você está?
— No Leblon.
— Coincidência. Estou aqui na General Urquiza, 700. Manda o porteiro me chamar, no 1002.
— Tô indo.
— Você não é bandido, é?
— Só pratico contravenções sexuais — falei com a maior vulgaridade possível.
— Te espero.
Pensei pela segunda vez no dia em Cristo: tenho a oferecer o meu corpo.

↩

O apartamento, grande e bem mobiliado, se abria sobre a praça. Uma larga varanda abrigava o bufê. Havia umas vinte pessoas, na maioria gays. Os garçons usavam casaca e tapa-sexo e eram patolados pelos convidados. Todos riam muito. Débora me recebeu bem. Beijou minha boca, agoniada, e me puxou para o interior do apartamento, depois de convocar a atenção de todos e contar o episódio da língua, que a encantara.

— Ele me tratou como uma piranha. Nunca fui tratada assim.

— Menos no seu período de docas, né, querida — zombou alguém e muitos riram.

Entramos no quarto e ela tirou a roupa. Devia ter uns 40 anos, mas era mulher de elite, tratada, bem alimentada. Avancei, na dúvida se a mordia ou penetrava, tal a minha fome. Meu estômago roncou quando nos abraçamos nus. Ela pegou em meu pênis.

— Você não jantou?
— Ainda não.

Ela levantou, nua como estava, e foi até a cozinha. Voltou logo.

— Eles vão trazer alguma coisa.

Começamos imediatamente os procedimentos e logo estávamos em pleno coito. O garçom deixou o prato ao lado da cama. Olhei por cima do ombro de Débora, que me cavalgava, e surpreendi os olhos rápidos do rapaz sobre a sua nudez.

Ao voltar para a sala, a festa se animara, estava transformada numa orgia, de descrição difícil. Alguém enrabava o garçom que entrara no quarto, e agora se sujeitava ajoelhado sobre uma poltrona. Grupo masculino fazia um trenzinho, cantando mamãe-eu-quero. Cada elo da corrente penetrava e era penetrado durante a dança.

— Você é bi?
— Que eu saiba, não.

Caminhamos, conduzidos por Débora, até um casal de rapazes que transava no tapete.

— Esta bunda te dá tesão?

— Assim, fora do contexto, logo após a nossa transa, não. Prefiro a sua.

— Mas esta é mais durinha.

A essa altura, o jovem dono da tal bunda voltou-se.

— Está tudo bem, Dino. Estamos tecendo considerações sobre a bunda e o desejo.

Ele sorriu e voltou a bombar o velho sob si.

— Os homens adoram bunda, mesmo aqueles que não preferem o sexo anal.

— É um dos vértices.

— Como assim?

— São pontos de ligação entre as partes do corpo. É o término da coluna vertebral, e é onde o ser humano começa, ao interromper a cauda bestial – falei, inventando tudo aquilo na hora. Eu queria muito impressionar Débora.

— Interessante. Onde você aprendeu isso?

— No *Tractatus sexus filosoficus*, de Diocleciano, século X a.C. – falei, para respaldar a informação.

— Você é um intelectual duro?

— Sou apenas duro, no bom e no mau sentido.

O garçom passou servindo champanhe. Ela apanhou duas taças e ele nos serviu.

— O que você quer de mim?

— Que seja minha amante, sem muitas perguntas. Posso responder na mesma medida: muito prazer, nenhuma pergunta pessoal.

— Um brinde. Você tem preconceitos?

— Se os tivesse, assistiria tranqüilo a uma suruba de veados?

Ela começou a rir, depois gargalhou. Abraçados, caímos sobre o sofá. Eu a beijei novamente.

— Vamos pro quarto? – sugeri.

— Aqui mesmo – disse ela e levantou o vestido. Sem calcinha, encaixou-se, logo que consegui libertar o pênis. Ficou como rainha sentada no trono. Apoiou seus calcanhares em meus joelhos. Espalmei minhas mãos em suas nádegas e, apoiando os cotovelos, criei uma gangorra para Débora, que gemeu, gemeu...

⇜

— Onde está seu marido?

A maioria dos convidados se fora e estávamos no quarto assistindo ao desfile das escolas de samba.

— Na fazenda. Ou com a amante em Búzios, ou em algum bordel no interior de Minas, ou sei lá...

— Desculpe, combinamos amor sem perguntas.

— Tudo bem. Antenor gosta de trepar sozinho. A mulher entra com buracos e energia. O prazer é dele. Prostitutas cumprem melhor essa função.

— História banal.

— Nossa história tem outros aspectos pouco banais. Antenor precisa ficar casado comigo por dez anos mais para ter direito a alguns bens de herança. Eu condicionei isso a que ele me satisfizesse sexualmente. Ele não conseguiu. Tem asco de vagina quando ela não está enterrada em seu pau. Então me liberou e até paga os michês. Quanto você vai querer, João?

Eu sorri.

— Falo sério.
— Quero você. Não o dinheiro de seu marido.
— Aí é perigoso. Ele teme os que querem ficar. Teme que eu o abandone.
— E o que você quer de mim?
— Estou te conhecendo, hoje. Você tem *pegada*. Gosta de vagina. São qualidades valiosas. Não é chato, sabe se comportar, seu papo é agradável. Quer mais massagem no ego?
— E aspectos negativos?
— Negativos? É um duro... pode tentar me roubar... quem sabe matar, para ficar com o carro...
— Se quisesse te roubar já teria feito, e aos teus amigos... as bolsas estavam aí.
— Então você é perfeito, tesudo.
Ela se curvou e me deu um beijo no pênis.
— Por que havia tantos homossexuais em sua festa?
— Esta era uma recepção para Jean-Paul. Aquela bicha ruiva. É um amigo francês. Ele convidou os outros.
— Quando teu marido volta?
— Amanhã à tarde ele deve estar de volta.
— Você tem dinheiro próprio?
— Algum.
Ficamos calados.
— Por quê?
— Esqueça.
— Está precisando de dinheiro?
— Estou.
— Quanto?
— Mixaria. Vivo num hotel em Copacabana. Estou com a mensalidade atrasada.
— E quer que eu te dê em troca de teus favores sexuais?

— Não falei isso.
— Não falou, mas pensou e insinuou.
— Não insinuei nada.
— Você é micheteiro, João?
— Já fui. Atualmente tento trabalhar, mas está difícil, e...
— Você é micheteiro, João, tá na cara.
— Não. Eu gosto de sexo...
— Se quer levar meu dinheiro, vai ter que fazer mais do que fez até agora. Qualquer garoto da praia me come, sem custos.
— Acho que está na hora de eu ir — falei, sentando na cama.
— Vai correr tão fácil da raia? — disse ela, e me acertou um tapa forte no rosto.

Levantei e apanhei minha calça sobre um baú ao lado.
— Teu negócio é só papai-e-mamãe, então?

Apertou meu saco com a sua mão direita. Virei num gesto rápido e a derrubei com um tapa no rosto, depois apanhei o lençol e a amarrei.
— Vai me maltratar, covarde?
— Cala a boca, piranha — falei, enquanto aplicava um beliscão no bico de seu seio.

Ela gritou.
— Vou ser obrigado a te fazer ficar calada.

Apanhei minha cueca suja e a enfiei na boca de Débora. Passei a destroncar e torcer seus dedos dos pés, enquanto a dor fazia suas lágrimas rolarem. Saí pela casa atrás de instrumentos de tortura. Encontrei facas, tesouras e um garfo grande para assados. Espetei suas coxas.
— Quando não quiser mais, fale — disse eu antes da surra de toalhas molhadas.

Ela não podia falar, mas estava sinceramente chorando. Abri suas pernas e a verifiquei encharcada de tesão, gozara intensamente.

— Vou encher a banheira. Gosta de afogamento?

Voltei com uma bolsa onde estavam os seus brinquedos: vibradores de vários tipos. Peguei o maior deles, que deveria medir uns 25 centímetros, e enterrei lentamente na vagina de Débora.

— O problema dessas brincadeiras é o descontrole. Uma ex-amante está mancando até hoje. Quebrei as juntas dela... Sem querer. Às vezes bate um *frisson* incontrolável.

Apanhei a faca de cozinha. Ergui o braço num movimento cinematográfico e desci num golpe seco ao lado de sua cabeça. Ela girou o corpo, completamente apavorada.

— Não se mexa assim que eu posso errar o golpe. Não quero te machucar muito.

Coloquei-a sobre meus ombros e fomos para a banheira, que estava cheia. Mergulhei Débora até a submersão. Ela se debatia muito e continuava a chorar. Peguei o outro vibrador, um pouco menor, de uns 20 centímetros, e dilatei seu ânus rosado. Eu a fiz vir à tona e retirei a cueca de sua boca; apenas ofegava e chorava. Apliquei mais uns tapas em seu rosto, com força, e a carreguei de volta para a cama.

— Chega, meu amor, chega, não agüento mais.

Apanhei a faca e aproximei de seu rosto.

— Estou muito tentado a separar sua cabeça do corpo.

Ela não disse nada. Apertei o cabo da faca.

— É sério?

— Não hoje.

Cobri-a de beijinhos apaixonados e a embrulhei numa

toalha grande. Depois retirei os vibradores e a penetrei muito. Gozou gritando.

∽

A descoberta do masoquismo de Débora a colocou em minhas mãos. Ofereceu 2 mil reais, e saldei minhas contas. Paguei o hotel e comprei roupas. Passamos a ter encontros em motéis e na casa de amigos que emprestavam seus apartamentos. Os primeiros meses foram só prazer. Relaxei quanto a ser sustentado por ela. O problema é que Débora necessitava de novidades masoquistas. Eu andava na rua pensando em formas de maltratá-la sem as escoriações indesejáveis.

— Vamos visitar um amigo — disse ela.

Era professor universitário francês que morava no Leblon. Vivia num *hotel residence* luxuoso, dúplex, projetado sobre o mar. Homem de 50 anos, mantinha um dos braços na tipóia. O pé direito estava envolto em gesso e gaze. Uma negra alta e bela serviu uísque e água enquanto Jacques discorria sobre a virtualidade.

— Você conhece Laitana?

— Claro, Jacques... você me apresentou — retrucou Débora.

Laitana sorriu, com a bandeja vazia na mão.

— Tenho mergulhado no mundo virtual com tal volúpia que acabo esquecendo o mundo real. Não preciso mais voltar a Paris. Meus contatos são todos pela *web*.

— Que bom. Mas você deve isso a Laitana também — observou Débora. — Ela te permite essa paz de espírito, não é?

Laitana voltara com a bandeja cheia de queijos e pães numa cestinha. Colocou na mesa de centro em frente aos três.

— Esta negra fede. Eu me acostumei ao seu budum, mas ainda não consegui assimilar a sua ignorância para tudo... ela desconhece o essencial.

Laitana mudou de expressão, sombra sobre o rosto. Num gesto rápido, ela desferiu um golpe violento com a bandeja na cabeça de Jacques, depois outro, e mais outro, seguidos. Ele tentou se defender com o braço engessado. Ela o acertou no ombro. Ele gemia e rolou do sofá para o chão. Fiz menção de auxiliar o nosso anfitrião, mas Débora me conteve.

— Eles têm um pacto. Deixe que ele apanhe.

— Pare, Laitana, temos visitas, negra doida.

O golpe seguinte com a bandeja de metal cortou o supercílio de Jacques, e o sangue cobriu seu rosto.

— Pare, chega.

Ela saiu da sala, enquanto ele tentava se levantar. Laitana voltou com uma caixa de curativos e o ajudou a sentar. Calmamente, passou a limpar o ferimento que provocara na testa do francês.

— Se eu sobreviver a essa louca, talvez consiga terminar minha tese sobre o mundo virtual — disse rindo, enquanto emborcava uísque.

Fui descobrindo com Débora que os masoquistas estavam organizados em rede informal. Visitavam-se, trocavam opiniões, atuavam em grupo e promoviam vida social. Os mais radicais, como Jacques, eram assistidos pelos amigos quando sofriam ferimentos mais graves durante as sessões de prazer. As atividades podiam ser psicológicas ou físicas, virtuais ou reais. Os adeptos dos trajes negros, chicotes e amordaçamento eram os menos radicais, contentavam-se com a iconografia *pop* que a mídia divulga à exaustão. Os masoquistas sérios saem à noite em busca de sofrimento e muitas vezes encontram a humilhação e a dor de forma brutal. Os amigos de Débora, que se tornaram também meus amigos, viviam sérios problemas no dia-a-dia em função de suas taras.

— Preciso de um favor seu — pediu Débora.
— Diga.
— Eleonor está precisando de ajuda. Ela está no chamado *ponto negro* da autodestruição. Seu mestre a roubou e fugiu. Ela precisa ser castigada com urgência para que não se suicide. Eu conheço Eleonor, ela pode jogar o carro num abismo ou outra loucura...
— E o que você quer que eu faça?
— Vá até lá e a faça sofrer de forma equilibrada.
— Você quer que eu faça com ela o que faço com você?
— Ela paga. Cobre mil reais por uma sessão. Eu adianto e acerto com ela.
— Você tem certeza?
— Claro. Vá agora.

Passei no hotel e apanhei alguns apetrechos. Eu era, naquele momento, um torturador profissional.

Amarrei Eleonor com cordas de náilon, protegidas por um lençol, para não marcar a suave pele branca, amordacei-a e vendei seus olhos. Ela usava camisola curta sobre o belo corpo. Fiquei excitado e a beijei até seu gozo, coisa que não estava no programa, depois coloquei pequenos incensos entre os dedos de seus pés. Eles logo começariam a arder. Apliquei esparadrapo sobre sua vagina e prendi um laço em seu pescoço, de forma que movimentos causariam sufocação. Retirei sua mordaça.

— Ai, malvadinho, me deixou excitada, me penetra, vai...
— Não. Só retirei sua mordaça para ouvir seus gritos.

Arranquei o esparadrapo da vagina num único movimento. Ela gemeu e girou o corpo, provocando um ajuste do nó de forca.

— Me penetra — suplicou.

As lágrimas rolaram.

Retirei da bolsa dois pepinos grandes onde eu esculpira aríetes dentados e os enfiei lentamente em sua vagina e ânus. Ela gemeu alto, fui forçado a amordaçá-la, novamente. Nesse momento, Isa entrou. Eu não a conhecia. Usava terno discreto e óculos escuros, e parecia executiva de contas de agência. Eu parei, constrangido.

— Olá, sou Isa. Prossiga. Débora me avisou de seu apoio. Sou a analista de Eleonor e estou aqui para ajudar. Você é um profissional, certo? É do que Eleonor precisa.

A empregada que trouxera Isa retornou trazendo coca-cola e água mineral. Sentamos no sofá para um intervalo.

— Eleonor precisa dessas sessões moderadas para que não se autodestrua. Um bom profissional é o melhor caminho.

Isa era gostosérrima, se tal superlativo traduz mulher que esbanja *sex appeal*. Antes de sua chegada, eu me inclinava a transar com Eleonor. Agora articulava suruba com ambas. Em minha cabeça pouco afeita a modismos da alta burguesia, não era séria a participação de analista numa *sado session*. Pedi a Celi, a empregada, que também não era de se jogar fora, que trouxesse doce.

— Foi Débora que descobriu você, não é?

Apenas sorri.

— Ela diz que você é namorado, mas eu acho que você é um especialista bem pago. Confesse.

— E por que o faria? O que ganho com isso?

Celi trouxe torta de chocolate. Joguei sobre a bunda de Eleonor e espalhei toda a massa em seu corpo. Retirei a venda dos olhos.

— Olá, Eleonor. Estamos aqui para assistir a seu padecimento.

Sorri sem mostrar os dentes. Apanhei dois potes na bolsa e libertei de um as baratas e de outro as formigas que encomendara aos pivetes, que zoavam próximos do hotel. Devia haver mais de cem insetos grandes. Isa deu um grito e ergueu as pernas na cadeira, quando pude apreciar a área interior de suas coxas morenas.

— Você é mesmo sádico.

Os olhos de Eleonor vertiam lágrimas constantes.

— Fique tranqüila, doutora, as baratas vão se divertir com o bolo. Deve haver uma batalha entre elas e as formigas também. Você me perguntou o que mesmo?

Ela não conseguia tirar os olhos dos insetos que infestavam Eleonor.

— Perguntei se você é um profissional ou o namorado de Débora.

Tirei toda a roupa.

— Vou levar Eleonor para o banho. Esse terror perde o efeito após alguns segundos.

Afastei os insetos e o grosso do bolo com um pano de prato e fui esmagando as baratas e formigas contra o tecido até recolher tudo num saco de lixo. Retirei as amarras de Eleonor e a carreguei nos braços para baixo do chuveiro. Extraí os legumes de sua genitália e a penetrei abraçada a mim, como uma macaquinha. Isa chegou na porta e ficou observando a nossa transa embaixo d'água.

— Quer vir também?
— Adoraria, mas estou a trabalho.
— Respondi a sua pergunta?
— Sem dúvida. Quanto você cobra?
— Fale com Débora. Ela agora é minha agente, além de minha namorada.

Carreguei Eleonor nos braços para a cama. Estava exausta. Saímos do quarto e a deixamos dormir.

Minha vida com Débora era imersa nas novidades e mesmices desse universo de prazeres pouco comuns. Nas horas vagas eu imaginava novas torturas não-letais e sem seqüelas visíveis. Mas, na verdade, havia resolvido apenas o problema econômico. Eu não sentia prazer em torturar ninguém. Débora transava comigo, mas era necessário que eu a maltratasse também. Montei logo uma clientela fiel. Havia Eleonor, depois Luiz Santayrahana, um indiano homossexual que insistia para que fizéssemos sexo. Eu recusava, mas, como recebia por minhas sessões de tortura, ele achava que eu era micheteiro, e tudo era questão de preço.

— Ai, assim você me deixa com tesão — gemeu, após eu enfiar uma agulha esterilizada embaixo de sua unha do pé. — Vamos fazer uma viagem à Índia. Minha família ainda tem um palácio. Podemos fazer uma sessão de frente para o Himalaia.

— Não posso viajar, Luiz. Tenho clientela para atender.
— Quanto você quer para me fazer gozar?
— Olha, você me dá quinhentos, eu contrato um garoto de programa por duzentos, pago o táxi dele e ainda fico com 150. Que tal?

— Eu te quero. Eleonor tá louca por você, sabia?
Enfiei outra agulha em seu mindinho. Eu trabalhava com luvas descartáveis e máscara quando utilizava perfurocortantes. O sangue espirrava pintalgando minha roupa. Eu não sentia prazer naquilo, não queria me transformar num sádico. Luiz estava nu, deitado sobre um tatame. Ele era magro e devia ter uns 50 anos.
— Ai, João, quero dor... está pouco... me faz gritar...
Eu decidira não usar chicote. Era diferencial. Dei um beliscão forte em sua nádega e enfiei os dedos nas suas narinas, com a outra mão cobri sua boca, ele começou a se debater. É muito fácil matar, e deve viciar, concluí diante do esforço para não levar a termo ações letais. Seus olhos arregalaram e sua cor ia mudando quando o libertei.
— Ai, me penetra...
— Não — falei, sádico.
— Se você não me comer, não te pago. Por que Eleonor recebe tratamento diferenciado?
Seu argumento fazia sentido.
— Não sou homossexual.
— Nem sádico você diz que é. Mas trabalha como.
Estava me colocando numa sinuca.
— Para praticar o sadismo, não preciso sentir tesão. Se quiser podemos parar por aqui.
— Nããoo!!! Você não vê que sou doido para ser possuído por meu carrasco?
— O máximo que posso fazer é contratar michê ou trazer vibrador.
Luiz sentou no tatame.
— Ai, um vibrador é melhor do que nada.
Saímos dali para almoçar em Ipanema. Passamos numa

sex shop e ele comprou os mais descomunais vibradores que encontrou.

∽

Minha carreira de sadô micheteiro sofreu abalo quando Jacques, o professor francês, morreu, vítima de fratura craniana provocada por golpe com ferro de passar. Laitana não medira a força do golpe e despachara o estudioso da realidade virtual. Ela bateu em minha porta no hotel e a acolhi, antes de saber de Jacques.

— Deixa eu ficar um pouco aqui — disse ela, parada em pé na porta.

Eu a desejava desde o primeiro momento. Eu a fiz entrar em meu *flat*. Eu ganhava então 2 mil reais por semana e mudara para um lugar elegante. Ela vestia um traje solto sobre o corpo. Havia pequenas manchas de sangue entre as flores coloridas da estampa do tecido, mas não pensei no pior. Ela estava tensa. Massageei suas costas, beijei seu ombro, seu pescoço, retirei sua bata e fomos para a cama. Transamos duas horas ou mais. Depois apanhei cerveja na geladeira.

— Acho que matei o Jacques — falou de chofre.

— Se ele parou de respirar por mais de cinco minutos, está morto.

— É. Está morto.

— Que merda.

— Eles vão me acusar.

— Pode ter certeza.

— Eu não queria, João. Ele me provocava. Ameaçava me mandar embora se eu não o machucasse. Fiquei viciada na boa vida e fazia a vontade dele. No verão quebrei as duas pernas dele e um braço. Isso sem falar dos ferimentos pequenos.

Ontem ele me atacou por trás, quando eu passava roupa. Acertei sua testa sem ver direito onde estava batendo. Ele caiu, estatelado.

— Isso é sério, Laitana. Ele é estrangeiro. Você é povo. Vai provar que ele é que pedia...

— Você, dona Débora, a dona Eleonor, todos sabem que ele me obrigava a machucá-lo.

— É, mas vai ser constrangedor admitir que todos sabiam e nada faziam. Pior ainda, admitir que são adeptos da mesma prática. Eu estava para conversar com você. É necessário técnica. Não basta a agressão pura. Jacques devia saber disso, mas... ele te amava... não queria te perder e talvez nem admitir que era dependente deste comportamento...

Laitana me abraçou. Lembrei-me do episódio com Lídia. Um assassinato também acabara com meu negócio. Eu tinha azar mesmo, pensei, num lance de autocomiseração.

— Você está enrascada. O porteiro te viu sair, hoje?

— Viu, claro, falou comigo. Deu em cima, como sempre...

Liguei para Débora e contei o caso.

— Você não sai daqui, de jeito nenhum. Vamos tentar resolver a situação da melhor forma.

— Porra, vai ser uma tremenda sacanagem se Laitana acabar presa por causa da morte do Jacques — falei, tentando imaginar saída.

— Aquilo tinha tudo para acabar mal — considerou Débora.

— Ela fazia a vontade dele.

— É, querido. Você pode entender mais do que ninguém a situação — disse Débora e me abraçou.

— Vou fazer uma convocação geral para buscar uma solução.

Débora pegou o telefone e começou a ligar, enquanto eu bebia café preto.

⸻

Algumas horas depois estávamos reunidos na casa de Eleonor. Luiz, Débora, eu e a dona da casa buscando uma solução. Era estranho. Eu havia causado sofrimento voluntário a todas aquelas pessoas.

— Talvez a melhor solução seja chamar a polícia e explicar... todos nós deporíamos a favor de Laitana, opinou o indiano.

— Ela é negra, pobre e mulher. Suas chances de não ser ouvida são grandes. Se alguém bancasse um bom advogado poderia ajudar, mas as possibilidades de que a história se espalhe são grandes... tem a mídia... é um crime que vai render — argumentei.

— E o que você sugere, fooofo? — gemeu Eleonor, que já aprendera como me provocar.

Eu nunca sabia se ela estava falando sério.

— O ideal é que nada viesse a público.

— Viesse a público... ele é sofisticado, Débora.

— É que ele estudou letras — sugeriu minha descobridora.

— Um sádico letrado — riu Luiz.

— Mas estamos tergiversando, se gostam de palavras estranhas. Enquanto isso o cadáver se torna rígido — falei.

— Você sugere que a gente esconda o corpo, bem? — perguntou Eleonor.

— Se houvesse uma forma perfeita para isso.

— Eu tenho um sítio em Angra. Podíamos enterrar lá nosso querido amigo. Jacques é rompido com os parentes na França – sugeriu Eleonor.

— E como tirar o corpo de casa?

— Eu faço isso – ofereci.

Eu era o único que não tinha como contratar um bom advogado.

— Vamos todos passar o fim de semana em Angra. Jacques viaja em seu carro, Débora?

Saímos em direção ao meu hotel. Integrávamos narrativa policialesca. O criminoso era conhecido: o necessário era sumir com a vítima.

O francês não tinha muita intimidade com ninguém do prédio. Isso ajudou.

— Ligue para a portaria e informe que Jacques foi chamado com urgência a Paris. Você ficou encarregada de acertar as contas – instruí Laitana, que estava um tanto trêmula.

Beijei sua boca e a abracei.

— Você está entre amigos, tranqüilize-se. Aqui funciona como hotel. É pagar e sair. Ele só tem roupas e livros. Diga assim: "Jacques foi para Paris no vôo da manhã. Preciso despachar suas coisas e acertar as contas. Feche, por favor."

— ... feche, por favor – repetiu ela, e sentamos ao lado do corpo.

Ele era um homem pequeno, felizmente.

— Traga as malas para a sala, e material de limpeza.

Havia uma das grandes. Embrulhei a cabeça coberta de sangue coagulado com um lençol e comecei a dobrar o corpo do francês. O suor escorria, encharcando minha camisa. Tocou o telefone e eu sentei no chão. As pernas de Jacques ainda estavam de fora.

— Fecharam a conta. Três mil, duzentos e cinqüenta reais.
— Ligue para Débora. Ela vai trazer o dinheiro.

Tomei fôlego e me pus a lutar contra a rigidez cadavérica do masoquista infortunado.

༄

O belo sítio de Eleonor alcançava cume de montanha à beira-mar, em Angra dos Reis. O espetáculo era deslumbrante: a baía coalhada de barcos. A procissão, quatro carros lotados de sádicos e masoquistas, subiu lentamente a ladeira até o topo privilegiado. Eleonor convidara muitos outros adeptos do sofrimento que eu desconhecia. Fiquei apreensivo de a ocultação do cadáver ter ganhado tanta publicidade, mas o que fazer? Todos os que estavam ali eram implicados agora. Todos gostavam de maus-tratos, mas nenhum tinha prática de trabalhos físicos, como abrir uma cova, por exemplo. Chegamos ao alto com o sol das 14:00. Havia pá e picareta, que pedi. Sobrou para mim o trabalho. Laitana e Débora tentaram ajudar, mas dispensei-as. Duas horas de esforços depois, novamente encharcado em suor e o buraco estava pronto. Arrastei a mala e lancei lá dentro. Depois comecei a jogar os livros em torno.

— Ei, por que os livros? – perguntou uma mulher grisalha.
— São provas de sua existência. É melhor sumir com eles. A propósito: um apelo a todos os presentes. Nada deve ser comentado sobre o que está ocorrendo aqui, nem com os mais íntimos. Para o bem de todos. Todos estão envolvidos em ocultação de cadáver, que é crime.

Os olhares me interrogaram, ansiosos, tristes, apáticos, imaginação minha ou vi em todos eles sombras da tragédia que se abateu sobre Jacques?

⁓

Eleonor era, de longe, a mais rica da tribo dos sadomasôs. Mandou encomendar banquete em restaurante de Angra dos Reis, para a festa/velório em homenagem a Jacques, que foi "apanhar de papai do céu", como se referiu Luiz ao seu desaparecimento. Um carro desembarcou comida e bebida para bastante gente.

— Preciso falar com você.

Débora me conduziu pelo braço até a beira da piscina.

— Há um desejo geral de que você anime a festa...

— São muitos, Débora...

— Solicite a ajuda de Laitana. Você a instrui. O que acha?

— Acho que estou sobrecarregado. Estou trabalhando desde que amanheceu o dia.

— Que tal uma ajuda de custo de 10 mil reais?

É claro que eu era comprável. Dez mil reais era excelente pagamento, mas eu precisava oferecer certa resistência.

— E 2 mil para Laitana. Vou conversar com ela para me ajudar.

— Fechado.

A festa da morte, a continuação da festa da vida.

⁓

Éramos oito masoquistas e dois sádicos de aluguel: eu e Laitana. Débora desceu até a cidade comigo. Compramos cordas, sacos de pano, ganchos para embarcações e outros apetrechos. A casa tinha quatro suítes. Distribuí dois masôs em cada peça. Amarrei-os às camas. Enfiei sacos de pano em suas cabeças. Laitana e eu descemos para o pátio.

— Estão todos imobilizados. Não há empregados. Podíamos limpar as bolsas e fugir com um dos carros — falei, para provocar minha companheira de trabalho.

— Está falando sério?

— Lógico que não, querida. É apenas o jogo de possibilidades. É preciso investir no terror psicológico para não acontecer outro acidente, como o de Jacques.

— E como é isso?

— Vou preparar quatro braseiros em formas de cozinha. Transfiro as brasas da churrasqueira para as formas, o que vai dar bastante calor em cada quarto. Mas você é fundamental na encenação.

— O que devo fazer?

— Você vai entrar no quarto onde estão Eleonor e Débora amarradas e dizer que eu propus incendiar a casa e fugir com você. "Se querem dor que queimem em seu inferno particular", eu teria dito. Só fale isso. Elas vão duvidar, você finge tentar desfazer os nós e reforça que é verdade, diga que enlouqueci, não caia em nenhum truque. Reafirme com voz desesperada... aí você finge não estar conseguindo desamarrá-las, e sai para buscar uma tesoura... aí vai para o outro quarto e faz a mesma coisa.... eu vou atrás e deixo o braseiro próximo... todos vão começar a sentir o calor...

— É muito complicado.

— Nada. Vai dar certo.

Eu próprio desconfiava um pouco de meu plano, mas, com todos predispostos ao sofrimento, achei que poderia dar resultado. Estavam de olhos vendados, mas com bocas desimpedidas. Eu contava com isso. Acompanhei Laitana, entrando na suíte de Eleonor.

— Estou com medo, dona Eleonor.

— O que foi Laitana? — perguntou Débora.

— Fala, bem... tacou o ferro em mais alguém? — riu-se Eleonor.

— O João tá jogando álcool por toda a casa.

— Álcool?

— É. Ele diz que eu e ele vamos embora com grana, carro e vocês queimem, se querem dor de seu inferno... particular...

— Aaahhh, João é fofo demais — riu Eleonor.

— Isso é brincadeira dele, Laitana. Para te impressionar... ele mandou nos dizer isso?

— Não. Ele está correndo para lá e para cá. Jogando álcool. O que eu faço?

— Chama ele — ordenou Débora. Eu monitorava seu tom de voz. Era a única que podia estragar meus planos. Sinalizei da porta para Laitana sair. Pedi que gritasse meu nome, chamando. Depois voltasse lá e informasse que o fogo já estava queimando os sofás da sala.

— Dona Débora, o fogo tá queimando tudo na sala.

— João... — ouvi Débora gritar com o registro levemente alterado.

Corri e apanhei a primeira forma, joguei as brasas dentro, com um pouco de gasolina, o cheiro ficou característico. Deixei no corredor em frente à porta.

— Você está sentindo o calor do fogo, Débora?

— Estou. Joooããо... Laitana, você está aí?

— Estou, dona Débora, mas o fogo está no corredor, vou embora — disse minha auxiliar, com a voz esganiçada.

— Espera. Solta a gente — pediu Débora, e eu tive certeza de que meu jogo estava dando certo. Aproximei mais o braseiro.

— Você conhece bem o João, Débora?

— Ora, Eleonor, mais ou menos... você também já esteve várias vezes com ele.

— Ele não parece quem vá fazer coisa dessas, né não?

— Não parece, Eleonor... não parece.

— Tá muito duro o nó, dona Débora... vou buscar uma tesoura.

— Volta logo, caralho.

Laitana saiu repetindo a história nos demais quartos. Fui acrescentando os braseiros com cuidado extremo para não perder o controle e realmente tocar fogo em tudo. Logo os gritos começaram a se confundir e o desespero tomou conta de quase todos. Joguei pequenos vidros dentro de cada forma, criando estalos característicos dos incêndios. Liguei o motor de um dos carros e deixei Laitana acelerando.

— Vamos, embora, Laitana. Isso tudo vai virar cinza e esses pecadores vão arder em outra fogueira... no inferno.

Caminhei pelos corredores, esbravejando, para ser ouvido por todos. A voz de Débora chamando meu nome, as risadas nervosas de Eleonor, os chiliques de Luiz e Antônio pedindo clemência, toda a loucura em uníssono montara teatro de horrores delicioso. Havia uma mulher em especial, amarrada a outra, que eu desejava. Era bem jovem e se chamava Roberta. Junto, estava Juliana, mulher de meia-idade que julguei ser sua amante.

— Essa dor será incomparável, masôs... a casa vai arder... estou indo.

Notei que Juliana apenas sorria.

— Isso é verdade, Juliana... está acontecendo? — indagou Roberta.

— Ele foi pago para isso — disse a mulher.

Agachei-me ao lado de Roberta e passei as mãos em suas coxas. Agarrei o bico do seio e apertei. Ela gemeu.

— Quer vir comigo? Troco tua vida por duas horas de sexo — falei no ouvido de Roberta.

Joguei outro vidro na forma. Explodiu como uma vidraça.

— Estou indo, mas o fogo está chegando — falei.

— Aaii, Juliana, e se for verdade?

— É encenação.

— Adeus, descrentes — falei, beijando sua boca.

— Me leva.

Agarrei Roberta no colo e a levei para a beira da piscina. Mergulhei com ela amarrada. Despi sua pouca roupa: camiseta e *short*, e a penetrei dentro d'água, ainda com os olhos vendados. Após a rigidez dos primeiros movimentos, ela relaxou, e ficamos meia hora na farra. Depois a desamarrei na beira da piscina. Alcancei uma toalha para ela, antes de tirar a venda.

— Era encenação, mesmo? — falou, respirando pesado.

— Era... na água foi tudo real.

— Foi mesmo. Vou lá soltar a Juliana.

— Espere. Ainda não terminou. Agora que você está sequinha, é hora de voltar para o castigo.

Dominei Roberta, que reclamou, mas acabou se submetendo. Levei-a de volta para o quarto onde estava Juliana. Recolhi as bandejas com fogo. Os gritos aos poucos feneceram. Eu tinha ainda duas caixas de agulhas esterilizadas para aplicar. Era necessária alguma dor física.

Duas horas da madrugada, dei por encerrado o programa. Todos se reuniram na sala, depois do banho de piscina. Eleonor abriu champanhe e propôs um brinde a Jacques.

— Peço também palmas para João, ele conseguiu.

— Não a todos – disse Juliana. – Não me enganou um minuto. Mas admito que foi engenhoso.

Todos começaram a aplaudir, sufocando as palavras de minha rival. Débora se aproximou e me beijou na boca. De súbito, recebi vinho no rosto. Juliana lançara seu champanhe contra mim.

— E tem mais: não gostei nem um pouco da chantagem que você usou para se aproveitar de Roberta.

— Como é? – quis saber Débora.

— Ele usou o desespero de Roberta, que é pouco experiente, para transar com ela.

— Além de toda a simulação, você ainda conseguiu comer a menina, João. Você é um mestre – gargalhou Eleonor.

— Não acho graça.

— Porque é sua mulher, Juliana, eu te conheço e sei que você não hesitaria um minuto em usar qualquer artifício por uma boa foda.

Riu.

— É antiético – acrescentou Juliana.

— Foi bom, Roberta? – perguntou Eleonor, voltando-se para a menina afundada na poltrona com uma taça na mão.

— Foi – afirmou a anfitriã taxativa diante da mudez de Roberta.

Todos aplaudiram novamente, rindo. Juliana não engoliu o desenlace.

— Você é tarado, João? – perguntou-me Débora, à parte.

— Sou. Tanto quanto você, amor.
Recolhemo-nos com duas garrafas de champanhe.

∽

No dia seguinte, voltei no carro com Débora e Laitana.
— Onde você fica, Laitana?
— Sei lá, dona Débora... sei lá...
— Você está com grana. Hospede-se em algum lugar barato e relaxe... pense calmamente no que vai fazer — disse eu, como se falasse para mim mesmo.
Eu também estava, novamente, querendo mudar de vida.
— Vamos chegar tarde... você conhece algum hotel?
— Fique lá em casa. Amanhã você procura lugar.
— Valeu, João. Vou aceitar seu oferecimento.
O carro encostou em frente ao meu hotel, duas horas depois. Eu ia descer e Débora agarrou meu braço.
— Vamos dormir fora. Fernando não sabe que chego hoje.
— Certo. Vou encaminhar Laitana na portaria.
Desci, ajudando a carregar a bolsa de minha *sadopartner*. Entramos no quarto e colamos num abraço apaixonado.
— Saiba que reconheço seu esforço para me salvar e sou muito grata. Na verdade, sou sua, faça de mim o que quiser.
— Não diga isso: ninguém é de ninguém, como diz o Harold Robbins.
— Quem?
— Nada. É o título de um best seller. Mas pense na sua vida, não procure a salvação em mim.
Ela soltou os braços que estavam em meu pescoço.
— Você não me quer.
— Sou tão fodido quanto você, Laitana, consiga um cara com rendimento certo... ou busque outra saída... preciso descer.

— Vou te esperar, vou te dar muito amor.
— Vou adorar.

෴

Naquela noite Débora me pediu em casamento. Fomos para um motel elegante e transamos umas duas horas. Depois apanhei toalhas para molhar e surrá-la, mas ela não quis.
— Chega, João. Quero você para meu companheiro. Você quer?
— Você não é casada?
— Não há mais nada entre nós. Vou morar com você e faço a encenação legal com ele. Como eu te falei, ele precisa ficar comigo dez anos para receber uma herança gravada. Se não nos der uma pensão, eu o abandono e babau herança.
Estávamos sentados na varanda do motel; em frente o mar delimitava o horizonte. Havia vinho e desejo. Havia tudo.
— Hoje estamos aqui, vivos e felizes. Amanhã, o que acontecerá? Uma crise de ciúmes pode fazer com que você me abandone... eu preciso muito de estabilidade própria... ganhar o meu dinheiro.
— Bobagem, João, dinheiro não tem marca, nem importa de onde vem, se não precisamos pagar por ele. Só importa a nossa vida, agora... quanto ao ciúme... apenas não me deixe saber.
Houve um beijo como aceite e eu estava casado.

෴

Às 10:00 do dia seguinte, Laitana dormia nua em minha cama. As pernas longas nasciam de quadril largo e a bunda era grande e forte, apenas o suficiente. Ela não acordou quando entrei. Fio de baba escorreu de minha boca. O vício na carne das mulheres, minha única certeza. Ajoelhei aos pés da cama e toquei, de leve, a língua na panturrilha da mulata. Jacques recebera muitos chutes daquelas pernas fortes. Que prazer obteria? Semelhante ao meu? Acelerado pela perspectiva dos próximos momentos? Gozaria aos golpes secos que a morena lhe aplicava no rosto? Estendi a mão e a espalmei sobre a sua coxa. Acordou, mas, sem sobressalto, apenas ergueu a cabeça e sorriu. Avancei meu braço até a mão agarrar a nádega, as bandas da bunda ao meu alcance. Apertei a carne resistente e ela se contraiu, expondo o ânus arroxeado. Coração disparado diante da lembrança de outro tempo que agora se repetiria: ela era minha, novamente. Consumiríamos os próximos 120 minutos longe de qualquer realidade que não nosso desejo, aos gritos e gemidos, nada além da entrada triunfante da carne na carne. Gozei antes.

Afastado de todo compromisso que não o de satisfazer Débora, minha vida se esvaziou ainda mais de qualquer sentido. Acordava e punha a sunga para ir à praia. Morava a duas quadras do mar. Minha esposa mantenedora saía para a encenação na casa do marido. Muitas vezes eu passava o dia inteiro sem vê-la. Os encontros eram parca vida social: cinema, restaurante, teatro e cama. Débora resolvera afastar-se do grupo masô. Temia que eu me apaixonasse por Eleonor ou outra das freqüentadoras do círculo. Sabia que meu antigo trabalho muitas vezes acabava em sexo convencional, o que se tornara insuportável para ela. Débora estava apaixonada, o que era péssimo.

— Preciso arrumar algum trabalho senão vou pirar — falei.

— É tão grave assim a boa vida?

— É, é boa, mas... preciso me ocupar... ganhar meu próprio dinheiro.

— Está bem. Estamos tratando de umas heranças e pagamos um despachante para isso, se você quiser pode fazer essa parte burocrática. Nós te pagaremos para isso. Que tal?

— Serve. Qualquer coisa serve.

— Amanhã vamos ao cartório. Vou te passar os trâmites necessários – disse ela, e me beijou. Depois sorriu e balançou a cabeça, como se eu fosse trouxa ou mimado, que não sabe o tesouro que tem nas mãos.

⁓

Ela estava na calçada quando eu e Débora cruzamos. O lenço na cabeça, negro e fosco, a assemelhava aos mendigos de ilustração, mas a beleza do rosto era inegável: triangular, suave e forte, surpreendia por limpo. A criança em seu colo era magra, mas não esquálida. Encarei seu gesto súplice e sumimos na esquina. Deixei Débora na porta do Décimo Ofício e voltei.

— Qual é teu nome? – acocorado perguntei.

Mediu minhas intenções, e se rendeu.

— Vani.

— Alguém te espera?

A interrogação e o medo no olhar a fizeram ainda mais atraente.

— Eu estou interessado em você – falei, tentando evoluir a negociação antes que o tempo se esgotasse. Débora esperava na fila do Ofício.

— Um real, por misericórdia, para o leite da criança – gemeu o pregão.

— Dentro de duas horas quero você em frente ao Crazy Love, na Lapa. Sabe onde é?

— Um real...

— Vani, vou te ajudar. — Olhei seu corpo parcialmente coberto pelo bebê. — Levanta — ordenei.

Ela continuou me olhando como se eu fosse louco.

Abri a carteira e retirei uma nota de 10 reais.

— É seu... levante.

Tentou levantar, vacilante. Estendi a mão e a auxiliei. As ancas eram largas, tinha o bom corpo que eu imaginara.

— Conhece o Crazy Love?

Ela balançou a cabeça, positivamente. Olhos baixos. Considerava minha proposta.

— Vai?

Encarou.

— Não sou puta.

— Esqueça os preconceitos. Os filhos de putas sempre têm o que comer. Só quero te ajudar.

Ela baixou o olhar e se deixou cair. Lentamente voltou a sua posição de mendiga na calçada.

Agarrei seu braço.

— Vá até lá. Ficaremos juntos duas horas. Aí você vê se vale a pena.

— Me deixe — disse ela, queixosa. Larguei seu braço e ela sentou.

— Vou te aguardar dentro de duas horas em frente ao hotel — falei, e saí.

Débora apanhou táxi depois que recebi instruções dos procedimentos cartoriais a cumprir. Seria o *office boy* da família Albuquerque. Nada importava se conseguisse aplacar minha volúpia. Sem drama, apenas sentir o gosto do prazer, como um *junk*. Cheguei ao Crazy Love, na Lapa, meia hora antes. Era espelunca, remanescente talvez dos tempos em que o bairro imperava na noite carioca. Durante a era dos grandes cabarés, muitos amores loucos começaram ou terminaram ali, ou pelo menos assim era de se imaginar.

— Quero quarto com duas camas. Estou esperando mulher e criança — falei para o gorducho na recepção. Chamava-se Jacy. Seu olhar lascivo e o cacoete labial eram obscenos. Como se não bastasse, transpirava, fazendo aderir a camisa de cetim cor-de-rosa.

— Quanto é?

— Vinte reais, três horas — pronunciou aveludado.

Era caso perfeito de adequação do homem ao meio. Estendi duas notas de dez e depois uma terceira.

— Para você ter especial cuidado com ela.

— Foi bem. Presto atenção na madame — disse, e sorriu sem abrir os lábios.

O Crazy Love, casa antiga, de varanda lateral com grades de ferro e piso de tábuas largas, imitava estilo colonial, tudo meio enferrujado e decadente. Jacy caminhou na minha frente, cadenciando as nádegas volumosas envoltas em calça de malha azul-turquesa. Abriu a porta do quarto e nossas narinas aspiraram umidade, bolor e sêmen. Havia duas camas, uma de casal. Cheirei lençóis.

— Troque a roupa de cama. Há o que beber?

— Cerveja e Coca-Cola.

— Traga uma Coca. Vou esperar aqui na varanda.

Saí e apoiei os braços no gradil. Dali via a rua estreita, o portão, pessoas passando, mendigos zoando na esquina em torno de um carrinho de papeleiro e os bêbados do botequim em frente. Lapa, império de marginália, mantinha charme de passado que eu não conhecera. Vani surgiu caminhando devagar e sem a criança. Fui até o portão recebê-la.

— Vani — gritei.

Olhou rápido e baixou a cabeça, caminhou rente ao muro.

— Não grite meu nome.

Caminhamos juntos pela varanda até o quarto. Uma volumosa camareira estendia os lençóis. Jacy chegou com a Coca-Cola.

— Quer cerveja ou uma Coca? — falei, em seu ouvido, para evitar melindres.

— Tomo cerveja.

Envolta em panos até a canela, pode surpreender com cicatrizes ou manchas, pensei. A camareira acabou o serviço. Jacy entregou cerveja e copo. Fechei a porta e ficamos na penumbra. Apenas a abundante luz de todas as frestas nos definia. Enchi seu copo. A espuma venceu as bordas e se esparramou em minha mão estendida. Eu estava surpreendentemente excitado. Ela bebericou. Notei seus dentes quase nada falhos.

— Vamos tirar a roupa?

— Quem você pensa que é?

— Onde está a criança? É sua? Me responda. Sou um homem que quer te ajudar em troca de teus favores.

— Quais?

— Se nos agradarmos de nossos corpos, quero te fazer gozar... muito.

— Você me lembra o homem que mais odeio na vida.

— E por que você veio?
— Mas esse homem me fez gozar.

Seus olhos eram extraordinários, e as palavras, embora previsíveis, não chegavam a incomodar.

— Tire a roupa — falei com firmeza.
— E se meu corpo não te agradar?
— Pago cinqüenta por seu esforço.

Ela começou a desabotoar as mangas do vestido roto e sujo. Sentei na cama para apreciar o *strip* que, enfim, eu pagaria. Com a mão esquerda, soltou o ombro e surgiu nesga de pele morena. A epiderme não era afro, talvez indígena. Sob os primeiros panos havia outros, e outros. Ela usava um calção esportivo como última proteção. Mas seu corpo, embora contendo adiposidades, era belo: ancas largas e firmes, seios redondos. Baixou os olhos. Agarrei seus ombros com as duas mãos e beijei sua testa. Evitou minha boca.

— Há quanto tempo você não faz sexo?
— Sei lá.

Cheirei suas axilas e eram apenas azedas, no limite do desagradável. Arriei seus calções. Ajoelhado, abri seus pêlos e aspirei fundo o odor de sua vagina. Ela agarrou meus cabelos, seus dedos envolveram minha nuca. Salgada, azeda, doce, só não havia amargo em Vani. Estava nua. Media talvez 1,70 metro. Eu a ergui em meus braços, ela passou os dela ao redor de meu pescoço. Pesaria talvez uns 60 quilos?

Era proporcional e era minha. Beijei sua boca e fui aceito. Deitei-a na cama. Agarrei o bico do seio com os dentes.

— Posso tomar um banho?
— Daqui a pouco. Vamos aproveitar esse perfume que só tempo e corpo podem proporcionar.
— E quanto recebo, agora que você me aprovou?

— Não seja apressada. Você só tem a ganhar.
— Deixa eu tirar o lenço — disse ela e ergueu os braços.

Suas axilas guardavam chumaços de pêlos. É tão raro encontrar mulher que não exale perfumaria que eu quase não acreditava.

A criança era de outra mendiga e usada como isca para esmola. Vani tinha apenas 22 anos, aparentava 30. Enquanto tomava banho, joguei sua roupa no lixo da portaria.
— Onde está? Cadê?

Ficou enlouquecida com minha iniciativa. O vestido havia sido presente da mãe, morta recentemente.
— Chega de cultuar lembranças. Vou buscar alguma coisa para você.

Havia camelôs do outro lado da rua. Comprei vestidos, calcinhas, calças e saias sem gastar 200 reais. Vani olhou e gostou de minhas escolhas.
— Reconheço que fui autoritário comprando para você. Te dou mais dinheiro para comprar o que quiser.

Seus lindos olhos brilhavam.
— Idiota.
— O que foi?
— Não posso pedir esmola com essa roupa.
— Você não vai mais pedir esmola.

Imediatamente pensei que eu deveria estar louco.
— Por quê? Vai casar comigo e me sustentar?

Ela nem sabia trepar, mas essa era a melhor parte: ensinar tudo.
— Vou te empregar. Inicialmente, pode ficar morando aqui. Até eu arrumar outro lugar.

— Está falando sério?
— Você não tem mesmo homem no teu pé?
— Sumiu.
— Há quanto tempo?
— Dois anos que não vejo.
— Preciso ir. Volto amanhã, de manhã, e aí conversamos mais.

Ela apenas sorriu. Falei com Jacy e ele aceitou fechar o mês por 500 reais. Saí lembrando de mamãe: eu era de fato doido de atar.

⌇

A relação com Vani tornou-se minha verdadeira vida, já que eu não tinha nenhuma preocupação com a própria existência. Era mulher bela perdida entre esmoleiros. O problema era o hábito. Ao chegar, dia seguinte, encontrei-a deitada no chão, embrulhada na colcha da cama, enrolada como... exatamente como um mendigo dormindo na rua. Acordei Vani com muitos beijos e a fiz voltar para a cama. Pedi café e conversamos. Ela estava ao desabrigo havia vários meses. Ela se acostumara a dormir sob marquises, agarrada aos parcos objetos, para não ser roubada. Reduzida ao quase nada. Passamos a conviver diariamente. Eu a acordava ali pelas 11:00, levando a bandeja do desjejum. Ficávamos na cama até 1:00, quando ela saía para fazer as tarefas de *office boy* que eu lhe repassara. Alimentação regular, dentista e exercícios foram remodelando a minha mendiga. Eu era uma espécie de Pigmalião. Como essas coisas costumam dar errado, eu estava preparado para qualquer surpresa desagradável.

— E seus amigos? Você não teve curiosidade de procurar?

— Outro dia vi o Ruanda bebendo ali no parque. Atravessei a rua, rápido.

— Você não gosta dele?

— É um animal.

— Por que você diz isso?

— Me estuprou numa madrugada.

— Não houve como fugir?

— Havia outro grupo próximo. Ele disse: "Se tu grita, eu chamo todos pra ti cumê."

— Barra. É por isso que você custa a relaxar. O estupro é um trauma sério.

— É. Pode ser. Não foi a primeira vez. Acho que o mais das vezes que trepei, foi estupro.

— Que horror, Vani.

— Horror.

— Você teve sorte de não pegar uma doença letal.

— Tive.

Beijei-a lentamente no dia daquela conversa. Enquanto beijava, pensava: não posso deixar essa mulher voltar para a merda, não posso.

∽

Eu estava pensando em procurar outro lugar. A Lapa é próxima do Centro, dos lugares onde circulam os antigos colegas de infortúnio de Vani. Cheguei ao Crazy Love com esse pensamento. Quando entrei no quarto, Vani tomava café com Januário. Era mestiço entre afro e índio, barbado, olhar baço e pupilas vermelhas do álcool destilado. Levantou quando me viu, na defensiva.

— Sente. Acabe o seu café – falei, conciliador, de certa forma eu esperava por isso.

Alguém a identificara.

— Prazer, chefia. Januário — disse ele, irônico, estendendo a mão, que apertei sem entusiasmo. Sentou novamente e apanhou o cigarro apagado no cinzeiro para reacender.

— Seu amigo, Vani?

— Cunhado, seu João. Vani foi casada com meu irmão, até ele enlouquecer e sumir na vida.

Olhei para Vani, que fez uma careta como se dissesse: me acharam. Fui até ela e a beijei ostensivamente, na boca. Ela tentou evitar o carinho, mas insisti. Depois sentei ao seu lado e ficamos assistindo ao homem beber seu café e fumar.

— Vani é bonita. Tinha que encontrar alguém — falou e sorriu. — Era só uma questão de tempo.

Deu o último gole no café.

— Muito bem, Januário. Você veio até aqui? Ou foi Vani que o trouxe? Ele apenas sorriu, olhei para Vani e avancei o queixo, abrindo as mãos: — Então?

— Ele veio — murmurou ela.

— Os *pudim* viram ela morando aqui. Comentário rolou.

— Olhe, Januário, não quero parecer autoritário ou agressivo, mas Vani está casada comigo. Então, é melhor deixá-la em paz — falei, sem muita convicção.

— O chefia comprou o passe da moça, tá limpo. Só falta indenizar a família.

Ele foi especialmente asqueroso. Olhei Vani, olhos baixos, amedrontada. Por certo apanhara do pulha. Surgiu vontade de descarregar vingança no infeliz. Facilmente, lhe moeria de pancadas, sem resistência. O que isso mudaria na vida de Vani? Mais medo, talvez, enquanto eu arrebataria glória vã. Abri a porta do quarto e agarrei Januário pela camisa velha, dei tal sacolejo que o tecido rompeu. O empurrão seguinte o jogou porta afora, mas sua resistência era tão pouca que cruzou por cima da grade da varanda e se estatelou no quintal do hotel. Saí para a rua e olhei o miserável esfolado nos cotovelos, sangrando na boca. Era covardia bater num mendigo bêbado. Desci dois degraus para dar mais uns safanões. Januário arrumou forças não sei onde, ergueu-se e correu até o portão. Avancei mais.

— Suma daqui, infeliz, antes que eu acabe com você — falei, numa ameaça desproporcional.

— Chefia me entendeu mal — falou, segurando a boca que sangrava. — Donde saiu Vani saem outras bonequinhas, menina que o patrão pode aproveitar à vontade. Me contento com o que o senhor oferecer, não esqueça, estou na Tiradentes... me procure — disse o incrível Januário, e saiu portão afora, tropeçando.

◡

Mudei Vani para hotel em Santa Teresa, antigo e charmoso bairro do Rio de Janeiro, espalhado sobre montanha entre o Centro da cidade e as Zonas Sul e Norte. Casarão antigo, de típicos moradores boêmios. Os quartos de pé-direito alto se abrem para paisagens cativantes. Vani adorou, mal conseguia falar. Embora não tenha dito nada contra ou a favor, era transparente que estava feliz em viver ali. Iniciei lições sobre comportamento com a minha mendiga. Ensinei-a a evitar os detritos em torno do prato e de si mesma. Os hábitos de higiene também precisaram ser trabalhados: escovar dentes, banhos diários, roupa limpa, e tudo o mais. Vani era paciente com minhas lições. Ela queria melhorar. Nesse meio-tempo, minha vida com Débora continuou. Nossa vida social agregou os antigos amigos, embora não com as práticas de antes.

Na casa de Eleonor reuniram-se os antigos masoquistas para um jantar, mas não se falou sobre o assunto. Laitana estava integrada à comunidade. Alguém deveria estar recebendo seu tratamento, sem temer um fim como o de Jacques, o que equivale a dizer que acreditaram na sua história, ou ainda, tornavam essa dúvida mais um elemento erótico. Nossos olhares cruzaram várias vezes, sorrimos, não sei o que ela pensou. Eu me lembrei de nosso sexo. Na varanda encontrei Luiz, que me abraçou forte.

— Uma sessão qualquer dia está fora de cogitação?

— Atualmente, sim — falei, e vi fragilidade e desconsolo em seu rosto e voz.

— Estou precisando de alguém que me castigue. Quero ser castigado... não sei o que pode acontecer, João... se...

— Vai aparecer alguém, pode ter certeza. Vou tentar encontrar um cara legal.

— Um macho, João. Eu pago bem.

— Está certo. Um macho.

Madrugada, estavam todos um pouco embriagados e a festa quase virou suruba.

— As pessoas estão muito reprimidas. Isso não é legal. Todo mundo ainda curtindo a *bad trip* do Jacques — falei para Eleonor, usando um termo da década de 1970, que achei que tinha tudo a ver.

— É. É isso aí.

Bateu palmas e todos se voltaram.

— É isso aí, gente. O João cantou a pedra, estamos todos curtindo uma *bad trip* que não tem nada a ver. Todo mundo a fim de sacanagem, mas ninguém admite. Convido o João a animar a festa... ele sabe o que faz.

Levantou meu braço, como se eu fosse *boxeur*, que mal acabara de nocautear o adversário.

— Aquela de botar fogo na casa foi dez, João — gritou Nara.

— Peço permissão para a esposa de nosso animador. Usufruiremos os talentos de seu marido, Débora. OK?

Eleonor fez pequena reverência diante de minha mulher.

— Está liberado. Menos o pau.

— Então é com você, João. Tudo: menos o pau. O que, convenhamos, é uma perda. Eu sei — riu muito Eleonor.

Sorri para todos. Esperavam alguma coisa de mim.

Seria eu bufão de pervertidos?, me perguntei, enquanto olhava os rostos aflitos, curiosos, dos convidados de Eleonor. Eu conhecia quase todos e havia torturado alguns. Mantivera relações sexuais com outros. Inteiramente desconhecidos eram três.

— Desculpe. Como é seu nome? Acho que fui apresentado, mas...

— Cesário. Será realmente um prazer conhecê-lo. Isto é, se houver prazer — disse o homem, estendendo a mão e cumprimentando com a cabeça.

— Cesário é um gozador, João. É jornalista, tem veia — explicou Eleonor.

— Você se considera sádico, masoquista ou homossexual? — interroguei.

— Quanto à sexualidade, sou bi. Quanto ao sadomasoquismo: passivo — distinguiu Cesário, que deveria ter uns 60 anos. Sua voz era lasciva, afetada, embora não pudesse ser classificado como *veado explícito*.

— Espero não decepcioná-lo. Quero pelo menos ser apresentado a todos. Agora que conheci Cesário, falta apenas a dama de vermelho.

Era mulher de corpo cheio e vestido rubro e justo, que a fazia mais apetitosa.

— Muito prazer, João. Meu nome é Silvia Cristina. Não sou nada de especial. A última vez que fui para a cama sem a intenção de dormir foi com o homem que eu amava. Está morto.

— Viúva da pá virada — gritou Eleonor, com a voz denunciando excesso de álcool.

— Contenha-se, Eleonor. Nem todos suportam suas gracinhas — reclamou Silvia.

— Desculpe-me, Silvia, não houve intenção de ofensa. Mas todo mundo aqui ou é da pá virada, ou está querendo ser.

— Engano seu, estou...

— Desculpem, madames, mas preciso continuar meu número. Em outra oportunidade poderão se digladiar, usem chicotes e algemas, por favor.

Todos riram.

— Agora, vou distribuir uma pequena lista com prazeres diversos. É uma espécie de amigo secreto. Cada um deve escolher uma das atividades e aponta quem gostaria que fosse a parte ativa. Por exemplo: eu escolho sexo oral e convoco Débora, que não sou bobo de arrumar confusão. Depois é só trocar. — Todos riram novamente, eu estava especialmente bufão naquele dia.

Ivana leu as páginas de meu casamento com Débora de forma muito crítica: eu fora palhaço da burguesia, em seu viés um tanto marxista. Não respondi. Para mim, a vida deveria ser leve e prazerosa. O resto era firula de quem pode se dar ao luxo.

Eu arcava com o hotel de Vani, sua alimentação e meus pequenos custos. O que Débora me pagava pelo trabalho burocrático eu repassava inteiro para minha ex-mendiga. Vani ficava dia a dia mais bela e instruída; dieta e contínuos exercícios sexuais faziam bem a corpo e mente. Eu estava apaixonado. Ela era instrumento para todas as melodias. Mas o custo era alto. Eu só sabia agenciar sexo. Lembrei-me de Luiz, necessitando de um carrasco. E pensei em quantas pessoas por aí não seriam potenciais carrascos. Lembrei-me do incrível Januário, da praça Tiradentes. Ali conseguiria um namorado para Luiz.

༄

A praça Tiradentes, Centro do Rio de Janeiro, é espécie de conexão bárbara entre a cidade histórica e a miséria urbana. Em torno dela há teatros, quartéis, bares, pedintes, prostitutas baratas. Lá fui eu atrás de Januário. Na primeira vez, nada. Ninguém ouvira falar. Na segunda, Valeska, prostituta negra e disforme, figura dantesca, informou que ele freqüentava botequim ordinário na rua da Constituição. Passei lá pedaço de tarde à espera do sujeito. Quando apareceu, sua aparência lamentável me desanimou, mas o abordei. Fedia como caminhão de lixo.

— E aí, Januário... lembra-se de mim?

Tomara safanões e sofrera outros, visto os hematomas

variados que apresentava. Olhou piscando, em busca de mais visão. Queria enxergar quem se interessava por ele.

— Sou o marido da Vani.
— Oi, chefia. Tô noutra, tô fora. Num mais vi a peça.
— Esqueça. Estou atrás de outra coisa.

Expliquei minha necessidade de alguém que fosse amante e algoz de Luiz.

— Vai passar por um treinamento. E trabalha sob minha vigilância, alertei.
— Eu não sirvo? Sou safo, dou surra de pica e caio de porrada no veado.
— Não. Precisa ser jovem. No máximo, uns 40 anos — rebati.
— Eu tenho 28.
— Mas aparenta 70, Januário. Se toca, cara.
— Tá legal. Passa aí amanhã. Quanto levo nisso?
— Se o cara servir, te pago 100 pratas.
— Duzentas.
— Fechado.

Ele sorriu, satisfeito.

Se minha cafetinagem não chegava a tirar o sono, também não me alegrava, mas era ofício que aprendera na prática e exercia bem. Januário trouxe o rapaz pardo, como a maioria dos brasileiros, de nome Oswaldo. Era de corpo forte e proporcional e rosto de linhas suaves. Ignorava a língua pátria, mas o olhar contava pontos a seu favor.

— Já transou com homem?
— Com veado, já.

— Esse veado com que você vai transar tem lá suas manias...

Seus olhos piscaram. Tenso.

— Ele quer ser maltratado, antes da penetração...

Ouvia calado.

— Nada que machuque, apenas safanões, dá para entender?

— Tem que dar porrada na bicha?

— Sem machucar. Eu te ensino. Quanto você quer para o serviço completo?

O tal Oswaldo olhou para Januário. Não sabia cobrar.

— Se você funcionar direitinho, ele vai te recompensar bem. Sugiro que você cobre 100 pratas, a hora — falei para decidir.

Olhou novamente o parceiro e balançou a cabeça, aceitando.

— Vai haver uma fase de treinamento. Vou te ensinar a maltratar sem machucar... por mim começo, já. OK?

— Hoje... tô precisando de arrumar dinheiro pra pagar a luz, senão corta...

— Quanto é?

— Trinta e cinco.

— Tá com a conta aí?

— Tô.

— Vamos pagar e já começamos o treinamento.

Saímos eu e Oswaldo, depois de Januário pedir mais "cinqüentinha".

⌒

O rapaz aprendia rápido. Ensinei os nós, uso de toalha molhada e truques que aprendera com Débora. Na frente dele, liguei para Luiz.

— Estou com o rapaz de que te falei. Quer te conhecer.

Luiz respondeu com certa ansiedade que sim, gostaria de vê-lo o mais breve possível.

— Passaremos aí dentro de duas horas... Aí pelas 6:00, OK?

Ele confirmou o horário. Voltei-me para Oswaldo, sentado, usando calça de pernas cortadas, muito velha. Ele era maior que eu.

— Vamos aqui em frente comprar uma roupa para você. Luiz é um homem da elite. Se não é rico, pelo menos vive com bastante folga. Se você se comportar, poderá ter uma longa convivência com ele. Trate-o com firmeza. Se ele puxar assunto, você responde: cale a boca, seu puto. Mas não ameace toda hora que ele vai querer apanhar toda hora. Faça-o saber que toda tortura tem preço.

— Tá certo, seu João.

— Isso é o que você deve evitar. Nada de subserviência... de se diminuir, de se achar inferior. Não fale, não responda.

Oswaldo balançou a cabeça, concordando. Saímos para a loja.

⸺

Banho tomado, barba feita, roupas novas, Oswaldo era outro no encontro com Luiz. O masoquista vivia bem acomodado em frente à Lagoa. A sala, atulhada de objetos, quadros, móveis finos, era amplamente iluminada. Havia um são Sebastião esculpido em pedra-sabão, padroeiro involuntário dos *gays*, e outros ícones referentes aos seus prazeres, também expostos, como chibatas estilizadas, correntes e algemas. Oswaldo olhava tudo como se estivesse no palácio das 1001 noites. Luiz examinou o candidato sem olhar direto.

— Nem é bandido, assaltante, essas coisas, né?

— Não. Gente fina.
— Vou confiar em você.
— Hoje eu fico aqui na sala. Aguardo vocês acabarem para ouvir sua opinião — falei.
Luiz tocou meu braço.
— Eu queria mesmo era você.
— Pois, é... — sorri.
Ele se voltou para Oswaldo e estendeu a mão, que o rapaz agarrou, sem jeito.
— Vamos?
Saíram de mãos dadas rumo ao quarto.
Eu me abstraí na leitura de tal forma que, quando saíram do quarto, me surpreenderam. Oswaldo estava de sunga e Luiz usava uma toalha em torno da cintura. Sorri quando me olharam. Depois também sorriram.
— Então?
— Oswaldo é muito sensível, João.
— Que bom.
— Bom para a cama, ruim para o sofrimento... ele tem certa dificuldade em me fazer sofrer.
— Você não fez como ensinei?
— Ele fez, mas cheio de cuidados. Prefiro você me torturando... porque não fazemos assim. Você me faz sofrer e ele me faz gozar.
— Vou conseguir um sádico. Mas, por enquanto, faço a sua vontade.
Amarrei Luiz com cordas de náilon e o joguei dentro da Jacuzzi com água no nível de sua boca. Com leves toques, o fazia mergulhar o suficiente para sentir o horror do afogamento.

Minha vida sexual com Vani se tornara deliciosa. Ela se entregava mais e era ardorosa aluna de prazer. Apaixonada e bela. Mas péssima funcionária. Eu precisava dar um jeito em torná-la produtiva. Em outras palavras, precisava arrumar outros clientes para a única coisa que fazia bem: sexo.

— Vani, é preciso buscar uma ocupação para você. Eu quero te ver independente, sem precisar de esmolas.

— Mas não tô contigo? Pra te dar prazer?

— Acontece que eu não tenho nem posso ter amante de casa montada: *teúda e manteúda*, como se dizia antigamente.

Ela deitou a cabeça no meu ombro, como se dissesse: resolva você.

— Estou pensando em conseguir outra pessoa para ajudar no teu sustento. Alguém que divida os custos.

— Tu quer me dividir com outro homem?

— Estava pensando numa mulher.

Suas unhas cravaram-se em meu pescoço, mas ela não falou nada.

Nas tardes quentes de fevereiro, a casa de Eleonor era uma bênção. Estendidos ao sol na beira da piscina, bebericávamos enquanto a conversa girava sobre as formas de prazer, único tema que unia o grupo. Como Maquiavel do baixo-ventre, eu pensava em como manter Vani. Havia lésbicas entre nós, várias. O fato de eu preferir dividir Vani com uma mulher é questão que pode me classificar como chauvinista, mas é o que eu sentia. Olhei Mara, que naquele momento apalpava os ombros de Eleonor. Ela estava sem namorada. Eleonor preferia homem. Talvez fosse ela a pessoa certa. Havia um bar montado ao lado da piscina e criado para servir os convidados. Ela fora renovar o uísque, e eu me aproximei.

— Há uma bela mulher que gostaria de conhecê-la — falei, estendendo meu copo.

Ela apanhou o seu. Deu um gole e me encarou.

— Você é o cafetão oficial do grupo?

— Faço as vezes...

Mara tinha rosto forte, de homem, mas era bela, muito sensual, pude reparar pela primeira vez.

— Eu sou ligada ao grupo, mas não sou rica... sou professora universitária. Não me sobra para michês.

— OK. Desculpe.

— Ela é realmente bela?

Dois dias antes, eu promovera série de fotos. Trabalho profissional de técnico do cinema pornô. Vani se revelara excelente modelo erótico, embrulhada em panos orientais. Dirigi a sessão. Rosto protegido com o manto que cobria as coxas expôs a vagina de pêlos negros. Os olhos densos que me haviam capturado estavam lá, instigantes de paixão.

— Tenho umas fotos aí...

— Posso ver... talvez uma amiga...

Nossas bolsas estavam sobre uma mesa. Entreguei o álbum a Mara, que o folheou, lentamente. Notei certa transfiguração; estaria excitada? Avançou, de súbito, até o centro da pérgula e ergueu o livreto.

— Aqui está a prostituição da mulher em fotos. O amor aprisionado. O cafetão João vem oferecer mulheres às mulheres. Sofisticou-se a escravidão, antes eram apenas homens a comprar nossa liberdade...

Débora, Eleonor, as demais mulheres presentes encararam o cáften João Medeiros.

Eleonor se levantou, arrancou o álbum das mãos de Mara, folheou, examinando cada foto. Depois entregou a uma das mulheres próximas.

— Quanto está valendo a noite dela, João?

— Aceita ofertas.

— Vamos abrir o leilão. Não vou com mulher, mas para ajudar a causa dou lance inicial de 500 reais pela noite. Ofereço-a a você, Mara, se minha oferta triunfar.

— Eu, não, Eleonor. Sinceramente, só trepo por amor...

— E é contra quem paga?

— Não é isso.

— Ou você acha errado alguém receber pelos carinhos que dá e recebe?

— Nem uma nem outra coisa; sou contra a cafetinagem explícita... praticada por homem.

— Se praticada por mulheres...?

Mara apanhou a bolsa sobre a mesa.

— Vou embora. Acho que não estou sendo bem entendida.

O álbum passara de mão em mão.

— Quinhentos e cinqüenta — gritou Ruth.

— Quem dá mais? Quinhentos e cinqüenta...

— Seiscentos — disse Luiza.

Antônia agarrou Mara, que ameaçava sair, e a beijou na boca. Muitas bateram palmas gritando: "Fica... fica..."

Eleonor pegou o esmagador de nozes e bateu na mesa.

— Dou-lhe, uma... dou-lhe duas... dou-lhe três... vendida a noite com a bela moça por 800 reais, pagos ao João... qual a sua comissão, João?

— Esse é um acordo íntimo — falei.

Débora, que estava colada em mim desde o início do leilão, apertou minha cintura.

∽

A intervenção de Eleonor me comoveu. Eu era frágil no meio sadomasoquista, especialmente porque não tinha o poder aquisitivo deles, e era passivo. Ou seja, atuava como provedor de suas necessidades. Havia ainda o fato de que era homem e gostava de mulher, exclusivamente, pelo menos no plano racional. Sempre desconfiei que me consideravam espécie de michê fixo de Débora. Todos esses fatores me fizeram dar maior valor à intervenção de Eleonor. Mais tarde liguei para agradecer e ela me convidou para um café.

— Mara tem vícios humanistas, formação de esquerda, essas coisas que exigem postura moral para dar certo. Como é que uma pessoa que precisa apanhar de chicote para gozar pode ser contra a prostituição? Não te parece antinomia?

Eleonor tinha formação em filosofia. Estudara com o pobre Jacques, em Paris. Muitos deles se conheceram na Europa, onde desenvolveram o gosto pela coisa.

— Eu queria te recompensar de alguma maneira.

— Que tal uma bofetada?

Coloquei-me por trás dela, massageando seu pescoço.

— Hoje o castigo é o NÃO acontecimento. Dentro de dois ou três dias você conhecerá minha gratidão — murmurei em seu ouvido.

Beijei seu ombro e saí disposto a pensar no melhor presente para minha bela amiga.

∽

— Vamos fazer uma surpresa para uma pessoa. Ela vai te ajudar — falei para Vani, depois de algumas horas agradáveis no hotel de Santa Teresa.

— Quer que eu transe com ela?

— Amanhã você vai encontrar Luiza. Ela ganhou a rifa. O prêmio é noite de amor com uma desconhecida. Mostrei suas fotos e elas adoraram.

— Vou trepar com mulher-macho?

— Vai transar com outra mulher. Ninguém é macho. Uns são mais ativos, outros menos. Ela vai te beijar, acariciar... as mulheres são mais doces que homens... normalmente. Ela vai querer que você lhe dê uns tapas... você dá, sem exagero. Mas a amiga que vamos fazer a surpresa é outra... Eleonor.

Vani me punha seus grandes olhos, indagando coisas. Sua vida adquirira um sentido inesperado, mas eu julgava que para melhor. Tomava banho, dormia em lençóis limpos e comia regularmente, coisa incomum para a maioria da população do país. Prostituir-se com pessoas da elite não me parecia uma troca ruim. Ela continuava me olhando fundo, cheia de dúvidas.

— Vani, quero que você tenha liberdade de ir embora quando quiser. Você é feliz, depois que me encontrou?

— Gosto muito de tu, João. Pena que tu é casado.

— Isso não importa, Vani. O que vale é como a gente enxerga as coisas. Se a gente casasse seria infeliz... é um saco ficar se aturando — falei, mas me arrependi.

Ela não poderia compreender tal consideração.

— Tu fala isso porque me quer só pra farra.

— E o que há de mau nisso? Você também não participa da farra? Você não goza?

— Gosto, *craro* que gosto.

— Gozo, eu falei, e é claro e não *craro*... então, não há nada de mau nisso.

— Se tu diz... mas nunca trepei com mulher, não.

— Deixe-se levar. Ela vai te cobrir de beijos, te tratar com o maior carinho... não esquente não.

Ela ia continuar falando, mas a calei com meus beijos.

∽

O planejamento do ato de gratidão a Eleonor foi complexo, mas valeu a pena. Consegui o restaurante de um amigo de Débora, no Leblon. Lugar caro e plano arriscado, mas Peter, o dono belga, concordou. Delirou ao conhecer os detalhes. Eleonor deveria usar vestido. Ela chegou elegante, de vermelho. A toalha de linho branco cobria a mesa até o chão. Eu era o *mâitre*.

— Só peço que você arrie a calcinha até as coxas antes de sentar, meu bem.

Ela ergueu o vestido e, gesto único, desceu a peça rósea. Antes de se acomodar, olhou para o assento e sorriu.

— Deve vir coisa boa por aí, safado.

Veio o champanhe e brindamos.

— Querida, afaste as pernas para facilitar as coisas, aí por baixo. Lembre que estamos num ambiente público, evite escândalo.

Serviram *escargots*. Eleonor mudou de cor. O guardanapo cobriu a boca e uma lágrima escorreu. Soluços e um pequeno grito.

— Observe a Omertá.

Havia mais dois casais dentro do restaurante. A mulher de um deles olhou; do outro, o homem.

— Ninguém faz idéia de que estás a vir... como dizem em Portugal.

— Isso é maravilhoso... você é um gênio erótico, João. Ai, não vou agüentar... acho que não vou agüentar...

— Ao gozar, avise, e peço o prato quente.

— Quem é? Homem?

— Uma das atrações do jogo é você desconhecer o peão... e o peão não te conhecer... ele está lá, acomodado em almofadas, no escuro, ergue a cabeça e beija, lambe.

Eleonor cobriu a boca e suspirou.

— Molhei o peão...

— Sem problemas, posso garantir que ele adorou...

— Quero mais champanhe, querido. Vamos brindar ao sexo público.

O choque de cristais lembrou címbalos. Tudo estava em seu lugar.

— Ao prazer, sem culpa.

— A ele.

೨

Leves, embriagados, abraçados, sorrindo por qualquer coisa. Eleonor *presto* queria sexo. Seria devorada. Era parte dos planos. O táxi de Nonô Jacaré à nossa espera.

— Vamos visitar novos Rios.

— Onde? Você manda, meu *personal* Sade.

— Lá para cima, Nonô.

— Subindo — completou ele.

E subimos a Saint Roman, rua de Copacabana que, nascida a duas quadras do mar, ruma favela acima. Lá fomos para o barraco do Bombril, amigo de Márcio. Usei a influência do enfermeiro ao montar meu circo de horrores *fake*. Antes da entrada no morro, vedamos Eleonor. Um soldado do tráfico surgiu da sombra.

— É seqüestro? — quis saber de Bombril.
— Nada. Curtição de madame.
— Sei... alcança o pedágio aí.
— Deixa cinqüentinha, bacana — falou Bombril.

Estendi a nota para o cara de fuzil ao ombro.

No barraco, despi Eleonor de quase toda a roupa. A *lingerie* fina a fazia assemelhar-se a um *outdoor*. Algemei seus pés e mãos, e a pendurei num pau atravessado. Tive o cuidado de colocar tiras de toalha nos pulsos e tornozelos, evitando marcas e sangue. Ela riu, estranha e tensa, mas adorando.

— É tua, Bombril.

Ele exibiu o caralho enorme e ereto, pronto para o corpo sedoso de Eleonor. Ia penetrá-la.

— Espera.... cadê o preservativo?
— O quê?
— A camisinha, Bombril...
— Iiii, sei não...
— Mas eu sei.

Alcancei o pacote para o negão. Logo ele bombava. Usei uma pequena chibata de cordas para surrá-la durante a curra simulada. Em minutos, gozou, mas continuamos nosso exercício por mais uma hora.

Inesquecível.

A noite era quente. Bombril jogou balde d'água em Eleonor. Ela pediu para ser libertada. Há uma controvérsia entre masoquistas. O executor deve atender à vontade do escravo ou não? Quem determina o fim do sofrimento?

— Quer ir para casa?
— Ai, chega, filho-da-puta.
— Qual a surpresa que você tem pra gente, Bombril?
— Surpresa? Eu?
— Qual é, porra... cadê a surpresa? — falei grosso. Ele me olhou desamparado.
— Pois é, Eleonor... não há surpresa nenhuma, você vai continuar apanhando até amanhecer o dia.
— Ai, chega, cara... tô exausta... esse pau de burro me arrombou.
— Está bem.

Tirei a venda e a desamarrei. Ela desceu do pau-de-arara e sentou na cama. Olhou para mim e para Bombril.

— Falei brincando, pau de burro. Foi muito gostoso. Quanto mede?
— Vinte e dois — disse, orgulhoso.
— Minhas colegas não vão acreditar — debochou ela.
— Eu tinha planejado mais, se você tá achando de bom tamanho.
— Ai, acho que tô ficando velha. Foi bom demais, mas estou morta de desejo por uma cama.
— Cama de pregos?
— A minha cama.
— Então, vamos.

Nonô esperava com o táxi. Um camburão da polícia se aproximou lentamente. Era suspeita a presença de gente com o nosso perfil saindo da favela. Mais ainda às 4:00 da manhã.

— Dá cinqüenta aí, bacana — falou Bombril, e logo alcançou a propina para o cabo na viatura. Nosso táxi desceu, tranqüilo.

— Pronto, Eleonor, você já pode contar para seus netos que foi estuprada no morro do Pavãozinho.

— Não tenho netos, mas vou anotar em minhas memórias.

Nonô nos deixou no Leblon. Dormimos abraçados até o meio da luminosa manhã seguinte.

༄

Ivana, primeira leitora de memórias tão pouco edificantes, franzia o cenho em algumas passagens, suspendia a respiração em outras. Observei suas reações durante leituras no apartamento, quando aparentávamos casal burguês em casa, aguardando o telejornal.

— As experiências que você narra são muito diversas. Exigiriam uma complexidade a meu ver impossível de se encontrar num único ser humano.

— Quais, por exemplo?

— A sua escorrência entre pessoas da classe dominante e os marginais, por exemplo.

A palavra era típica e afinava com o seu discurso acadêmico.

— Ora, querida, adquiri escorrência andando com marginais e os outros. Se não tivesse vivência dentro do círculo burguês estaria excluído, mas tenho.

— Isso de subir o morro para melhor torturar a moça... é de uma premeditação psicótica, quase...

— Bem, não vou entrar no mérito. Eleonor adorou. Se eu quisesse estaria com ela. Seria preciso abandonar Débora. Eleonor era mais liberal e mais rica. Débora me deu mais segurança emocional.

— E como terminou a história?

— Qual delas? A de Débora ou a convivência com os masoquistas?

— Ambas.

— Isso tudo aconteceu agora, no final do século XX, em pleno Rio de Janeiro... e acabou, se é que acabou... por força de uma profunda crise. Achei que enlouquecia... comandante de um exército de quase mendigos que maltratava burgueses masoquistas... comissões cresciam e eu me tornara cafetão de sádicos e gigolô de masoquistas... fugi de tudo... sumi... dei um tempo, como se dizia antigamente. Mas não adiantou muito, eu tenho uma espécie de sina, sou forçado a admitir.

— Fim-de-século, João... E agora, você sossega? Acha que sossegou?

— Ainda não acabei de escrever as lembranças.

— Mas você está gostando de escrever? Isso substitui a ação propriamente...?

— É outra coisa.

— Falta muito?

— Muito? Não. Mas faltam alguns momentos importantes. Obsessões. algumas obsessões que até hoje me perseguem, talvez menos agora, porque o tempo vai quebrando não nossas resistências, mas nossas dúvidas.

Ivana se aproximou e tocou meus lábios com seus dedos.

— Eu não te trouxe paz?

— Um pouco dela. Aquele tanto que o amor preenche e é muito importante. Mas o amor não é tudo para uma pessoa que não compreende por que viveu assim — falei e me arrependi, acho que magoei Ivana. Para ela nós nos bastávamos.

"Obrigado por tudo. Espero que tenha sido bom para você como foi para mim. Beijos. João Medeiros."

Desapareci da vida de Débora num bilhete. Fui morar com Vani. Ela dependia de mim e tinha caso que eu arrumara, com Luiza, amiga de Eleonor. A amante insistia que ela mudasse para seu belo apartamento em Ipanema. Vani resistia. Ex-mendiga, tornara-se mulher magnífica, chamando atenção de homens na rua. Eu a treinara. Era cortesã dedicada, que arrancava de seus parceiros longos gozos, fosse ele homem ou mulher, masoquista ou sádico. Morávamos no hotel de Santa Teresa, de onde se via a baía de Guanabara. A amante lésbica *alcançava* a Vani, mil reais todos os meses. O dinheiro se incorporou ao nosso orçamento. Eu havia guardado o equivalente a 5 mil dólares. Uns poucos meses de tranqüilidade, antes de voltar à agonia da luta. A insegurança econômica era tamanha que eu avaliava a sério o suicídio. Afinal, 35 anos amando muitas mulheres pode ser o bastante. Vani dormia. Madrugada silenciosa de domingo para segunda-feira. O dia amanheceria sem função. Eu penetraria Vani em várias posições, depois dormiria até a hora do almoço, quando comeríamos prato-feito na pensão do seu Jorge. Eu inventara um passado para nós. Tudo era *fake*. Envergonhava-nos ser casal constituído por ex-mendiga e ex-cafetão. Ao romper a barreira frágil do medo, me livraria da angústia. No quarto do hotel antigo havia banheira. Evasão de sangue via pulsos sob a água morna. Vani acordaria na companhia de meu corpo inútil. Possivelmente aceitaria o convite de Luiza e formariam casal. A polícia... se aproveitariam de sua fragilidade? Foda-se, sempre pensei nos outros, por incrível que possa parecer a quem lê este relato... sempre me doei... agora chega... levantei da cama para morrer...

Enchi a banheira. O vapor de água quente coloriu o ar de umidade morna e agradável. Entrei na água e meu corpo agradeceu, relaxando. Olhei através da porta entreaberta e vi o corpo nu de Vani. A vida era boa e eu a destruiria por incapacidade de ganhar dinheiro, ou por vergonha de cafetinar? Mergulhei inteiramente, fechei os olhos e pensei nas mulheres, pensei em mamãe. Não existem muitos homens com a minha experiência. Saí da banheira e olhei novamente o corpo de Vani. Voltei para a cama e a acordei com meus beijos. Trepamos até o amanhecer.

Encontrei Júlio ao acaso. O causador indireto da morte de papai. Aguardava entrevista numa editora quando o velho se aproximou.
— Você é filho do Luiz Augusto Catta Medeiros?
— Sou.
— Do Luiz do Rio Comprido?
— Dele mesmo.
Sorri ao velho simpático.
— O senhor o conheceu?
— Muito – disse ele numa careta. – Muito. Fomos amigos.
— Como é seu nome?
— Júlio Chase. Você não está se lembrando de mim. Te conheci assim – fez o gesto indicando a altura de um menino.
Arrepiei.
— Sim... ouvi.
Ele notou minha mudança.
— Não sofra por isso. Sem querer, seu pai me fez um favor...
— É mesmo?

— Sim. É mesmo, ele me fez ver com quem eu estava casado... ela não me amava.
— Essas coisas são difíceis — falei para dizer alguma coisa.
Júlio vestia terno de linho branco e camisa de seda.
— E o que você faz aqui?
— Procuro emprego.
— Mesmo? E qual é a sua qualificação?
— Letras, livros, copidesque, essas coisas de editora.
— E quem nos indicou?
— O senhor é da casa?
— É minha a casa.
A editora chamava-se Chase. Estava claro.
— Se voce têm a qualificação que diz, está empregado.
— O senhor é generoso. Seria fácil justificar-se para não me empregar.
— É verdade. Mas seu pai foi um grande amigo, apesar do ridículo ato final.
Júlio era homem de mais de 60 anos, mas de animação jovial.
— Venha.
Entramos na sua sala. Ele apanhou um livro sobre a mesa. Era original em inglês. *Turning game* se chamava.
— Leia e escreva uma nota para a contracapa da edição brasileira — disse, me entregando o volume.
— Para quando?
— Amanhã, está bom?
— Dá para fazer. Mas preciso começar já.
— Comece — disse Júlio sorrindo.
Notei que me dispensava e saí.

Entrar na leitura do best seller americano foi difícil. O encontro com Júlio roubava minha atenção. Sempre fugi de superstições e misticismos em geral, mas a idéia de que o causador da morte de meu pai viesse a dar rumo a minha vida era carregada de significações. Sem a sua interferência minhas chances de conseguir a vaga eram quase nulas. Eu não tinha experiência e já passara da idade do primeiro emprego. O entrevistador se perguntaria: o que ele fez todos esses anos? Sexo. Exploração do meretrício, cafetinagem, michetagem... por aí. O livro era ruim, de trama óbvia para prender leitores óbvios, assim eu deveria escrever um texto a favor, e pronto. Eu viria a ser amigo de Júlio? Havia chances de crescer na empresa? Escrevi trinta linhas sobre como *Turning game* era um avassalador *trhiller* de suspense, espionagem, sexo, vingança, vingança... Júlio poderia querer aproximação para se vingar?

O editor fez ressalvas ao meu trabalho. Achou que não apontei os melhores momentos do livro. Salviano comprara o título na Feira de Frankfurt. Como Júlio me apresentara na qualidade de novo responsável por apresentações e resenhas, fui engolido como um sapo cúbico. Minha mesa ficava ao lado de ampla janela que se abria sobre o parque do Aterro. A beleza da paisagem só perdia para a sua diagonal, onde sentava moça de coxas grossas e saia curta. Cotovelos na mesa, cobri o rosto e jurci não me envolver com colegas.

— Entre um texto e outro você pode dar uma olhada nisso. Grampeie a sua opinião na capa.

Salviano colocou sobre minha mesa uma pilha de originais para avaliação. Sorri, contente e agradecido. À sua direita a menina cruzou as pernas e vi o triângulo fatal, coberto de tecido azul.

— Conhece o doutor Júlio há muito tempo?
— Meu pai o conheceu.
— Ele é um bom chefe... com aqueles que vestem a camisa.
— Decerto.

Salviano fez uma careta e saiu. Peguei o original de cima da pilha. *Vassalagem*, de Mariana Verifacto. Abri. Era dedicado aos pais: Joana e Paolo. Eu poderia escrever um livro, pensei pela primeira vez. Um quadril largo, embalado em malha aderente, acomodou-se em minha mesa. Era bunda grande, mas proporcional. Ergui o olhar. A dona do belo traseiro era mulher forte, no limite da obesidade. Estendeu a mão.

— Angélica. Você é João, filho do amigo de papai, certo? Que veio trabalhar conosco, confere?
— Confere. Prazer, Angélica — respondi sorridente sem deixar de imaginá-la nua com os joelhos erguidos. À disposição.
— Papai pediu que eu te chamasse para almoçar conosco. Vamos?

Havia um relógio de parede marcando 10:38 da manhã.
— Já?
— Sei lá, o chefe mandou.
— Se o chefe mandou, vamos obedecer. Você trabalha aqui?
— Sim. Sou meio assistente de papai.

Ela era mais alta do que eu uns vinte centímetros. Dobramos corredores. O ambiente que eu conhecera no dia anterior. Sentamos em frente ao senhor Chase, ex-marido de minha ex-mulher. Ele saberia? Angélica espalhou-se na poltrona de pernas abertas e erguidas sobre o descanso. Sentei ao lado.

— Está gostando do ambiente?

— Sim. É tranqüilo... o clima parece bom... e conheci Angélica.

— Prevejo um excelente futuro para você entre nós — começou Júlio, e continuou alinhando lugares-comuns sobre o porvir.

Eu fazia enorme esforço, evitando olhar para Angélica, o retumbante par de coxas e seu exibicionismo juvenil. Deveria estar na faixa dos 20 anos. Experimentara o amor? Sentara nua em colo de amante? Gozara alguma vez até desmaiar de tesão?

— Está em suas mãos, João, crescer conosco... há 10 milhões de leitores no Brasil, segundo o MEC.

Ela levantou, atravessou a sala rebolando e apanhou uma lata de guaraná num pequeno refrigerador sob a janela. Quando curvada, sua bunda se desenhou inteira. A calcinha, mínima, desenhou-se no vértice das nádegas.

— Você está triste, João? — perguntou o dono.

— Não. Em absoluto. Estou muito contente e gostaria de agradecer a oportunidade que o senhor me oferece.

Desfiei os clichês de ocasião, sem tirar da cabeça a idéia de que Angélica não conhecia o amor físico.

— Mas te chamei aqui para saber quanto você quer ganhar?

Mesmo a terrível hora de estabelecer o próprio valor não deslocou minha atenção da filha de Júlio. Concluí, novamente, que eu era louco. Angélica sentou na guarda de minha poltrona e passou o braço em torno de meu ombro.

— Eu gostei dele. Trate de pagar um salário decente para o João.

— Modos, menina. Vá sentar direito. Ela é grande, mas se comporta como criança, João. Está na hora de crescer, querida.

— Quanto vocês pagam para a mesma função? — perguntei, tentando ser o mais técnico possível.

— Na verdade, não tínhamos ninguém para textos. O Salviano fazia tudo. Ele que pediu auxiliar. O valor de mercado é de 600 reais.

Gelei. Aquilo ia me deixar na mesma. Só morando na Baixada.

— Mas admito, na certeza de que você não se aproveitará disso negativamente, eu repito: admito que tenho certo carinho paternal por você, João.

— Ganhei um maninho, pai?

Pensei obscenidade e sorri.

— Não tenho filho homem, e Amora não pode mais conceber... faça por merecer e terá tudo de mim — disse Júlio, num rasgo que me pareceu exagerado e inadequado. — Você ganhará melhor... nessa primeira fase vamos te pagar 800 reais por mês. Que tal?

Respirei fundo e balancei a cabeça.

— Fico grato por sua generosidade — falei entre irônico e conformado.

— Você merece. Agora volte para o seu trabalho. Encontramo-nos ao meio-dia para o almoço.

Saí, consciente de que era um homem de duzentos e poucos dólares por mês. Uma mixaria, na verdade.

Almoçamos, Júlio, eu e Angélica, num restaurante popular próximo à editora. Júlio era um chato de idéias feitas. Repetia clichês sem nenhum pudor.

— Como o senhor entrou nesse negócio de editora?

Espetado o *steak*, mastigado, engoliu, antes de responder. Estaria pensando no que dizer?

— É uma história curiosa, e seu pai faz parte dela. — Limpou a boca. — Éramos jogadores de pôquer, você sabia?

— Não. Minhas lembranças de papai são poucas.

— Pois, é... jogávamos pôquer, e seu pai sempre encontrava parceiros novos. As rodas eram no armazém do Rio Comprido. Lá em cima, você conheceu.

— Sim... claro — assenti, lembrando o episódio da prima de mamãe.

— ... Numa dessas noites ele levou Antenor, que era o antigo dono desta editora. Antenor perdeu sem parar, mas sem desistir também. Após um ano de dívidas acumuladas ele me entregou o negócio.

— Ele perdeu a empresa num jogo de pôquer de armazém?

— Por essa luz que nos ilumina.

— E papai? Como se saía?

— Seu pai empatava... saía, quando as apostas subiam muito... e ia dormir mais cedo... ele ia embora e nos deixava lá, jogando. Devo, de certa forma, a ele esta editora.

— Essas histórias a gente ouve falar mas nunca acredita, até que alguém que viveu nos conta — disse eu por dizer.

Fiquei imaginando quantas noites papai os deixou jogando e foi encontrar Lorena.

— É. O jogo pode ser uma perdição. Eu era meio viciado, mas parei. Sempre tive sorte.

— Feliz no jogo, infeliz no amor — recitou Angélica, e fiquei pensando se ela saberia sobre Lorena e tudo o mais.

Júlio puxou a filha para um abraço um pouco forçado.

— Nada, minha filha... você é a prova viva de que fui feliz no amor.

Ele era, de fato, campeão de clichês.

∽

Chamei Vani para conversar. Expliquei que melhor era ela se arrumar com Luiza, que a queria. Nós poderíamos, se fosse do interesse dela, continuar mantendo relações, mas cada um por si. A vida é dura e nós não tínhamos perfil de casal lutador que faz qualquer sacrifício para permanecer juntos. Com o salário da editora, seria impossível manter um padrão de vida razoável. Ela chorou um pouco. Eu a beijei. Fomos para a cama. Transamos. Vani dormiu. Eu sucumbi aos pensamentos. Lutava contra a comiseração, vício recorrente. Meus argumentos não eram inteiramente verdadeiros. Com o dinheiro que ela recebia e o meu levaríamos vida modesta. Sendo honesto, eu nem sequer poderia argumentar que queria viver com outra pessoa. Vani não tinha assunto, além de narrar a experiência trágica de sua vida de mulher miserável, coisa que fez diversas vezes até que a repreendi. Tinha talentos erógenos que foram apurados com minha orientação, mas isso muitas mulheres oferecem. Eu queria ficar só. Somente só.

∽

O trabalho na editora era intelectual. Orelhas de livros, criação de títulos de coleções, releases para jornais, e o pior:

leitura de originais de novos autores. Era de doer.Ególatras sem talento arrastam longas narrativas recheadas de lugares-comuns mal arranjados. Isso deve lhes parecer grandes obras que os estúpidos editores ignoram. Mas o pior fica reservado à poesia, que, quando é de má qualidade, é verdadeira tortura para o leitor. Bastava fingir que lia para escapar àquele sofrimento, mas algum resquício de honestidade intelectual me fazia supor que talvez entre infelizes escrevinhadores despontasse algum Dostoiévski. Então me punha a destrinchar calhamaços mal digitados. Eu ficava atrás de um biombo, em frente a um computador e um telefone. A meia-parede permitia ver a porta principal da editora. O movimento das mulheres entrando e saindo. Ao fim da primeira semana, eu catalogara todas as colegas, desde as faxineiras até a secretária executiva. Eram 14 fêmeas palatáveis, excluídas duas sem nenhum valor sexual aparente. Todo esse controle era mero passatempo, visto que eu jurara não me envolver com colegas. A poucos metros estava ancorada Liane, que cruzava e descruzava as pernas o dia inteiro. Havia ainda Angélica, que se tornara minha amiguinha e vinha jogar seu tempo fora acomodando sua formosa bunda sobre a mesa. Especialmente ela estava afastada de minhas intenções. Autoras chegavam para visitar a "casa". Eram, em geral, idosas e insossas intelectuais com suas mal-ajambradas sexualidades. Minha rotina era de oito horas por dia. Senti saudades de meus dias de gigolô na rua Prado Júnior. O meio da manhã me deprimia mais do que o entardecer, mas a insegurança do desemprego me mantinha ali, infeliz.

Alguns meses de trabalho, vivendo num quarto de hotel e comendo no restaurante próximo à empresa, geraram conformismo. Não seria isso a vida? Antes eu era um doente. Agora estava integrado. Faltava encontrar boa moça, casar, ter filhos... Júlio me permitiria evoluir no emprego, e eu poderia, quem sabe, chegar a subeditor. Ganharia uns 2 mil dólares por mês e alugaria quarto-e-sala em Copacabana. Eu pensava isso num tom irônico, mas conformado. Aos 39 anos, me acomodaria na editora de Júlio? Eu me julgava covarde para o suicídio. Caía a tarde e eu lera um poema acima da média, de um cara chamado Serapião. Comecei a preparar o texto sugerindo a publicação quando a vi entrar. Há uma idéia geral de que as curvas determinam a sensualidade de uma mulher. Falso. Nem sequer há relação direta com o físico. Há, sim, uma predisposição, um instinto que certos animais percebem. Essa frase pode soar tola e banal, mas corresponde à verdade. A mulher que entrou na editora naquela tarde de junho transpirava possibilidades sexuais. Vestia-se como outras que freqüentavam ali. A saia conformava seus quadris e ela cumprimentou a recepcionista, e depois foi falando com cada um dos funcionários. Que livro escreverá? Seria a sexólologa?, imaginei, sem criatividade. Angélica surgiu de um corredor e a abraçou. Sumiram agarradas. Voltei ao poema de Serapião, que dizia:

> *pântano escuro profundo letal*
> *abriga*
> *Ai de mim*
> *teu perfume disfarçado em açucena*
> *flutuante sobre a lama*

~

Nem naquele nem nos próximos dias revi a saborosa presença. Sua imagem forte retornava em meus pensamentos. Um mês ou mais e ela reapareceu no mesmo ritual, cumprimentando cada um dos funcionários. Mas Angélica viajara. Não resisti e, sobraçando originais, tentei descobrir sua identidade. Disfarcei bebendo água no filtro do *hall*. A curvatura da bunda, a musculatura da panturrilha, seu modo de parar em pé, tudo era volúpia. Ou seria eu um maníaco sexual?

— Júlio está só? — Ela perguntou à recepcionista.

Quando arrancou em direção à sala do dono, nossos olhares se cruzaram. Ela deveria ter não mais que 40 anos nem menos que 30. Metade de seu rosto era tranqüila, a outra, tensa. Essa última predominava. Sorriu para mim; risonhou por educação, seria correto dizer. Não correspondi. Ela entrou na sala de Júlio.

— Essa é Vera Castyilho, a autora de *Swing: a arte do encontro?*

— Nada. É a esposa do doutor Júlio, dona Amora.

Os piores sentimentos amalgamados: despeito, ira, luxúria. Aquele desfiador de obviedades conseguia manter semelhante criatura para seu deleite? Seria apenas por razões materiais, pensei estúpido, quando noventa por cento de qualquer razão nasce da matéria para 99 por cento das pessoas. O que eu teria a lhe oferecer?, pensei, misturando despeito e comiseração. Eu segurava o copo d'água na mão olhando estupidamente o cartaz que anunciava a proibição de fumar no ambiente quando ele surgiu na porta, olhando para os lados.

— João. Você está aí? Venha até aqui. Quero te apresentar uma pessoa.

Ela era da minha altura, de salto alto. Nua, poderia encaixar-se perfeitamente. Devia pesar uns 55 quilos. Eu a ergueria para caminhar pelo quarto dizendo coisinhas engraçadas em seu ouvido.

— Amora, este é João, aquele rapaz de que falei, filho de meu infeliz amigo — apresentou-me, conseguindo aumentar a ojeriza que eu alimentava contra ele.

— Como vai, Amora?

— Bem, e você?

A seus pés, deveria responder.

— Tudo OK.

— Minha mulher está promovendo um bazar beneficente. Prepare um release para as colunas sociais. Pode ser?

— Claro. É para quando?

Amora cruzou as pernas e abriu a bolsa para retirar um bloquinho de anotações. Escreveu algumas linhas e me entregou.

— Acontece dentro de 15 dias. Abriremos as portas para receber quem quiser ajudar.

— Redijo e encaminho. Se a senhora quiser ver como ficou, pode passar na minha mesa daqui a pouco... ou trago aqui.

— Ela vai até lá dentro de... quanto tempo?

— Meia hora está ótimo.

Falei e saí num cumprimento de cabeça.

Um passo em falso e perderia não só o emprego como a pouca credibilidade que eu mesmo depositara em mim. Tentei ignorar minha paixão, meu deslumbramento com aquela magnífica estrutura humana com quem Júlio estava casado.

Eu era obrigado a admitir que ele sabia escolher uma mulher. Mas... e ela?

Sentara na cadeira ao lado da minha no cubículo. Joelhos à mostra. Torci o monitor em sua direção para que pudesse ler o release na tela do computador. Avançou o corpo à frente, e a inclinação de seu lombo me encantou.

— Huummm... está bem. Apenas modifique essa passagem que me identifica como primeira-dama da editora. Isso dá um tom hierárquico um tanto antigo, não te parece, João?

— Tem razão, dona Amora.

— Por favor, não me chame de dona, com esse nome que carrego vira peça infantil: dona Amora e os moranguinhos, né mesmo?

Rimos... e eu quase desmanchei. Excedendo as expectativas, era bem-humorada e graciosa.

— Você é mãe de Angélica?

— Sou. Filha desse tamanho denuncia a idade, não?

— Sem dúvida. Mas você não precisa temer nada disso — respondi com ousadia.

— Por quê?

— Ora, porque você está muito bem. É tão ou mais encantadora que sua filha.

— Você é lisonjeiro como seu pai?

— Como?

— Seu pai... Júlio contou que ele era um tremendo conquistador.

— Quando meu pai morreu, eu tinha 8 anos de idade.

— Você sabe detalhes de sua morte?

— Sei. Sei de ouvir falar.

— E você não acredita no que te contaram?

— Acredito, sim, acho que acredito, mas...

— Mas o que essa bisbilhoteira tem com isso, você deve pensar, não é?
— Não falei isso.
— Mas pensou. Imprima o texto, por favor.

Ficamos calados enquanto a máquina emitia ruídos, rangidos e eu tinha vontade de gemer de ódio contra Júlio, que contara sua versão da morte de meu pai. O que dissera?

— O que você sabe da morte de meu pai? — perguntei, ao estender a folha impressa.

— Nada que você não saiba — respondeu ela sorrindo, e levantando estendeu a mão que pousou em meu ombro.

— Até mais, nos veremos muitas vezes, tenho certeza. Vá jantar conosco na sexta.

Meu encantamento esbarrara. Havia largas possibilidades de que Amora fosse uma cretina do quilate de Júlio.

⁊

Após esse encontro, me recriminei por julgar Amora mal, e Júlio também. Os dois poderiam me ajudar. Suas posturas erradas não condenavam suas intenções e resultados. Eu estava a um passo da normalidade, precisava crer nisso. Agora eu era apenas o funcionário da editora e buscava uma esposa e uma família. Uma esposa pervertida, preferencialmente, comentou meu demônio interior.

⁊

Na sexta-feira, por educação, fui jantar com o casal Chase e foi surpreendente. O apartamento na Rui Barbosa, imenso e aberto sobre a paisagem da baía de Botafogo, era museu de peças religiosas, especialmente cruzes. Elas estavam em todos os lugares, de todos os tamanhos. Enquanto jantávamos, Cristo agonizava em variadas representações. Candelabros e imagens de santos completavam a decoração. Amora, num vestido de malha preto e justo, se apresentava mais apetitosa que nunca. Angélica fora para a Disneylândia, de forma que jantamos a três. A criada, fornida e sorridente, acenou com alguma possibilidade, roçando suas ancas em meu ombro, no serviço à francesa. Ou eu assim imaginara, tentando não denunciar minha excitação com a dona da casa. Mesmo confirmada a carolice de Amora, meu tesão predominava. Bebemos vinho.

— À saúde e recuperação de João — ela brindou.

Ergui a taça e eles também, mas recuei.

— Como?

— Sim?

— Como você disse?

— A saudação? À sua recuperação...

— Não entendo.

As postas de bacalhau estraçalhadas no prato, as batatas e os pimentões aguardando.

— Nós sabemos de tudo, João.

— Será hora, querida? — questionou Júlio.

— Sim, meu bem. É hora. Chega de hipocrisia. Queremos o melhor para ele, não é?

— Não entendo. Do que estamos falando?

— Nós sabemos de tudo, João. Que você herdou a doença de seu pai. Sua obsessão por sexo impede um desenvolvimento psicológico e social saudável. Queremos te ajudar.

A adrenalina jorrou em minhas veias e zumbiu em meus ouvidos. Eu sentia tudo se esboroando. Fiz um tremendo es-

forço para não despejar a travessa de bacalhau na cabeça de Amora. Ela agarrou minha mão.
— Eu sei que é duro ouvir de estranhos as nossas fraquezas, mas é melhor assim.
— Talvez ele não queira falar sobre isso agora...
— Vamos orar — ordenou.
Estendeu a outra mão, que Júlio agarrou, e ficamos os três unidos, numa postura ridícula.
— Pai nosso que estais no céu, santificado seja o vosso nome... olhai esse filho pecador que agora se arrepende de ceder às tentações do demônio... perdoai esse jovem caído na armadilha da luxúria...
Era inacreditável o que acontecia. Abaixei a cabeça e olhei para o prato. Não conseguiria comer o magnífico bacalhau. A reza desfiou outros tantos absurdos do que ela imaginava que fosse a minha vida.
— Agora vamos jantar em paz — disse ela depois de dar por encerrada a ridícula prece.
E realmente começaram a comer.
— Desculpe, mas mereço uma explicação. Que tipo de informação vocês têm a meu respeito?
— Seu tio, Juvêncio, me relatou sua vida dissoluta, meu filho. Liguei para sua mãe, antes de sua morte, e ela confirmou. Mas toda ovelha perdida merece que lhe mostrem o caminho de volta ao rebanho — disse o pio jogador de pôquer.
Eu ia perguntar desde quando ele se convertera tão inteiramente, mas adivinhei que fizera tudo para deitar à noite com a bela e estúpida Amora. Aquele pensamento estranhamente me acalmou. Surgiu em mim, pela primeira vez, a certeza de que desfrutaria o corpo da esposa de Júlio. Era só questão de tempo. Levei uma posta de bacalhau à boca e bebi

um gole do vinho branco. Intimamente, saudei o futuro intercurso carnal com Amora.

O ridículo e a pretensão andam lado a lado. Nos contatos seguintes com Amora e Júlio, descobri que eles de fato pretendiam fazer com que eu mudasse de idéias e atitudes, unicamente apoiados na retórica do pecado e do perdão. Eu, em contrapartida, exultava com a possibilidade de manter relações com Amora, Angélica e todas as funcionárias da editora, além das autoras e qualquer outra mulher que pudesse vir a conhecer trabalhando na Chase Editorial Ltda. Minha primeira investida concreta e vitoriosa foi com a faxineira, negra gorducha que levava o bebê para o trabalho. Transamos na cozinha, após o expediente.

A possibilidade de uma armação para me afastar do pecado fez ruir minha auto-estima. Eu não estava ganhando a vida com a competência de meu trabalho e sim em função de minhas carências. Tudo turvo novamente. Passei a conspirar contra Júlio.

— A sua proposta editorial para o semestre são esses títulos? Tem certeza? – perguntou Salviano.

— Sim. São clássicos que caíram em domínio público. Como havíamos conversado. Para não pagar direitos autorais.

— Exato. Só que o doutor Júlio e dona Amora jamais vão publicar um texto do marquês de Sade... ou de Masoch.

— É mesmo? Qual a razão?

— O doutor Júlio é católico, cara... vai a missa e tudo.

— *Business is business* — respondi, cínico.
— Esse eu não conheço: o *Decamerão*. Trata do quê? — disse ele, abrindo uma velha edição que eu levara para a editora.
— São os padres fornicando o tempo todo — falei, rindo.
— Você está querendo perder o emprego? — vi em seu rosto que isso não o desagradaria.
— Eu sou possuído pelo demônio, Salviano... os possuídos não caem facilmente.

Entrou a revisora, que era magérrima e plenamente palatável.

— Passe para a Marilene os originais da vida de santo Obino. Precisamos dar entrada em gráfica até o fim do mês e lançar na festa do padroeiro — ordenou-me Salviano, e saiu. Apanhei o texto do livro na prateleira e estendi para ela, mas quando quis pegar no calhamaço, retirei-o.

— Cuidado, Marilene.
— Por quê?
— Este livro é perturbador.
— Perturbador? É? Mas não é vida de santo? Você está brincando.
— Acabei de ler. O tal Obino só foi canonizado porque resistiu ao assédio de diabas taradas que quase acabaram com ele. Está tudo aí descrito em detalhes. Você conhece as 96 posições do *Kama Sutra*?
— Noventa e seis?
— Ou 69. Não sei bem. Mas o Obino testou várias delas influenciado pelas tais demônias.

Ela começou a rir.

— Fala sério.
— Sou louco por você. Tenho chance?

Ela me olhou profundamente, avaliando o que eu dizia. Isso me deu a certeza de que metade da batalha estava ganha.

— Vamos tomar um chope no *happy hour*?
— Onde?
— Ali no Monteiro.
— Às 6:00. Mas a gente se vê direto lá.
— Combinado — disse eu e estendi o texto.

Quando ela agarrou os papéis, eu a puxei com a outra mão, beijando seu pescoço.

— Calma. Aqui não dá pé — reclamou rindo e saiu da sala.

Minha raiva e determinação aumentaram a força de minhas cantadas. Eu me sentia realmente inspirado por satanás.

Na semana seguinte, Júlio me chamou.

— Eu entendo que você tenha se incomodado com a maneira como Amora falou, mas isso não é motivo para jogar seu emprego fora, é? — Ouvi calado. — Recebi informações de assédio sexual na empresa. Não vou tolerar isso, João.

— Fique à vontade para me mandar embora.
— Você não acredita em nada, não é, João?
— Em que consiste exatamente a crença?
— Crer. Crer na vitória final do bem.
— Não. Nisso eu não consigo crer.
— Você puxou ao seu pai.
— Não envolva meu pai na história.
— Ele era um homem bom, mas não conseguia se conter diante do pecado.
— Pelo que me consta, o senhor não era um carola como agora está se revelando.

— A vida voltada para atender aos imperativos do corpo acaba por frustrar o homem e desagradar a Deus.

— Ora, doutor Júlio, quem está frustrado sou eu, e não é por excesso de sexo, mas por descobrir que o senhor não foi honesto comigo... não revelou que estava querendo me doutrinar.

— Contratar um empregado é fácil, salvar uma alma é raro.

— Sinto lhe comunicar que o senhor ficará sem ambas as possibilidades.

— Volte para o seu trabalho. Esqueça essa conversa. Angélica perguntou por você ontem.

Voltei para a mesa, achando que Júlio era apenas uma vítima nas mãos da carola gostosa.

∽

Estava mergulhado na tradução de entrevista com o autor de *Turning game*. Tocou o telefone.

— Boa tarde.

— Boa tarde — respondi, reconhecendo a voz angelical e melosa de Amora. Agora eu conseguia perceber também o tom autoritário que a suavidade escondia.

— Você está bem, João? Ainda zangado comigo?

— Não, Amora. Não estou zangado com você. Apenas houve erro de avaliação.

— Como assim?

— Eu... não sou a pessoa certa para vocês exercitarem a redenção.

— Experimente, João. Não desista sem experimentar — disse ela e sua voz tremeu de emoção.

— O que você quer? Faz um mês que não sei o que é sexo. Excluída a masturbação, é claro.
— O início de qualquer sacrifício é sempre difícil.
A voz entusiasmada não abriu mão do clichê.
— Está certo, Amora. Agora me deixe trabalhar. Estou traduzindo uma entrevista feita por telefone. A pronúncia do inglês não está muito clara.
— Vamos almoçar juntos. Quero que você me ajude no bazar, João.
— Eu estou trabalhando, como eu disse.
— Já falei com Júlio. Você está à minha disposição... a partir de hoje.

Subiu do estômago, ou desceu do cérebro, até a boca uma sucessão de frases em que eu colocaria aquela pretensiosa ignorante em seu devido lugar, mas respirei fundo. Pensei que poderia fazer melhor: agir como um canalha. Utilizar a estupidez do casal em meu benefício. Fingir o jogo era a regra.
— Não quero que você se aborreça com um pecador como eu, Amora.
— Não é aborrecimento. Você já admite o pecado. É o primeiro passo.

Desliguei o computador e meia hora depois apanhava um táxi para encontrá-la no bazar do Cosme Velho. Seria inaugurado nos próximos dias. Amora usava um macacão azul e, ao mover-se para pendurar um velho vestido no cabide, sua anatomia transpareceu, me fazendo sofrer de paixão. Era verdade: apesar da imbecilidade dela e do marido, eu a desejava intensamente. Não havia muito o que fazer, além de encomendar o coquetel e ligar para os jornais. Duas horas da tarde, sentamos para comer sanduíches que ela trouxera numa bolsa.

— A Rosinha prepara essas delícias de salmão. Tenho certeza de que você vai adorar.

Ficamos mastigando. Cada um sentado numa poltrona em frente ao outro.

— Ainda está muito chateado?

— Não.

— Esse teu não foi a coisa mais parecida com um sim que vi em minha vida.

Sorri.

— Quando começou seu interesse pelo meu caso? — perguntei, quebrando a promessa que me fizera de escamotear a verdade.

— Júlio encontrou seu tio, que falou de seu problema. Resolvemos tentar uma aproximação, depois de falar com frei Eduardo.

— Mas meu encontro com Júlio foi casual. Eu estava procurando emprego.

— Não foi casual.

— O anúncio estava no quadro da lanchonete — falei, e me dei conta... por que um emprego estaria lá, em outra região da cidade. — Vocês colocaram o anúncio na lanchonete ao lado de minha casa?

— Pegamos o endereço que você deixou.

Segurei a cabeça entre as mãos para dar alguma envergadura dramática ao lacrimoso lamento. Ela largou o sanduíche no prato e veio até mim. Agarrou minha cabeça e apertou contra seu colo.

— Virgem Maria, ouvi minhas preces. Vamos fazer com que esse pecador encontre seu caminho.

Meu rosto de encontro à sua carne quente, suas mãos em torno de minha cabeça, a voz rouca desfiando absurdos oratórios, tudo resultou numa ereção forte. Aproveitei e envolvi meus braços em torno dela. Desci a mão e os dedos alcançaram a curvatura da bunda. Apalpei.

— Misericórdia, Virgem santa, com a alma perdida para os prazeres do corpo.

Sua voz tremia de blefe místico. Minhas mãos avançaram, chegando à cona.

— Livrai-nos, Virgem...

O macacão tinha um velcro que começava entre as pernas de Amora, indo até os seios. Ergui as mãos e o liberei num movimento sonorizado pelo ruído rasgado, revelando a pele.

— Afasta-te de mim, demônio encarnado — gritou ela, sentindo que minhas mãos a tomavam. Estranhamente, sua força contrária era mínima. Todo o seu ardor se concentrava na palavra, na reza, no apelo.

— Sai de mim, me deixe, satanás.

Raciocinei. Eu já avançara o suficiente para pôr tudo a perder. O razoável era ir até o fim. Uma hora da tarde num casarão do Cosme Velho. Estávamos distantes da rua uns 100 metros. As auxiliares só voltariam dentro de mais de uma hora. Agarrei sua nuca e trouxe sua boca para o beijo. Enfiei a língua entre seus dentes. Num movimento rápido, suspendi-a no colo e fomos atravessando entre roupas em cabides até um velho sofá de couro. Gemi profundamente quando ela mordeu meu lábio. Eu a joguei sobre o sofá e vi o sangue em minha camisa.

— Não, não, pare, em nome de Deus...

Arriei o macacão, que ficou enredado em suas pernas, abri-as e mergulhei minha boca ensangüentada em sua vagina.

— Chega, João, chega...

Se uma mulher não aceita carinhos entre as pernas, pode desistir. Essa era uma de minhas deduções empíricas. Arremeti com fúria enquanto ela clamava que eu a deixasse em paz, cada vez menos. Júlio devia ser um péssimo amante. As mãos de Amora se cravaram em minhas orelhas, sem saber se me afastavam ou me faziam sumir dentro de si. Quando suas palavras se tornaram gemidos, ergui as pernas de minha presa e a penetrei. Seu corpo era grande, macio e firme. Em menos de um minuto ela ejaculou forte, encharcando tudo.

⌇

Silenciamos após o gozo, abraçados. Meu lábio não parava de esguichar sangue. Apertei o corte com a fralda da camisa.

— Você me estuprou, João.
— Você mereceu... não estava bom?
— E agora, João? Deus viu isso.
— Se ele tudo vê, não ia perder o espetáculo.
— Não blasfeme, o que vamos fazer?
— Não há muito a fazer, a não ser tomar um banho.

Ela sentou no sofá, ajeitou os cabelos. Passei o braço sobre ela, que o retirou, ríspida.

— Você traiu minha confiança, cometeu pecado diante de Deus e dos homens.. eu posso chamar a polícia.
— E você gozou demais. Júlio não te satisfaz?

Ela começou a se arrumar. O macacão estava ensopado com a ejaculação.

— Meu Deus, como é que vou fazer? A menina do jornal vem aí fazer a matéria — gemeu, lacrimosa.
— Vista um dos vestidos clássicos. Faremos uma foto para

divulgar o evento na mídia. É uma desculpa para você esconder o macacão no carro.

Havia Chanel e Givenchy. Ela escolheu um tubinho de *tweed* azul. Evitava meu olhar. Tentei ajudá-la a se vestir, mas me rejeitou. Escondi o macacão num saco de plástico, junto com a calcinha, que eu havia rasgado. Ela sentou na cadeira de palha.

— Refaça a maquiagem. Você está com cara de quem chorou e gozou durante um estupro — falei, sorrindo. Ela me deu uma bofetada, depois se aproximou.

— Isso é um segredo entre nós, João. Espero que você respeite minha privacidade.

Tentei beijá-la, mas ela evitou. Sorri. Tocou a campainha. Era a repórter de *O Globo*.

⌇

O tipo de relação que se estabeleceu com Amora era o pior possível. Ou seja, fingiríamos que nada aconteceu para que acontecesse de novo.

— Vamos esquecer esse episódio — disse ela, quando a jornalista saiu. Espero que não se repita, completou.

Como se dissesse: vamos repetir sem combinar, OK?

Passei a secretário de Amora. Eu vivia num quarto infecto de uns nove metros quadrados em Copacabana. Ela entrou sem avisar numa manhã escura. Chovia fino. A dona do apartamento, que alugava vagas para solteiro, abriu a porta e ela entrou. Eu estava deitado, de cuecas. Ao lado, no chão, caído de minhas mãos quando adormeci, *Memórias de um gigolô*, do Marcos Rey.

Amora fechou a porta na cara de Adelma.

— Como é que você consegue viver aqui? — disse ela, sentando na cadeira em frente à cama.

— É o possível com o salário que vocês me pagam.

— Não seja grosso.

Ela estava linda, moldada num vestido de malha azul.

— Tire a roupa e venha deitar.

— Não ouse me sugerir essas indecências — retrucou.

Levantei da cama e fui em sua direção.

— Não ouse...

— Nada que você não queira, patroa — falei, vestindo as calças.

— Arrume outro lugar para morar.

— Como? Você vai me pagar melhor?

— Arrume um apartamento modesto, mas digno. Você é meu secretário, precisa viver decentemente. Isso aqui cheira mal.

Eu sentia que ela estava doida para ser estuprada novamente, mas não queria admitir. Resolvi fazê-la sofrer um pouco. Escovei os dentes e me apresentei.

— Vamos. Estou pronto.

Ela saiu e eu a segui porta afora. Entramos no carro e ela tirou da bolsa um jornal. Estendeu. Estava dobrado na página da coluna social. Havia notícia sobre o evento no Cosme Velho. Falavam bem. Havia foto. Ela, pendurada em meu braço, exibia o *tweed* de Chanel. Em seu rosto a alegria do gozo recente?

— O que Júlio vai pensar?

— Nada, Amora, nada. Ele não está com maldade na cabeça. Você apenas se apoiou em mim.

O carro avançava na manhã travada.

— Isso se teu pai não houvesse sido amante da primeira mulher dele.

— Ele te contou.

— Claro. Ele quer que você supere isso. Coitado. Mal sabe que você é um estuprador selvagem.

Eu ia retrucar mas me contive. Entramos no pátio de uma igreja. Não havia outro carro nem ninguém ali às 9:00 da manhã. Ela estacionou e caminhamos rápido para uma porta lateral.

— O que estamos fazendo aqui?

— Frei Ricardo vai te ouvir. Você confessa o estupro. Ele vai te mandar rezar algumas orações e você está perdoado.

— Assim?

— Jesus veio ao mundo para salvar os arrependidos.

— E quem disse que estou arrependido?

A porta estava encostada, e entramos no templo vazio e obscuro. Ela ajoelhou e fez o sinal-da-cruz. Era linda e estúpida. Levantou e me pegou pela mão. Caminhamos até o altar. Havia uma entrada. Alguns degraus davam numa porta logo abaixo do nível do chão. Ela a abriu sem cerimônia. Era a sacristia. Tudo me parecia confuso e ridículo. Amora parou em frente a uma segunda porta no fundo do aposento e deu três batidas com o nó dos dedos. Depois se afastou. Aguardamos longos minutos até que surgiu pela porta frei Ricardo. Jovem de uns 30 anos, despenteado e visivelmente contrariado, fora arrancado do sono, sem aviso prévio.

— Frei Ricardo, só Jesus, utilizando sua voz e seu corpo, pode aplacar a culpa de meu amigo — disse abrindo as mãos num gesto que me lembrou Cristo em quadros da Renascença.

Ricardo nada disse, continuava de cara amarrada, mas aparentemente disposto.

— Sente, João. Pode confessar ao frei Ricardo. Ele é de confiança.

Ricardo apanhou a faixa e colocou sobre os ombros.

— É melhor que você se retire, Amora — disse o frei, sentando em frente ao genuflexório.

— Mas o pecado que ele vai confessar eu conheço — exclamou a insana.

— Isso não importa. A confissão é um ato de intimidade com Deus. Só podem estar presentes confessor e penitente — decretou o frei.

Ela se retirou resmungando protestos, enquanto eu imaginava como agir. O ridículo da situação crescia. Resolvi fazer o jogo deles.

— Padre, ocorre que trabalho para dona Amora. Ela é carola, como o senhor bem sabe.

— O senhor quer dizer fiel. Ela é fiel.

— À Igreja? Sim, é fiel à Igreja. Resolveu que para trabalhar com ela devo me confessar. Eu preciso do emprego, mas não sou católico, nem de qualquer religião.

— Que pecado seu ela diz conhecer?

— Pecado? Sim, percebo. Tenho vergonha de contar.

— Não se envergonhe. Cristo está acima desses sentimentos mesquinhos.

— Bom. Eu apanhei dinheiro na bolsa dela. Precisava pagar uma conta de luz.

— Certo. Repita comigo o ato de contrição. Eu, pecador, me confesso...

Fui acompanhando a ladainha sem muita convicção, pensando nos ridículos de que era capaz para manter um emprego. Pensei também no corpo macio de Amora, e em como eu a ensinaria a viver o amor físico.

— Reze 12 ave-marias e dez padre-nossos. Vá na paz de Deus, meu filho — disse o frei. Tirou a faixa que depositou no genuflexório e se dirigiu à porta por onde havia entrado. — Avise Amora que está feito. Peça que ela não me perturbe agora. Está na hora de minhas orações. Bom-dia.

Sumiu em seu quarto, talvez para voltar ao sono. Ela estava lá. Ajoelhada em frente ao altar. Era um enigma para mim. Acreditava realmente naquela baboseira toda? Não se dera conta de que gozara muito comigo?

— Já? — perguntou, levantando-se quando sentiu minha aproximação.

— Sim.

— O que ele disse?

— Perguntou se você gozou gostoso?

— Ele não perguntou isso.

Notei seu esboço de sorriso. Agarrei seu braço e saímos caminhando. Entre as altas colunas havia um confessionário de madeira negra, com cortininhas roxas, objeto assemelhado a um esquife vertical. Espalmei suas ancas e a puxei contra mim. Ela tentou se desvencilhar, sem muita convicção. Ergui-a pela cintura e entramos juntos pela porta estreita do estranho móvel. Cobri seu rosto e seus olhos se arregalaram como Janet Leigh em *Psicose*, na cena do chuveiro. Linda Amora. Não pôde espernear no minúsculo espaço.

— Ele falou que, se os dois querem e gostam, não é pecado.

Abri suas nádegas, afastei sua calcinha e a fiz sentar. Retirei a mão de sua boca e a beijei. Língua e língua se enredaram. Durante o sobe-e-desce, eu espreitava as frestas do entrelaçado de madeira por onde o frei devia olhar com enfado os fiéis. Eu, pecador, me confesso...

Tentei em várias ocasiões manter relações amorosas normais com Amora. Procurar um motel e passar algumas horas agradáveis, mas ela não topou. Nunca admitiu que éramos amantes. Sua fantasia me colocava como alguém que ela tentava ajudar a abandonar as práticas demoníacas, mas, abusando, a estuprava regularmente. Eu, embora preferisse alguma coisa mais terna e próxima da realidade, continuava fazendo o jogo da esposa de Júlio, em troca do prazer e do emprego. O próprio Júlio desconfiava, é claro, mas não conseguia imaginar que a esposa carola seria capaz de tal jogo perverso. Assim se passavam os dias. Houve acordo tácito entre mim e Amora. Certos lugares sob certas condições eram o sinal verde para que eu a tomasse, falsamente à força. Após o episódio da igreja, fomos visitar, sem nenhuma razão aparente, o túmulo de seu pai no Cemitério São João Batista, e a possuí sobre a laje, num fim de tarde róseo. Tivemos encontros amorosos ainda no Jardim Botânico, na Floresta da Tijuca, no banheiro de um boteco da Lapa e no Instituto dos Cegos, durante uma leitura dramática. Sua dica de que me desejava sempre vinha numa palavra ou frase curta: comporte-se... não tente nada... me aguarde aqui... foram algumas. Trabalho mesmo, pouco havia. Ela promovia shows beneficentes, que eu ajudava a organizar. Mas eram pequenos e sem preocupação real com o resultado. Tudo poderia ter continuado assim, indefinidamente, poderia...

— Amora é outra pessoa depois que você passou a trabalhar com ela, João. Não tem mais enxaquecas, está mais tolerante – elogiou Júlio.

Sou obrigado a admitir que certa culpa me oprimia. Eu reinventara meu pai na vida dele. O que me consolava é que o próprio Júlio era responsável pela situação, por ter me procurado com a idéia idiota de me reformar. Mas o desequilíbrio ocorreu com Angélica. A garota se aproximou de mim em busca de alguma ponte com outra realidade. A mãe e o pai eram nulidades culturais, mastigando aquelas baboseiras religiosas. Vetavam namorados que possuíssem traços de mundanismo pop, tais como adeptos do *hip-hop* ou surfistas, por exemplo. Tratavam a moça de 20 anos como criança e a queriam ao lado de algum carola enfatiotado. Havia um candidato: Jório, filho de outro freqüentador da paróquia. O rapaz estudava direito e sua diversão principal era a montagem de aeromodelismo. Eu conversava livremente com Angélica. Falamos de sexo e eu soube que Jório nunca tentara nada. Eu estava absolutamente inocente em relação à moça. Procurava apenas ajudar. É claro que expressei minha opinião de que ele era um bobo e não servia para ela. Mas não foi isso que precipitou o drama. Amora contraiu uma gripe forte, encostei a mão em sua testa: ardia, febril. Estávamos em seu escritório, dentro do vasto apartamento da Rui Barbosa. Sugeri o termômetro e fiz menção de ajudar a colocá-lo sob a axila. O chambre se abriu um pouco e pude ver a curvatura de seu adorado seio.

— Não tente nada, João. Não vou mais servir de vagabunda à mercê de seus desejos.

Sorri, era a dica. Pensei ainda durante alguns instantes que a palavra "mercê" era bem antiga. Fui tirando a camisa. Amora se agarrou aos pêlos de meu peito e arrancou um tufo. Gritei de dor e dei um tapa leve em sua mão.

— Ai, covarde. Vai embora, desgraçado. Não vou mais ceder aos seus prazeres impuros.

— Fale baixo, querida. A empregada está aí e pode ouvir.

Enfiei a mão entre suas pernas e ela me cravou os dentes no ombro. Gritei novamente e a afastei com violência.

— Socorro, estuprador — gritou ela.

— Cala a boca.

— Mamãe, o que está acontecendo? João? — ia perguntando Angélica, que entrou no escritório atraída pelos gritos de Amora, torso nu, descabelada e febril.

— O que você faz aqui, Angélica? Isso não é hora da escola?

— Você gritou por socorro... você... está nua.

— Cale a boca e saia de meu escritório imediatamente. Esses são assuntos de adulto — resumiu, e Angélica saiu.

Aluguei apartamento mínimo, na rua Djalma Ulrich, quadra da praia. Sala, banheiro e cozinha. A janela se abria para dezenas de outras em apartamentos em frente. Assestei o binóculo na direção de um corpo debruçado. Era morena e estendia a toalha. Os cabelos molhados brilharam diante de meus olhos. Senti o cheiro úmido e fiquei excitado. Num leve movimento, estava entre os seios soltos dentro da camisa aberta. Espionar as janelas era um de meus maiores prazeres. A morena entrou e ressurgiu na outra janela. Um homem apareceu no quadro. Os dois conversaram enquanto ela trocava o vestido. Ele parecia indiferente ao corpo seminu. Alguém tocou pela primeira vez minha campainha. Só poderia ser Amora, que me possibilitara alugar o apartamento. Era cedo. Antes de abrir, olhei pelo visor e lá estava Angélica. Sua visita prenunciava a grande questão: minha mãe trepa? Ela insistiu. Crescia minha dúvida.

— Abra, João. Sei que você está aí.

Abri. Ela entrou com suas pernas longas e saia curta. Amora estava ali, com menos 20 anos de uso.

— Já que entrou, sente.

— Eu sei de tudo.

— Eu sei que você sabe de alguma coisa, que a faz inferir outras tantas...

— Inferir, João? Inferir? — Seu rosto personificou o sentimento de impotência. O lábio inferior tremeu e a umidade aumentou o brilho do olhar.

— Você traiu a confiança de papai, que te ajudou... que te abriu a sua casa... quem é você, João?

— Você é jovem, Angélica. Eu sei que isso é a última coisa que você gostaria de ouvir, mas é a verdade. O tempo vai te mostrar que o amor entre as pessoas...

— Você não ama minha mãe.

— O amor físico entre as pessoas vem com uma força que ninguém segura... aconteceu... e vai voltar a acontecer até a hora em que um dos dois não tiver mais interesse.

— Eles são casados, João, meu pai ama minha mãe... você chega e a toma.

Suas lágrimas vieram com força. Apanhei um rolo de papel higiênico e estendi. Rejeitou, cheia de ódio.

— Existe o real e o simbólico, Angélica. O casamento é simbólico, o tesão é real.

— Vim aqui pra dizer... — iniciou num registro vocal trêmulo e intenso. — Vim avisar que, se vocês não pararem com isso, conto tudo para papai... ele te mata... ou manda te matar. Levantou, apanhou o papel sobre a mesa, limpou o rosto e foi em direção à porta.

— Você é virgem?

Ela virou-se. Olhos em chamas.

— Por quê ? Quer me iniciar, canalha?

— Logo que você amar vai refazer o julgamento sobre mim e sua mãe.

Ela suspirou e saiu. Pensei em ligar para Amora, mas eu não tinha telefone.

∽

Amora dirigia para chegarmos a um leilão de caridade. Era evento na Barra da Tijuca e o trânsito fluía lento como gotas de soro.

— Angélica sabe de nosso relacionamento – disse eu. Ela ficou calada. Estendeu o braço para trocar o CD. – Você ouviu o que falei?

— Qual relacionamento, João? A que você se refere?

— O nosso caso amoroso. As duas ou três trepadas semanais que nós protagonizamos – falei, irônico.

— Não sei do que você está falando. Ponha-se no seu lugar e não abuse.

Parece inacreditável, mas Zveiter conhecia o comportamento. Era dissociação. Enquanto falava, Amora olhava para a frente, estática e concentrada.

— Ela foi ao meu apartamento. Como conseguiu o endereço? Mexeu nas suas coisas?

— Eu te proíbo de continuar tocando nesse assunto.

— Você acha que estou inventando? Que ela não me visitou para falar sobre nós?

— Vou falar com ela.

— Fale com jeito. Ela está pensando seriamente em contar para Júlio.

O carro dançou na estrada e alguém logo atrás buzinou forte.

— Cuidado.

Logo entramos no prédio comercial. Subimos vários andares de garagem até estacionar numa vaga que se abria para a praia.

— João, de uma vez por todas: não vou mais suportar seus abusos. Vá procurar mulher para satisfazer as suas taras em outro lugar.

Caminhamos em direção à sala de leilão carregados de impossibilidades.

⥲

Vivi naqueles dias a monotonia da relação negada, do emprego frágil e da ameaça pendente de Angélica. Não havia futuro, mas sombras do passado. A posição era cômoda e alimentava o deixa-para-lá. Estaria eu destinado a pular da janela?

Angélica voltou ao meu apartamento na noite seguinte ao leilão.

— Posso entrar?

— Claro.

Estava imaginando ou Angélica se vestia para me provocar?

— Desculpe pelas coisas que eu te disse outro dia... é claro que a culpa não é sua se sou uma filha da puta.

— Acho que você não deve julgar a sua mãe.

Ela tirou a jaqueta. Estava com camisa de malha, justa, e os seios afloravam. A campainha tocou. Temi que fosse Amora; era Márcio. Quis barrá-lo, mas ele entrou com seu sorriso enviesado e maldoso.

— Olá, tchuchuca... — saudou. — João gosta de esconder as coisinhas que encontra por aí. Maldade. Eu divido tudo.

Ele se aproximou dela como se fosse até a janela e beliscou o seio da menina.

— Ai — gemeu Angélica, recolhendo os braços numa postura de defesa.

— Eu sei que é difícil para você entender isso, mas Angélica é uma moça de família, filha de meus chefes, virgem, e não está acostumada ao tratamento grosseiro que você lhe dispensou. Cai fora.

— Iiiii... não precisa gritar... tô saindo.

— Desculpe, eu é que estou demais aqui — falou Angélica apanhando a jaqueta.

— Nada disso, tchuchuca. Fui grosseiro mesmo... desculpe — disse Márcio e tascou outro beliscão, agora na coxa. Ela apenas sorriu e se encolheu.

— Chega, cara, chega.... tchau... — falei arrastando o cara para fora.

Tranquei a porta.

— Pronto. Desculpe... ele é mal-acostumado.

— Eu é que vim me desculpar... e vim conversar. Você abriu a minha cabeça, João. Eu quero amar, também! — confessou, lânguida.

— O amor chega. Não se preocupe.

— Mamãe pensou que havia descoberto o amor, e...

— São muitos amores, querida. Somos um complexo resultado de natureza e cultura. Sua mãe confunde a cultura da religião com a realidade, mas é traída pela natureza... o desejo.

— Ela não ama meu pai?

— Muito. Mas sente falta da carne.

Angélica ergueu a camiseta, deixando os seios à mostra, a pele clara, as aréolas róseas intumescidas. Fechou os olhos, exposta.

— Quero encontrar o amor, João.

Vivi sentimento inédito. Desejo e culpa me atormentavam. Nunca me contive diante de oferta de prazer, menos ainda de corpo tão apetitoso como o de Angélica, mas a queda de papai me oprimia... eu seguiria, como ele, insensível aos sentimentos? Ou Júlio, sua mulher e filha eram vítimas naturais de sua própria ignorância?

Estendi as mãos e toquei os seios de Angélica, mornos e macios, que se arrepiaram ao contato. Curvado diante de tanta formosura e desejo, lambi os mamilos da filha de minha amante. A campainha tocou. Resolvi ignorar, mas era forte, estridente e insistente. Angélica abriu os olhos. Baixei sua camiseta e ergui as mãos espalmadas para que aguardasse. Fui olhar quem era e dei com Amora. Balançava a cabeça, impaciente. Levei Angélica para o banheiro.

— Aguarde aqui. Não saia, não fale nada — cochichei e fechei a porta.

Voltei até a entrada da rua.

— Oi, desculpe. Estava dormindo.

— Com essa música? — protestou de cara amarrada. As guitarras do *Police* enchiam o ambiente. Ela foi entrando, tentei barrar.

— É melhor falarmos na rua, não fica bem uma mulher casada no apartamento de um cara solteiro.

— Bobagem. Você está com mulher aí?

— Nada. Estava descansando.

Ela estava exuberante, cheia de desejo por um estupro básico.

— Estou cansada de satisfazer seus instintos, João. Não vou mais permitir que você me toque.
— O que temos para fazer hoje? — tentei desviar o assunto.
— Não me toque — repetiu ela, e avançou para mim. — Não sou sua escrava sexual — disse e me aplicou uma ruidosa bofetada. — Precisava ser imediatamente levada para a cama. Levantou a mão para bater novamente. Segurei seu braço. — Ai, não me machuque, tarado.
Senti que ela não ia parar enquanto não a satisfizesse. Puxei-a para mim, beijei-a enquanto ela protestava. Mas suas mãos erguiam o vestido justo. Acabei de tirar sua roupa e a conduzi para a cama. Ela se jogou como se eu a houvesse empurrado. Tudo deveria ser teatral. Eu temia por Angélica. Enquanto beijava e penetrava Amora, pude ver a porta do banheiro entreaberta. Foi rápido como costumavam ser nossos encontros amorosos. Ela se recompôs sentada na cama e, antes que eu pudesse impedir, abriu a porta do banheiro. Sua reação foi das mais estranhas que presenciei, como se descargas elétricas a atingissem, descontrolando seus membros. Ela tremeu e gemeu de dor, creio que genuína. Nenhuma delas disse uma palavra no primeiro longo minuto.
— Ele tocou em você?
— Não, mamãe.
— Vamos embora daqui. Deus nos guiará para longe do inferno.
— Vamos, mamãe.
Iam saindo.
— Penteie os cabelos, pelo menos — ousei dizer.
— Cale a boca, maldito.

Saíram. Fiquei na janela vendo as duas atravessarem a rua. O que diria ela à filha? Que o demônio se apossara dela?

⸺

Naquele dia e no seguinte não soube de Amora. Temi por meu emprego. Recebi um telefonema na sexta. Salviano ligou para a portaria do prédio, deixando recado para que eu ligasse.

— O doutor Júlio diz que você pode voltar a trabalhar na editora. Dona Amora não precisa mais dos seus serviços. Comece na segunda às 9:00 da manhã – informou o prepotente editor.

Agradeci e voltei para casa pensando no que ocorrera na família Chase. Nosso caso acabara? Recomeçar na editora era melhor ou pior do que ser amante de estimação da senhora Amora?

⸺

Os acontecimentos se precipitaram no sábado, com a visita de Angélica. Abri a porta e ela ficou me olhando, calada.

— Entre.

Ela entrou e ficou de pé, no meio da pequena sala.

— Sente. Quer Coca-Cola?

— Quero. Obrigada.

Continuamos calados com os copos na mão. Fiquei esperando por ela.

— Minha mãe precisa de você, João. Ela pediu que eu viesse falar com você. Conversamos muito. Ela quer te encontrar, hoje. Às 6:00 horas, na igreja do Outeiro.

— Ela poderia ligar para a portaria... sem te incomodar... – falei por falar.

— Nós fomos interrompidos, João. Quero ser sua mulher... estou aqui para isso. Temos três horas antes da hora de mamãe. Você dá conta?

Angélica retirou a camiseta pela cabeça. Depois o jeans. Usava calcinha de algodão.

∽

O resto da história pareceu previsível a Zveiter, homem acostumado às mais estranhas formas de loucura.

— É claro que ele estava oferecendo a mulher e a filha a você tentando aplacar a culpa pela morte de seu pai — disse ele, como se isso fosse conclusão óbvia.

Mas não era bem assim. Realmente me tornei amante das duas mulheres, e essas relações, como costuma ocorrer, foram se tornando triviais. Nossos cuidados se reduziram, e elas mesmas sabiam o que ocorria, embora Amora mantivesse seus pés na mitologia religiosa...

— Não ouse me sodomizar, demônio atrevido!!!

... e Angélica se preocupasse com Júlio...

— Temo por papai. Ele vai acabar descobrindo.

A menina estava mais próxima da realidade. Durante as viagens do pai e marido eu acampava no apartamento da Rui Barbosa. Trocava de quarto no meio da noite. Pensamos que ele estivesse na Feira de Frankfurt, mas ele não saíra do apartamento. Trancara-se no próprio escritório, que ficava fechado em suas ausências. Havia pequenas câmeras secretas nos quartos das mulheres. Assistiu ao meu encontro com ambas. Teve prazer? Às 2:00 da manhã as luzes se acenderam em todo o vasto apartamento e a música tomou conta de tudo: *Ave-Maria*, de Handel. Fomos convocados por toques na porta do quarto e a própria voz de Júlio.

— Todos na sala, imediatamente.

Eu e Angélica tínhamos transado até há pouco.

— Ele vai me matar.

— Vai nada. Você é a filha querida... quem tem mais a perder sou eu.

Ele não estava no longo corredor. Tentei a área de serviço e encontrei a porta trancada. Voltei resignado para a sala. Angélica aguardava lá em frente a Júlio. Ficamos em silêncio até Amora entrar. Dedilhava um terço e murmurava orações inaudíveis.

— Nossa família corre perigo. Um lobo solitário avança entre nós — começou Júlio.

— Um demônio... — acrescentou Amora.

— Um demônio... — repetiu Júlio.

— Isso é ridículo, papai.

Júlio voltou-se e deu um tapa no rosto de Angélica. Ela gemeu e choramingou baixinho.

— Não ouse me interromper... vocês se comportaram como putas. Só pode ser uma provação de Deus... minha filha e minha esposa se entregam ao mesmo amante, e ele é o filho daquele que conspurcou a minha casa tantos anos antes.

— Eu fui obrigada, Júlio... esse demônio me estuprou.

— Ora, não minta diante de Deus — gritou Júlio.

Sacando o controle do bolso, ligou a tevê em frente. Apareci entrando no quarto de sua mulher. A câmera do alto mostrou claramente Amora me ajudando a tirar a calça.

— Não — gritou Amora, e correu para desligar a tevê.

Júlio a agarrou pelos longos cabelos e a jogou no chão.

— Aguardem caladas e arrependidas o desfecho do caso — sentenciou.

— Você é o único que pode purificar a nossa casa, João. Tenha coragem e se ofereça em sacrifício.

Apontou, num gesto pesado, a porta da varanda. Eram 18 andares que me garantiriam morte rápida no choque com o asfalto. Ele queria repetir o evento do Catumbi.

— Lave minha honra com o seu sangue e lhe garanto enterro cristão.

— Deixe-me ir. Prometo que nunca mais me ouvirá ou verá — falei sem muita convicção.

— Não, João. Seu sangue é necessário. Seja homem como seu pai — exortou Júlio numa dramaticidade ridícula. Ao fundo, na tevê, eu beijava a cona de sua esposa.

— Meu pai não se jogou. Caiu, tentando salvar a vida. Ele queria viver, assim como eu.

— Os vermes devem ser exterminados, João. Pule, para o nosso bem — insistia o desvairado.

Corri para a porta. Trancada. Ele se colocou em frente ao corredor.

— Eu me recuso a saltar. Não cometi nenhum crime. As relações comigo foram de livre vontade. Não é certo, Angélica?

Ela demorou alguns segundos, mas finalmente sinalizou que sim, com a cabeça.

— Não foi assim, Amora?

A mulher de Júlio saíra do ar. Dedilhava o terço em transe.

— Você não tem saída, João — disse Júlio e tirou uma pequena pistola do bolso do casaco —, a culpa é toda sua. Ou pula agora, ou eu acabo com você... pulha, aventureiro maldito, maculador de lares, incestuoso, sua mãe me contou antes de morrer que você a estuprou.

— Deus do céu — gritou Amora, caindo de joelhos no tapete persa e revelando que acompanhava a cena.

Eu tentava uma saída para não perecer na mão daqueles doidos. Lembrei-me de Dashiell Hammett numa cena clássica da *Ceia dos acusados*, quando ele observa que durante a ameaça de alguém armado não devemos aumentar a distância da arma e sim diminuí-la. Estávamos a muitos metros um do outro. A minha aproximação poderia precipitar a sua reação. Lembrei-me também dos *Trezentos de Esparta* e da famosa tática da fuga simulada. O Guerreiro ameaça fugir, mas se voltou para atacar, vencendo pela surpresa.

— Vamos logo, demônio, salte para o inferno que é seu lugar.

— Salte, infeliz. Rezarei pela sua alma.

— Não, João... — gemeu a pobre Angélica.

Olhei para a porta da varanda, dei dois passos, depois caminhei depressa, ultrapassei o limite do assoalho e senti o frio do mármore nos pés. Estava descalço. A noite era clara e as estrelas cobriam a baía de Botafogo. Encostei no gradil e olhei para baixo. Os automóveis corriam na avenida como baratas doidas, mas eu não era louco. Voltei-me e vi Júlio a uns 10 metros de distância, a arma frouxamente segura na mão direita solta ao lado da perna. Eu só tinha uma chance. Tomei impulso e corri em sua direção. Tentou levantar a arma, mas saltei no ar e caí abraçado com ele. Ouvi os gritos histéricos de Amora enquanto rolávamos no chão. Ele tinha mais 20 anos que eu. Dei uma cabeçada em seu rosto que doeu em mim também, mas ele largou a arma. Levantei, apanhei a pistola e apontei para ele.

— Chaves.

Ele gemia, Amora gritava, o telefone tocou.

— A chave, porra...

Estendeu o chaveiro, que retirou do bolso. Abri a porta da rua e fugi. Joguei a pistola na lixeira da rua.

⌒

As chuvas de março sinalizam o fim do verão. Estou vivo. Escapei da sina de papai. Se Zveiter não diagnosticar comportamento compulsivo, posso tentar alguma coisa com a vizinha do primeiro andar.

Rio, junho de 2004 a abril de 2005

Posfácio

Meu *Zveiter...* não tinha pretensão alguma ao ser escrito, além de contar uma história divertida sobre um sujeito que só pensa "naquilo". Ao fim, sempre se analisa a realização à luz de nossa crítica, e me pareceu, novamente, haver escrito um romance picaresco. O anti-herói vive embrulhado nas bufonarias e ardis clássicos do gênero a que pertence o ilustre D. Quixote. Um amigo, leitor primeiro de minhas letras, arrematou: você gosta mesmo dessas coisas leves. Não discordei no ato, até porque me pus a pensar na leveza do ridículo e do constrangimento, e não o encontrei. Sem ombrear com o já citado Cervantes, não me parece que o Quixote seja leve por ser engraçado. Acho, sim, que a latinidade do picaresco é inerente à condição de escritor, nestas paragens. E a encontro nos melhores textos, mesmo que não explicitamente pícaros, de Machado e Rosa, para citar por cima. Ou Brás Cubas não flerta com o ridículo todo o tempo? Ou a graça de Diadorim não repousa sobre o blefe? Virá um "profundo" argumentar que o ridículo é da condição humana e a arte paira no alto. Não creio. O desmonte das fantasias de cavalaria só seria completo na contraface que a "triste figura" lhe arrumou: a pose de salvador de donzelas enlouquecido.

O narrador do *Zveiter*, João, embora role de cama em cama e colecione amantes de todos os segmentos e idades, não é um vencedor social. Ao contrário, se debate entre a sobrevivência e a obsessão erótica. O amor passa ao largo de sua trajetória, não porque não o deseje, mas porque a sua identificação com o pai o impele a imitá-lo.

Finalmente, introduzi conscientemente diversas citações literárias no romance, de Nabokov a Petrônio, passando por Boccaccio. A intenção não foi nem a homenagem nem a busca de um perfil erudito para o livro, mas a tentativa da recriação de maravilhosos exemplos do erótico na literatura universal. O leitor avaliará sua precisão.

Este livro foi composto na tipologia
EideticNeoRegular, em corpo 11,5/15, e impresso
em papel off-white 80g/m², no Sistema Cameron
da Divisão Gráfica da Distribuidora Record.

Seja um Leitor Preferencial Record
e receba informações sobre nossos lançamentos.
Escreva para
RP Record
Caixa Postal 23.052
Rio de Janeiro, RJ – CEP 20922-970
dando seu nome e endereço
e tenha acesso a nossas ofertas especiais.

Válido somente no Brasil.

Ou visite a nossa *home page*:
http://www.record.com.br